O ladrão de cadáveres

JAMES BRADLEY

O ladrão de cadáveres

Tradução de
BEATRIZ HORTA

EDITORA RECORD
RIO DE JANEIRO • SÃO PAULO
2013

CIP-BRASIL. CATALOGAÇÃO NA FONTE
SINDICATO NACIONAL DOS EDITORES DE LIVROS, RJ

Bradley, James, 1967-
B79L   O ladrão de cadáveres / James Bradley; tradução de Beatriz Horta. – Rio de Janeiro: Record, 2013.

   Tradução de: The resurrectionist
   ISBN 978-85-01-08722-5

   1. Romance australiano. I. Horta, Beatriz. II. Título.

                                            CDD: 828.99343
12-2787   CDU: 821.111(94)-3

TÍTULO ORIGINAL EM INGLÊS:
The resurrectionist

Copyright © James Bradley, 2006

Texto revisado segundo o novo Acordo Ortográfico da Língua Portuguesa.

Todos os direitos reservados. Proibida a reprodução, no todo ou em parte, através de quaisquer meios. Os direitos morais do autor foram assegurados.

Direitos exclusivos de publicação em língua portuguesa somente para o Brasil adquiridos pela
EDITORA RECORD LTDA.
Rua Argentina, 171 - Rio de Janeiro, RJ - 20921-380 - Tel.: 2585-2000, que se reserva a propriedade literária desta tradução.

Impresso no Brasil

ISBN 978-85-01-08722-5

Seja um leitor preferencial Record.
Cadastre-se e receba informações sobre nossos lançamentos e nossas promoções.

EDITORA AFILIADA

Atendimento e venda direta ao leitor:
mdireto@record.com.br ou (21) 2585-2002.

*"Nascemos com os mortos:
Veja, eles retornam e nos trazem consigo."*

T. S. Eliot, *Quatro Quartetos*

Algo mais leve que o ar

Londres, 1826-27

ELES FICAM DENTRO DOS SACOS como no ventre das mães: os joelhos encostados no peito, a cabeça voltada para baixo, como se morrer fosse apenas voltar à carne da qual nascemos, uma segunda concepção. Uma corda prende os joelhos, outra junta os braços, e então a boca do saco é fechada e amarrada, formando uma trouxa compacta e facilmente disfarçável, pois ser visto na rua com essa carga é chamar a atenção da ralé.

Usa-se então uma faca para cortar a corda que amarra o saco e, levantando-o com uma das mãos e empurrando-o com a outra, despejamos seu conteúdo sobre a mesa, nu e frio, como um bezerro ou uma criança que sai morta de dentro da mãe. Usa-se novamente a faca para cortar a corda que junta as partes do corpo e guarda-se o saco e a corda, que serão usados novamente, bem mais tarde, para guardar os restos e os pedaços.

Então, nós dois nos encarregamos dos corpos, colocando-os de pé outra vez. Pernas e braços não se mexem, mas também não estão duros; apesar de frios, o *rigor mortis* já havia se rompido no túmulo, quando os corpos foram dobrados e amarrados para serem ensacados. Mas eles escorregam de nossas mãos, com a maleabilidade característica de um cadáver que se encontra entre a morte e a putrefação. É uma tarefa desagradável, não por estarmos ao lado dos mortos, mas pela intimidade que exige de nós, essa proximidade com a carne e as substâncias que compõem esses corpos.

Quando ficam deitados sobre a mesa, nus e pálidos, nós começamos. Primeiro, viramos os corpos de bruços, expondo a carne das costas e nádegas, com manchas roxas e verdes como hematomas nos lugares onde o sangue se concentrou logo após a morte. Caso a carne já tenha começado a se deteriorar, bolsas de líquido macias e pálidas se formarão e se romperão quando tocadas. Porém, mesmo quando a carne está em bom estado, a pele estará umedecida por um líquido que é exalado do corpo como suor. Às vezes, as pessoas que vestem os corpos para enterrá-los tapam o ânus e, nesse caso, o tampão deve ser retirado e jogado fora. Depois, com trapos, água e vinagre, começamos a limpar os corpos passando as mãos com cuidado pela pele, o cheiro de vinagre se misturando aos cheiros mais fortes que se desprendem deles. Ao enxugarmos os cadáveres e torcermos os panos, reduzimos o movimento das mãos, mas com carinho.

Ao terminarmos as costas e pernas, viramos os corpos para cima de novo e vamos dos pés à virilha, da virilha ao peito, braços e mãos, e chegamos finalmente ao rosto. Nesse ponto, nosso trabalho é mais cuidadoso: limpamos com os panos dobrados ao redor dos ossos e dobras da pele; esfregamos as bochechas, a cavidade dos olhos. Às vezes, as pálpebras estão abertas, na imobilidade da morte, os olhos turvos e descoloridos como os das pessoas muito velhas, esbranquiçados por causa de catarata.

Depois de lavados, pegamos água fresca no quintal, mais sabão e lâmina de barbear. Água fria para os corpos frios. Então, esticamos a pele e começamos a passar a lâmina; primeiro, no escalpo e no rosto, os cabelos saem em chumaços úmidos e exibem o cume arredondado da cabeça; a seguir, no peito e nas axilas e, finalmente, nos frios órgãos sexuais, a lâmina raspando a pele. De vez em quando, cortamos a pele, mas não sangra e o ferimento é pálido e oco.

Não sei dizer por que sabemos que esse trabalho deve ser feito em silêncio. Só sabemos que deve ser assim. Em certas ocasiões, nos movimentamos em volta dos corpos como se eles não estivessem ali, falamos e rimos enquanto puxamos, cortamos e limpamos as partes, empurrando-as de lado com a mesma displicência com que tiraríamos um livro ou um casaco para sentarmos. Mas trabalhamos em silêncio, falando só o necessário. É uma espécie de ritual, essa tarefa de lavar os mortos: da mesma forma que se limpa um bebê das entranhas da mãe, nós tiramos a sujeira da sepultura desses corpos roubados e os deixamos novos no mundo.

Quando terminamos o trabalho, os sacos são lavados, os baldes, esvaziados; lavamos também os panos, os colocamos para secar e vamos fazer anotações nos livros. Nosso mestre é bem exigente nas contas e precisamos anotar o dinheiro que Caley e Walker receberam: 8 guinéus pelo corpo de um homem ou mulher adulto, que chamamos de *grande*; 4 guinéus pelo de uma criança, ou *pequeno*, e 1 xelim por centímetro do que chamamos de *foetus*, um bebê com menos de 30 centímetros. Assim, enquanto varro o piso do porão, Robert anota no livro, em silêncio, os pagamentos feitos e faz um balanço entre as despesas e o dinheiro em caixa; seu rosto parece uma máscara de tristeza calma, que usa quando pensa que não está sendo observado.

Esta noite foram três corpos, dois grandes e um pequeno. Quando terminamos, subimos a escada para lavar nossos baldes e mãos na torneira do quintal e o céu começa a iluminar os telhados altos ao redor. Lá de longe, ouve-se o passo tilintado de um cavalo trotando nas pedras, mas depois tudo fica quieto e frio, e a água da torneira se torna ainda mais fria à medida que escovamos nossos braços várias vezes.

———

O Sr. Poll enfia dois dedos na boca do morto e abre-a de novo. Levanta os olhos e avalia os alunos, atentos.

— A morte é um espelho no qual a vida se reflete para nos edificar — ensina ele.

Entre seus dedos é possível ver a língua do morto, roxo-esverdeada como um animal sob a lâmina do açougueiro; por baixo, a massa mais escura do tumor protuberante. Apertando-a, o Sr. Poll inclina a cabeça e olha como se tivesse visto algo que o interessasse. Parece satisfazer sua curiosidade, tira os dedos e empurra os lábios para cima para mostrar os dentes amarelos e marrons, amontoados sob as gengivas ulceradas.

Eu me pergunto: se a morte é um espelho, o que há por trás dela?

Ao terminar de observar a boca, o professor vira-se para Robert.

— Vamos começar pelo peito. O estado dos órgãos vitais precisa ser conferido.

O corpo estremece quando o bisturi entra na pele. Quase como em um suspiro, o ar que está dentro da cavidade sai, num respirar suave. O odor não é muito pútrido, lembra o cheiro pegajoso de um abatedouro, com aquele característico cheiro frio e úmido de carne cortada misturado com o começo adocicado da putrefação. Ele não me sufoca mais; na verdade, poucos cheiros que um corpo possa ter ainda fazem meu estômago revirar; mas, mesmo depois de tantos meses, eu ainda os sinto.

A pele vai se abrindo e formando um sulco atrás do bisturi do Sr. Poll à medida que, num movimento macio, ele faz um corte que vai do pescoço à virilha. Com cuidado, ele faz mais cortes no alto da incisão e na parte inferior e, num gesto experiente, enfia os dedos e retira a pele, mostrando a carne vermelha por baixo, as costelas brancas, a gordura amarela.

O professor coloca as duas abas de pele sob os braços do morto e pega o serrote que Robert segura. Com a mão apoiada no ombro do cadáver, enfia o serrote nas costelas e começa a cortar. Os dentes da lâmina serram os ossos com um ruído estridente e fragmentado, e pequenos pedaços de carne e osso se espalham em volta, manchando os nossos aventais. Quando ele termina, levanta o esterno e as costelas, mostrando os órgãos dentro da caixa de ossos quebrada: cinzentos, azuis, negros. Esticando a mão, pega o coração e seus dedos finos estendem-se sobre o músculo azulado.

— Não bate — conclui ele.

A afirmação parece incontestável. Um instante depois, o Sr. Poll levanta o olhar, e seus aguados olhos azuis se fixam em mim, frios.

— Por que o coração não bate?

Não respondo.

— Sr. Swift, acha essa pergunta idiota?

— Não, senhor — garanto.

— Talvez, então, o autor da pergunta seja idiota?

— Não — repito.

— Então, por que o coração não bate? — repete ele, e, como ocorre tantas vezes, sinto que se espera algo simples, mas que me escapou. Do outro lado da mesa, Robert observa, olhando firme.

— Porque está morto — concluo de repente, sabendo que aquilo é meio estúpido.

O Sr. Poll me olha desapontado, depois volta a atenção para o cadáver.

— E suponho que quando batia era porque estava vivo.

———

Quando terminamos nosso trabalho com os corpos, ensacamos as sobras e empilhamos tudo no porão até podermos nos livrar deles. Mesmo agora, no inverno, eles apodrecem enquanto aguardam: braços, pernas e torsos incham e fedem, apesar de Robert me dizer que essa é a melhor época. No verão, os sacos podem ficar lá quase até seu conteúdo virar líquido. E assim, toda quinta-feira, acordamos antes do amanhecer e, na penumbra, colocamos os sacos na carroça. Enquanto trabalhamos, as casas ao redor estão silenciosas, ainda dormem, pois, embora nossos vizinhos saibam o que fazemos, é melhor não lembrarmos a eles mais do que o necessário.

O homem que traz a carroça é um ex-soldado chamado Miller. Não fala nada quando colocamos os sacos na carroça, só resmunga quando terminamos e estende a mão para receber o pagamento. Robert me contou que uma vez, há dois anos, o Sr. Poll quis que ele acompanhasse Miller para verificar se os restos eram todos eliminados sem alarde. Escolheram o final da primavera, um lindo dia de calor. Robert sentou-se ao lado de Miller, que era taciturno, de forma que seguiram em silêncio, a carroça chacoalhando. Viajaram durante a manhã inteira e tarde adentro, seguindo rumo ao leste pela margem até chegarem numa planície com árvores de um lado e, do outro, as margens lisas do rio. Estava tudo calmo, nenhum pássaro cantava, só um bando de gansos levantou voo ao mesmo tempo, grasnando e gritando quando a carroça se aproximou deles. No meio do campo, a grama tinha sido queimada, a terra seca estava chamuscada e imunda. Robert ajudou Miller a tirar a lenha que tinha empilhado em cima dos sacos para disfarçar a carga ao passarem pelas ruas. Os dois fizeram uma pira e esvaziaram os sacos um por um, espalhando tudo por cima da lenha. Por fim, ele ateou fogo, atiçando e avivando as chamas. O fogo soltava fagulhas e crepitava quando queimava a gordura dos corpos, a carne formava bolhas e enegrecia. Robert disse que o inferno devia ser parecido com aquilo, com pernas, braços e cabeças misturados, quebrados e queimados. A fumaça que saía da pira era escura, oleosa e horrível; Robert disse que grudou na roupa dele como uma mancha.

Já anoitecia quando o fogo apagou, as brasas ainda brilhantes sob a luz que sumia gradualmente. Na densa escuridão, Miller pegou um pau na carroça e, pisando nos restos da pira, bateu várias vezes em cima do que sobrou. As faíscas subiam em nuvens em volta dele, como vaga-lumes ou estrelas cadentes tendo ao fundo o vasto espaço da noite.

ACORDAMOS CEDO, com o alarido das criadas e dos meninos do mercado. No andar inferior, a Sra. Gunn já estava de pé há meia hora para acender o fogo na cozinha; às vezes nós a ouvimos, batendo a porta do quintal ou conversando com o leiteiro. Tirando isso, a parte de cima da casa continua adormecida. Das ruas chegam os gritos dos últimos farristas da noite anterior, ou os ruídos dos primeiros carrinhos de mão e carruagens passando pelas janelas silenciosas, mas esses sons ecoam num mundo que está, nesse breve instante, calmo e parado.

Tremendo de frio, levanto rápido da minha cama estreita, calço as botas e visto as calças. Coloco o restante da minha roupa e desço com cuidado para não acordar o Sr. Tyne em seu quarto embaixo da escada. No fogão à lenha, a Sra. Gunn mexe a panela ou conversa com Robert enquanto ele se veste. Às vezes, pego um pedaço de pão ou elogio os cabelos da Sra. Gunn só para vê-la enrubescer; se elogio, Robert também mexe com ela até que ela nos empurra e serve uma concha de mingau nas nossas tigelas.

É raro termos mais de uma hora. Uma hora até o Sr. Poll chegar e começar o trabalho do dia. Mas acabei gostando desse pequeno espaço de tempo entre a madrugada e o começo do dia. Só tem mingau, chá e às vezes pão e leite, mas é o suficiente, pois enquanto comemos, conversamos, rimos e ficamos à vontade. Difícil dizer do que falamos, mas posso garantir que não é nada muito sério — comentamos as coisas da casa e os vizinhos, os boatos que circulam no mercado. A Sra. Gunn tem mania de se apegar a pacientes que viu de relance ou cujos nomes ouviu, sem ter qualquer contato com eles, e às vezes faz comentários sobre essas pobres almas como se fossem conhecidos próximos de todos os presentes, dá lições de moral e conselhos para que sejam felizes, mania que costuma nos fazer chorar de rir. Mas não falamos desse trabalho que ocupa nossos dias e noites, de cortar e examinar os mortos, pelo menos não nesse momento; nessa hora, somos apenas homens novamente, como todos os outros, e por isso nos alegramos.

—

Faz três meses que estou aqui com meu mestre para aprender o ofício dele. Naquela primeira noite, o céu estava vermelho como fogo. Ou como sangue. Robert me encontrou no Bell, lugar onde os coches desembarcam seus passageiros no lamaçal da cidade. Identifiquei-o pelo terno preto como o meu, que era também novo, feito especialmente para a vida que me aguardava.

— O senhor é sócio do Sr. Poll, meu mestre? — perguntei; ele riu e negou com a cabeça.

— Não, o sócio é Charles, eu sou apenas aprendiz, como você — respondeu.

Pegou minha mala e me levou pelas ruas da cidade. Desde então, conheço bem essas avenidas e vielas, mas naquela tarde elas me pareceram uma grande confusão de quintais e becos, de janelas repletas de carne, pão e grãos, de postes a gás chiando por cima da multidão que se movia. Eu nunca tinha visto um lugar como aquele, tantas caras, tantos corpos se apertando e, embora nós conversássemos enquanto andávamos, não lembro das palavras que trocamos, só do som delas vibrando dentro de mim.

Estava escuro quando chegamos na casa, muito bem fechada para enfrentar a noite. Ele abriu a porta e me levou para o quarto que seria meu. Colocou minha mala no chão e esperou eu ir até a janela e olhar os telhados lá fora. Depois que fiz isso, ele sorriu outra vez.

— Bom, vamos ver se a Sra. Gunn ainda está acordada. Você veio de longe e deve estar com fome — disse ele.

— MAS E O QUE ACONTECE com a alma? — Marshall quer saber, atropelando o que o Sr. Poll diz.

O Sr. Poll tira os olhos do cadáver e faz uma pausa.

— Desculpe, perguntou alguma coisa? — diz ele.

— Perguntei o que acontece com a alma — repete Marshall, dessa vez menos seguro.

O Sr. Poll o encara, deixando o tempo passar. Charles larga o bisturi de lado.

— Ah, sim, a alma — diz o Sr. Poll, olhando de esguelha para os alunos. — Onde você acha que essa alma deve estar? Aqui? — pergunta, batendo com o dedo no coração cortado ao meio. Com seus olhos claros, examina Marshall.

— Não? Então talvez aqui? — sugere, segurando o cérebro que jaz em um prato.

Ouve-se um riso silencioso de escárnio atrás de Marshall: deve ser Hibbert, um rapaz nervoso, mas hábil no uso da faca. No estrado, o Sr. Poll segura o cérebro na mão, sem tirar os olhos de Marshall.

— Certamente, você acha que existe uma glândula em algum lugar, um líquido oleoso ou algo assim. Afinal, em tempos menos eruditos, não diziam que havia joias dentro do crânio dos sapos?

Marshall enrubesceu e olhou em volta, talvez esperando algum apoio dos colegas.

— Sr. Marshall, imploro que, se sabe onde se situa tal glândula, não hesite em nos informar.

Ouve-se uma risada. Marshall empina o queixo, desafiador.

— Não posso dizer — afirma ele.

— Não, ouso dizer que o senhor não sabe.

Finalmente, explode uma risada, descontrolada e cheia de desdém. Em reconhecimento a essa aprovação, o Sr. Poll inclina a cabeça e, em vez de deixar a cena se prolongar, levanta a mão pedindo silêncio. O riso some quase imediatamente, deixando um silêncio inquieto. O Sr. Poll coloca o cérebro do cadáver no prato, limpa a mão no avental e, com a segurança de um artista, mostra um frasco.

— Temos aqui cerca de 30 gramas de limalhas de ferro.

A seguir, pega o caderno e despeja-as num lugar onde os alunos possam ver.

— Se forem dispostas sobre uma folha de papel, tais limalhas ficam inertes, com formas determinadas ao acaso. Trata-se, senhores, nada mais, nada menos, de física. Mas, se colocarmos um ímã, veremos algo totalmente diverso — diz, pegando uma pequena vara de metal numa gaveta no armário da parede e colocando-a sobre a folha. As limalhas de repente se agitam, mexem e deslizam de forma quase audível sobre o papel, marcando as linhas de força nos polos magnéticos. — Nenhum agente pode ser visto, nenhum átomo se choca e, mesmo assim, as limalhas se mexem. Como isso ocorre?

— Por magnetismo! — grita um aluno lá atrás.

— Sua capacidade de diagnóstico é, como sempre, impressionante, Sr. Dawson — diz o Sr. Poll, virando-se para o corpo sobre a mesa. — Vamos considerar, senhores, o homem que está deitado aqui. Uma vez...

Com uma pausa bem ensaiada, ele olha para o corpo. À luz da lamparina sobre a mesa, a pele já começou a ficar manchada, como se hematomas esmaecidos circulassem sob ela.

— ... talvez não há tão pouco tempo quanto os senhores gostariam, este homem viveu. Seu coração batia, seu sangue corria nas veias, seu corpo era assolado por todos os desejos carnais e sublimes. Mesmo assim, ele agora voltou a ser barro, o coração e o sangue pararam, o corpo esfriou. A pele começou a apodrecer, daqui a uma semana a carne estará podre, daqui a um ou dois anos, restarão apenas dentes e ossos. Os senhores se perguntam: o que houve? O que mudou? Qual força que antes impedia esse declínio inevitável falhou, que acontecimento secreto ocorreu?

— A alma? — zomba Hibbert e, apesar de o meu mestre sorrir, os demais não acham graça.

— Olhem mais de perto as limalhas e observem a imagem que formam. Embora antes estivessem inertes, elas agora têm forma e energia. Mas não precisamos invocar o calão dos sacerdotes para entender como foi isso.

Fazendo uma pausa, ele encara a sala silenciosa. Ninguém se mexe, nem fala; estão dominados por ele.

— Senhores, somos homens de ciência, estudantes da natureza. Nossa meta é rasgar o véu da superstição, furar o tecido de nosso ser e desvendar a força que dá vida a essas cascas que chamamos de corpos. E vamos descobrir isso aqui, nessa carne fria. Através desses tecidos, descobriremos a sombra daquela força que movimentou a energia dentro do corpo, que fez o coração mexer e bater. Podem chamar de alma, se quiserem, mas prometo aos senhores que essa força é menos misteriosa do que a capacidade desse ímã de dominar as limalhas.

Terminada a aula, os alunos saem da casa e ganham as ruas. A tarde tinha ido embora enquanto trabalhávamos e o céu já estava no lusco-fusco. Não sei se Marshall vai voltar ou não: 1 guinéu a aula é um jeito caro de ser feito de idiota. Mas, se ele não voltar, outros alunos ocuparão o lugar pois, embora Londres tenha muitos instrutores que ensinam a ciência da anatomia, nenhum tem uma mente tão brilhante quanto o meu mestre. A grande obra que será a base de sua fama eterna ainda não está terminada e ele já não é mais jovem, porém, no cinzento teatro da sala de dissecação, ele interpreta seu papel como nenhum outro. Tendo Charles ao lado, é rápido, impiedoso, um homem que detém o domínio total de sua arte, com verve afiada como seu bisturi.

Mesmo assim, ele não é uma pessoa fácil de lidar. Apesar do talento que tem, zomba de quem o admira. Filho de um moleiro, veio para Londres para ser escrevente e acabou cirurgião, com honorários que hoje só são menores do que os de Sir Astley, do Hospital Guy, que esteve à cabeceira de duques e condes. Trata-se de um homem que não esconde as origens nem disfarça sua procedência no sotaque. Ao contrário, ostenta isso quase como um incentivo, além de manter uma carruagem com ótimo cavalo na praça Cavendish e de ter uma filha que seria um prêmio para qualquer homem, se ela já não estivesse sendo cortejada por Charles de Mandeville.

Claro, há alunos que se irritam ao serem insultados nas aulas, mas não creio que essa seja a única razão para não se sentirem à vontade com ele. Pois, embora existam poucos cirurgiões e anatomistas como o Sr. Poll, suas verdadeiras conquistas são maiores e mais vastas. Ele trabalha da manhã até bem depois do anoitecer e sua agitação incontida invade a casa inteira; sua curiosidade às vezes se assemelha à fome, a um apetite enorme que não se sacia, aumentando cada vez mais na busca pela compreensão não só da estrutura do corpo, mas da própria essência da vida.

Para tanto, ele dissecou todos os tipos de criaturas (corvos e cavalos, peixes e macacos, insetos, cobras e, uma vez, até um hipopótamo que morreu num jardim zoológico de Chelsea), tentando descobrir o que une o ser à jaula da carne. Assisti a algumas experiências também, coisas que encantam e, ao mesmo tempo, assustam: um dente que foi arrancado de uma prostituta viva, depois criou raízes e cresceu na crista de um galo. O cadáver de uma salamandra voltou à vida por um breve instante graças à aplicação de eletricidade. O feto de um carneiro permaneceu alguns momentos dentro de um falso ventre feito com bexiga de cavalo; ele se debateu, como se estivesse se afogando no ar, depois parou e morreu. O nosso trabalho aqui busca também o monstruoso e deformado, aquelas aberrações onde não se consegue ler direito o que a natureza escreveu. Na imagem contorcida de suas imperfeições, o Sr. Poll acha que podemos ver nossa perfeição refletida como num espelho.

Mas não são apenas os mortos que obedecem a nossa vontade. Já vi o Sr. Tyne capturar gatos numa armadilha de vime que ele mesmo fez e, mais de uma vez, trazer homens e mulheres dos bares de St. Giles, pagando-os 2 xelins para ingerirem amostras de remédio e terem as reações controladas e anotadas por ele. Uma semana após eu chegar aqui, atraí um cão com um pedaço de carne para o Sr. Poll e Charles abrirem o peito dele e sentirem o coração pular feito um peixe em nossas mãos inquisidoras.

———

Quando as lamparinas dos postes são acesas lá fora, os últimos alunos seguem pela rua, certamente em direção a alguma taverna onde vão beber, rir e relaxar. Volto para a mesa de dissecação e olho o corpo do cadáver aberto. É um trabalho complicado descosturar o morto e minha tarefa consiste em não deixar qualquer vestígio nesse quarto. Ao lado da bacia com o coração cortado ao meio para mostrar o interior entupido de gordura, está o caderno que o Sr. Poll usou em sua demonstração, ainda no lugar onde deixou. Acho que toda a teatralidade de suas palavras me inquietaram: o ateísmo dele é espantoso. Ele deixa de lado tudo o que não pode ser medido; ignora as limitações que o mundo chama de moral. Pego o ímã. Sobre minha cabeça, as lamparinas silvam baixinho, um som ininterrupto, quase como chuva. Na página do caderno, as limalhas ainda marcam o fantasma da presença do ímã; esfrego a mão nela. As limalhas farfalham como folhas mortas, as linhas por onde passaram desaparecem, as elegantes espirais somem. Sem o ímã, as limalhas não mudam de forma, ficam inertes sobre a página, sem reagir. Nossas vidas são tão frágeis; vêm e vão por um nada, meros bruxuleios na escuridão eterna, sombras que passam num muro. Essa vida é tão consistente quanto o ato de respirar, é uma luz que ilumina o interior de nossos corpos e logo se apaga.

Já ERA TARDE NAQUELA primeira noite quando fui dormir, e o calor do verão trouxe primeiro trovões e, depois, chuva. Eu sentia a noite passar, meu corpo agitado na escuridão. Os relógios da casa deram 12 badaladas, depois uma.

De repente, estava desperto de novo. Uma teia de aranha no alto do teto sumia e aparecia conforme o soprar do vento; a chuva ainda escorria pelo telhado.

Eu tinha sonhado, embora não lembrasse com o quê.

Fiquei quieto, sem saber o que havia me acordado. Ouvi então uma batida na porta, seguida de outra mais alta e mais insistente. No escuro, tateei à procura das botas e fui até a porta.

O corredor estava vazio e meus movimentos faziam barulho naquele espaço pouco familiar. Em volta, tudo estava silencioso e imóvel. Bateram de novo enquanto eu descia a escada, o que me fez dar um pulo.

Abri a grade e olhei; surgiu um rosto tão próximo que senti o cheiro adocicado do gim em seu hálito.

— Numa noite como essa, você está demorando muito — disse uma voz com sotaque irlandês. Recuei, por instinto.

— Quem é você? — perguntei, baixo.

Senti que ele ficou um instante me observando. Quando falou de novo, foi com uma voz mais incisiva.

— Não seja idiota, abra logo — mandou.

— Só se disser seu nome — insisti.

— Chame Tyne ou o aprendiz, eles me conhecem.

Hesitei, mas logo ouvi o som de passos atrás de mim. Virei-me e vi Robert segurando uma lamparina.

— Gabriel, faça o que ele mandou.

O dono da voz era pequeno e magro, e atrás dele delineava-se a silhueta de uma carroça na chuva; outra pessoa segurava a cabeça do cavalo encostada junto ao peito. Senti então o Sr. Tyne próximo do meu cotovelo, a voz aguda no meu ouvido.

— Ajude-os, vocês já fizeram barulho demais.

Saí na chuva. O Sr. Tyne ficou observando da porta toda a extensão da rua adormecida. Ao ver que eu o olhava, sorriu com certo prazer ao notar meu desconforto.

A chuva caía forte, como arames frios espetando nosso rosto. Na carroça, o irlandês tirou algo de cima da palha, um saco, balançou-o para mim e colocou-o no meu ombro. Era mais pesado do que eu imaginava, as extremidades estavam molhadas e com cheiro forte de terra. Aos tropeços, senti o peso dentro do saco se mover, como se houvesse algo solto lá dentro, terra ou pedras, e uma água fria escorreu do saco pelo meu pescoço. Foi então que entendi o que estava carregando, o susto me fez escorregar nas pedras molhadas. O Sr. Tyne veio para cima de mim.

— Pelo amor de Deus, rapaz, quer que os magistrados venham atrás de nós? — perguntou baixo, me levantando pelo braço.

———

Eles se chamavam Caley e Walker. No escuro, podia-se achar que Caley fosse um rapaz de 15 anos, tão miúdo ele era. Mas à luz do porão, ele certamente tinha a mesma idade que Robert e eu; seu corpo franzino não era da idade, e sim da pobreza, embora aqueles lábios que pareciam dar um beijo e aquele rosto bonito demais tivessem alguma coisa de criança imatura e cruel, uma brusquidão de gestos que me deixou apreensivo por estar perto dele.

Depois que eles foram embora, nós desamarramos os corpos que trouxeram e começamos a lavagem. Enquanto trabalhávamos, achei que ia sentir nojo, mas não, nem medo. Vi minhas mãos se movimentando pela pele dos cadáveres como se não me pertencessem, como se eu estivesse fora de mim, meu corpo longe.

———

Naquela noite, não dormi outra vez; imagens dos rostos e corpos invadiam a minha cabeça. Meus dedos ainda tinham cheiro de vinagre, meus braços e pescoço continuavam sentindo o contato com eles. Levantei com a primeira luz do amanhecer, desci, fui ao quintal e despejei a água da pipa, olhando-a passar entre as pedras. Lentamente, dobrei as mangas da camisa, passei sabão nos braços, mas continuei sentindo os mortos, até que finalmente tirei a camisa, abaixei a cabeça e deixei a água escorrer pelos cabelos e costas, mesmo sabendo que não ia tirá-los da minha pele.

MEU PAI MORREU quando eu tinha 12 anos. Nós o encontramos a uns 500 metros de casa, encolhido perto de uma parte protegida do muro. Estava com o rosto virado para as pedras escuras, de costas para o mundo, meio encoberto pela neve.

Foi o nosso vizinho, Tobias, quem percebeu que ele estava morto. Era janeiro, o novo ano mal tinha começado. Vi Tobias se aproximando da janela acima da cozinha, onde eu estava sentado. Ele subiu até mim, olhando bem para a frente, a cabeça firme e reta. Só quando chegou mais perto que ele viu as ruínas do quintal, o trole quebrado e os móveis abandonados largados ao relento.

Abri a porta antes de ele bater. Por cima de mim, ele olhou dentro da sala escura.

— Há quanto tempo ele saiu? — perguntou.

Mordi o lábio. Pois desde que me lembrava, estava proibido de dizer a qualquer visita que chegasse aonde meu pai tinha ido.

— Há três dias — respondi, finalmente.

Tobias assentiu e ficou me olhando, certamente pensando se devia conduzir um menino esfomeado a pé até a cidade, que ficava a uma hora de caminhada.

— A cadela é dele?

Como se soubesse de quem estávamos falando, ela apertou o focinho contra a minha mão.

— Traga-a — disse ele.

A nevasca tinha acabado, deixando o céu limpo e vazio e o frio fazia nossa respiração formar nuvens de fumaça. Tobias não disse nada quando entramos na estrada principal, então fiquei consciente sobretudo do silêncio em volta de nós e dos gritos solitários dos corvos ecoando nas colinas nuas.

Assim que chegamos na curva da estrada, de onde se avistava a cidade, a cachorra empinou a cabeça, levantou as orelhas e balançou o rabo como fazia sempre que meu pai se aproximava de casa. Tobias olhou para ela, talvez pensando em mandar-me segurá-la, mas era rápida demais. Ela correu uns 90 metros e parou num montinho de neve que tinha se acumulado junto ao muro. Ficou alguns segundos sem saber o que fazer, dando um ganido triste e confuso, depois levantou a cabeça e latiu duas vezes. Tobias colocou a mão no meu ombro.

— Espere aqui — disse, e, sem alterar o passo, foi andando até onde a cachorra estava cavando a neve com as patas. Ele parou e se ajoelhou na neve. O alto do pequeno monte de neve tinha uma forma escura que Tobias tocou com a mão, depois se levantou e virou-se para mim.

O corpo não tinha sinal de violência. Na verdade, o rosto frio e azul do gelo parecia quase em paz. Ele podia ter sofrido um ataque súbito, um derrame ou um infarto, porém, era mais provável que tivesse se cansado e ficado confuso em meio a neve caindo; bêbado, com frio, deve ter resolvido descansar um pouco. A neve estava intocada, a não ser na parte que a cachorra tinha cavado, fuçando o corpo frio como se quisesse aquecê-lo e ressuscitá-lo; as únicas marcas na neve eram de uma longa fileira de patas do passarinho que atravessou a estrada na direção de meu pai, depois virou para o lado e sumiu: o pássaro tinha alçado voo de novo, perdido no céu.

Lembro de meu pai como uma pessoa dotada de uma força agitada e imprevisível, um homem com um charme descuidado e grande entusiasmo; ao mesmo tempo, tinha acessos de desânimo e raiva impotente. Nunca foi violento comigo nem me magoou de propósito, mas vivia muito à mercê do próprio temperamento. Na verdade, era como se eu mal existisse e, de repente, ele se lembrasse de mim e quisesse forçar uma intimidade que não tínhamos. Se tivesse vivido mais alguns anos, eu poderia ter visto nele as características que eu imaginava que ele possuía, um homem que gostava muito de beber e jogar e que no fundo era bem infeliz, fosse por algum sofrimento muito antigo ou devido ao jeito dele, e tinha o temperamento de um jogador, com suas indecisões descomunais e a capacidade de se iludir. Apesar disso, para mim ele era apenas meu pai, uma pessoa de quem eu gostaria de ser próximo, mas de quem aprendi a desconfiar, conforme experiência própria.

Mesmo depois de tanto tempo, posso imaginar um pouco como ele foi quando jovem. Bonito, sedutor, cheio de uma energia selvagem e ciente das próprias possibilidades. O pai dele administrava uma fazenda e o patrão se interessou pelo menino, providenciou que entrasse na escola e amenizasse seus modos rudes para encontrar um caminho no mundo. Tenho certeza de que meu pai virou uma ótima pessoa, pois sabia montar um cavalo como se tivesse nascido para isso e, mesmo quando já estava perto do fim da vida, com o olhar embaçado e as roupas esfarrapadas, ainda era capaz de despertar o interesse de uma moça ou senhora que passasse, fazendo um galanteio.

Cheio de gim e remorso, ele às vezes falava nesses anos da juventude, não com amargura como eu esperava, mas com uma espécie de afeto. Meu pai foi despedido quando fugiu com a filha do seu protetor; menos de seis meses depois, tornou-se um viúvo com um filho para criar e descobriu que as maneiras e o charme que ostentava eram pouco frente ao vício do jogo, e assim começou a longa e lenta decadência que seria a nossa vida. Mudamos de Londres para Bath, de Bath para Liverpool, de Liverpool para York e finalmente para estrada onde ele morreu, no alto das colinas da cidade, a poucos quilômetros de onde havia nascido.

—

Esperei ao lado do corpo de meu pai, com a cachorra como companhia, enquanto Tobias andava os cerca de 500 metros que faltavam para chegar à cidade. O dia estava calmo e a neve brilhava à luz do sol em toda a volta. Lembro de olhar para ele e de sua presença inerte e muda. Claro que foi um choque, mas não lembro de ficar surpreso ou sequer de luto, apenas de sentir uma espécie de inércia, como se aquela cena estivesse sempre ali, esperando que eu a descobrisse naquele momento. Lembro também que pensei "o mundo é assim mesmo, um lugar de ausências e despedidas".

No dia do enterro, Tobias foi comigo até a cidade. Era metodista, como muitos naquelas paragens, e por isso não ia ficar comigo ao lado da sepultura, mas perto o suficiente para eu vê-lo, as mãos cruzadas na frente, segurando o chapéu. Acredito que meu pai gostaria de ser lembrado como uma pessoa popular, mas naquele dia o enterro contou com a presença do filho, do padre e de dois homens que nunca mais veriam o dinheiro que ele pediu emprestado.

Quando a cerimônia terminou, o reverendo me chamou de lado. Era pequeno, quase gordo e, embora não o conhecesse, tinha ouvido um menino da cidade dizer que ele teve um filho que morreu de febre no verão anterior, uma criança adoentada que nunca se desenvolveu.

— Tobias disse que você sabe ler — começou.

Não respondi, só fiquei ali de pé.

— Preciso de um menino para me ajudar nas aulas — disse ele.

Às vezes, penso no que teria sido de mim se ele não tivesse dito isso naquele dia. Decerto iria para um orfanato ou, com sorte, para alguma fazenda. Em vez disso, passei a comer com o reverendo na reitoria e a estudar na escola que ele mantinha. Mas, embora me tratasse como se fosse um filho, não gostava dele; eu só sentia falta de algo, como se uma parte importante de mim tivesse morrido naquele dia.

PERTO DA ESTALAGEM BARNARD, alguém grita meu nome em meio ao alarido da rua. Assustado, paro e ouço de novo; o grito vem de uma carruagem do outro lado da rua. A janela estava aberta e Charles estava lá dentro.

— Não é muito tarde para você estar na rua? — pergunta ele.

— Estava com um amigo do meu tutor — comecei a explicar, mas ele cortou minha resposta com um sorriso.

— Era brincadeira, Gabriel. Onde mora esse seu amigo? — perguntou ele de novo.

— Em Camden... — comecei, para ser interrompido por um grito de dentro do coche.

— Lugar entediante!

Hesitei, mas Charles não se intimida.

— E aonde vai agora?

— Para minha casa — digo, depois me corrijo: — Para a casa.

Alguém resmunga dentro da carruagem, como se sua paciência já estivesse esgotada. Charles fica sem saber o que fazer, olha por cima do ombro e, com uma expressão que não entendo direito o que significa, volta a falar comigo.

— Venha conosco — convida.

Recuso com a cabeça.

— Não acho que... — digo, mas Charles faz sinal para eu parar.

— Por que não? Já terminou seu trabalho da semana. Não tenha medo, depois nós deixamos você em casa — diz ele, abrindo a porta para eu subir.

A carruagem já está cheia, com Charles e mais três pessoas que não conheço, sentados dois de cada lado; então, quando entro, eles precisam se mexer e se apertar para me ceder espaço. O cocheiro reclama que cinco pessoas é demais para os cavalos dele, mas isso só provoca uma zombaria do que está sentado na minha frente. O cocheiro insiste, o homem levanta, faz uma ameaça e a coisa termina com o cocheiro xingando e estalando o chicote. O homem senta de novo e me olha com desprezo.

— Que tipo de pássaro é esse? — pergunta a Charles, com desdém. Apesar de o homem não ser alto, ele é forte, e seria bonito de uma forma brutal se não fosse o nariz torto, como se estivesse colocado no local errado.

— Gabriel Swift — respondo, estendendo a mão. Para meu constrangimento, ele recusa meu gesto e olha para mim, incrédulo. Isso faz com que os outros riam muito e, na hora, percebo que estão bêbados.

— Ele se chama Chifley. É patife e insolente por recusar seu cumprimento — diz Charles.

Com isso, Chifley ri alto.

— Eu não cumprimentaria você, De Mandeville, se não pagasse minhas bebidas.

Charles ri e seus olhos se estreitam.

— Este é Caswell — apresenta, indicando o homem à esquerda de Chifley. Deve ser pouco mais velho do que Charles e Chifley, mas seu cabelo castanho-claro já está escasseando. Pelo jeito, ele tenta remediar isso deixando os cabelos crescerem de um lado só e penteando essa parte por cima da cabeça. O rosto também é de um homem mais velho, simplório e gorducho, mas simpático. Ao contrário de Chifley, ele estende a mão e eu faço o mesmo.

Finalmente, Charles vira para o homem ao meu lado, que está calado.

— E este é May. — May e eu nos cumprimentamos, ele aperta minha mão vigorosamente. Tem o rosto magro e uma estranha palidez, mas logo sorri.

— Onde você disse que estava? — pergunta Charles. Pouco antes, achei que ele estava bêbado, como certamente estavam Chifley e Caswell, mas naquele momento ele me parece em estado normal.

— Na casa de um amigo do meu tutor. O Sr. Wickham, pároco em Camden — respondo.

— Vai sempre lá?

— Fui convidado três vezes. — Penso nas tardes enfadonhas que passei ouvindo o vozeirão do Sr. Wickham e a vozinha insossa da filha dele, Georgiana, e fico sem saber o que dizer. — Eles têm sido muito simpáticos comigo.

Charles sorri gentilmente.

— É um jeito sem graça de um rapaz passar a tarde.

Já aprendi que esse é um talento de Charles: fazer com que seu interlocutor sinta que ele entende o verdadeiro significado de suas palavras.

— Não tenho muita escolha, tenho poucos amigos em Londres — acrescento, sorrindo.

— E Robert?

— Está com a família esta noite.

Chifley deve ter se entediado com a nossa conversa e começa a cantar, e Caswell e May logo o acompanham. Charles olha para eles, depois para mim.

— Aonde vamos? — pergunto.

Charles encosta no assento e dá um sorriso misterioso.

— Tem alguma importância?

―

A carruagem segue chacoalhando pelas pedras e olho para Charles. Apesar de trabalhar com ele há três meses e de todo o seu humor e simpatia, não sei direito quem é. Filho de um reverendo, ele estudou primeiro com Sir Astley e depois no continente, ganhando fama pela firmeza da mão e pela rapidez com que trabalha. Robert diz que, até conhecer Charles, o Sr. Poll achava que não havia ninguém igual a ele na profissão. E foi o Sr. Poll quem indicou Charles para entrar na Faculdade de Cirurgiões.

Desde então, a fama de Charles cresceu a ponto de rivalizar com a de profissionais com o dobro da idade dele e seus serviços são requisitados por muita gente conhecida e influente. Mas um estranho poderia se perguntar qual a intensidade da ligação entre ele e o Sr. Poll, dois homens de temperamentos tão diversos. Enquanto o Sr. Poll é arrogante, Charles tem maneiras simples que deixam todos à vontade; fala não só como igual, mas como amigo e se sente tão bem na casa dos mais humildes quanto nos salões dos poderosos.

———

A carruagem nos deixa numa taverna de teto baixo, logo depois da Strand. Está lotada de homens e mulheres sentados, apertados e pressionados uns contra os outros ou circulando em volta das mesas. Há muita conversa, riso e alegria. Charles e Chifley nos levam para uma mesa perto da lareira, chamam o dono do lugar e pedem fatias de vitela. Ouço o pedido com preocupação, pois meus primeiros meses em Londres foram dispendiosos e gastei quase todo o dinheiro que meu tutor me deu. Escrevi para ele pedindo um adiantamento do dinheiro reservado para o segundo semestre, e temo que não possa pagar o jantar. Fico ainda mais preocupado por talvez ter de admitir isso. Charles percebe o meu desconforto, dirige-me um olhar confiante e diz para não me preocupar, comemorarei junto com eles. Confuso, pergunto o que festejam e isso causa muitas risadas mas, antes de eles me responderem, o vinho chega, as taças são servidas e todos brindam.

Enquanto bebemos, tento adivinhar o máximo possível sobre meus companheiros. Fico sabendo que Chifley é comerciante de cavalos, embora pareça considerar o negócio pouco mais que uma desculpa para ridicularizar os que usam seus serviços. Já Caswell não parece ter uma profissão, embora seja bastante simpático. E May se diz artista, apesar de ser difícil imaginá-lo na frente de uma tela, pois fala sem parar, interrompendo a conversa como se possuído por uma energia louca. O efeito disso é quase cativante, pois ele não tem qualquer maldade, ri sempre, mas sua ingenuidade tem algo de desconfortavelmente vulnerável. Ele tamborila os dedos na mesa como um rufar de tambores, o que não me incomoda, mas irrita Chifley, que manda-o parar várias vezes. Porém, ele recomeça até que finalmente pede licença e some na sala que Chifley insiste em chamar de latrina.

A vitela está ótima e, apesar de eu já ter jantado, como com gosto. Chifley estende um pão para mim.

— Você não dá comida para esse pardal? — pergunta a Charles, que sorri para mim, intrigado.

— Nós matamos você de fome, Gabriel? — pergunta.

Balanço a cabeça dizendo que não, embora não seja inteiramente verdade. Por ordem do Sr. Poll, Robert e eu comemos só tripas e sopa de aveia; o mestre acha que ingerir muita carne provoca melancolia. Charles fica me olhando um instante, serve com estardalhaço mais vinho na minha taça e me manda beber.

Não sei à que altura concluí que estava embriagado. Caswell cantava algo sobre um pastor e uma leiteira, cujos detalhes tive dificuldade em acompanhar, embora a história fosse muito engraçada. Ele tem um tufo de cabelos no alto da cabeça, o que sobrou de sua cabeleira castanho-clara, e a careca brilha, rosada. Ótimo tenor, ele canta de olhos fechados, como se imerso na própria voz. O som forte não combina com aquele homem bobo, de jeito nervoso. Uma das mulheres está no colo de Charles e os dois conversam, ele cochicha no ouvido dela, ela ri e cochicha de volta. Não sei onde May foi parar, mas Chifley está batendo com a palma da mão sobre a mesa, mandando Caswell cantar mais. Um garçom serve minha taça e também peço alto que Caswell cante, batendo os pés no chão e as mãos na mesa. Em seguida, estamos na rua e alguém canta, acho que não é Caswell, mas Chifley; de relance, alguém pressiona o rosto contra a janela da carruagem e outra pessoa grita para calarmos a boca. A certa altura, meu estômago se revira e, abrindo a porta do coche, caio na rua e expulso o conteúdo dele sobre as pedras como um odre de vinho ao avesso, queimando garganta e nariz. Quando termino, sou levantado pelos fundilhos e meus pés começam a andar; subitamente, estou na escada da casa; Charles e Chifley me empurram para dentro pela porta aberta.

ELE FICA SUSPENSO em seu ventre de vidro, meio virado de lado como se quisesse se esconder de quem olha. Tem duas pernas, mas, acima da cintura, surge outro corpo menor, com tronco e um braço que sai do peito do primeiro. Embora esse segundo corpo esteja pela metade, tem uma cabeça no alto, tão perfeita quanto o corpo é grotesco. Meio oculta pelo seu gêmeo maior, a cabeça do menor parece adormecida, aninhada em seu protetor, aconchegada pelo seu braço.

Enquanto o menor dorme, o maior está acordado, ou pelo menos é o que parece, pois, por alguma trapaça da arte do preservador, os olhos parecem seguir o espectador por todos os cantos da sala. As pálpebras semifechadas nas órbitas vazias, suas profundezas de certa forma malignas como as de um sapo ou de alguma coisa pesada e odiosa, com inveja da vida e de suas alegrias. Mas nos pontos costurados em forma de Y, que vão dos pescoços ao umbigo que têm em comum, a pele é lisa e perfeita como a de qualquer criança, porém clara e fria como mármore ou alabastro.

Nas prateleiras em volta há uma centena de outros jarros, cada um com sua monstruosidade. Em alguns, estão preservados braços, pernas e órgãos dos mortos e as mãos, olhos, orelhas e pés ficaram cinzentos e horríveis devido ao álcool; nos demais jarros, há coisas mais difíceis de identificar: um pulmão enegrecido, um coração petrificado, um olho com os nervos flutuando como uma água-viva. Num dos jarros está a cabeça de um homem cuidadosamente serrada ao meio; de um lado, está o rosto perfeito e imaculado, de olhos fechados como se piscasse por um instante; a outra metade, apertada no vidro, mostra as camadas de osso, cérebro e músculo, as delicadas cavidades nasais, a base gorda da língua. Mas há mais coisas, que olhos despreparados teriam mais dificuldade de encarar, coisas cujas formas parecem vir das regiões sombrias do sono febril. Mãos com seis dedos; um pé coberto de escamas; os órgãos reprodutivos de um hermafrodita, um pênis e escroto nas dobras da vagina, qual uma anêmona. No meio de tudo isso, uma série de jarros maiores contém crianças com alguma deformação horrenda: uma, com a cabeça vazia saída do pescoço; outra, como uma sereia, com o traseiro e as pernas sumindo entre dobras ao lado; uma cabeça do avesso, com os dentes formando anéis concêntricos na carne exposta do palato, como se o buraco invertido quisesse devorar o rosto onde está apoiado, do queixo à testa.

Cada jarro é preservado graças ao Sr. Tyne, cujas mãos hábeis deram a tais criaturas e seus esqueletos essa aparência de vida. Há muito tempo, ele foi aprendiz de Gaunt, que faz dentes para os ricos. Aprendeu com ele a arte de fixar dentes com arame e osso, de fabricar palatos e grampos para firmá-los na boca de seus novos donos. Aprendeu também com Gaunt a arrancar dentes, seja da boca de vivos ou, com mais frequência, de mortos. Foi assim que o Sr. Tyne chamou a atenção do Sr. Poll, que já então viu nele talento para a tarefa de encontrar mortos e privá-los de seus bens. Com o tempo, ele tirou o Sr. Tyne de onde trabalhava como aprendiz e colocou-o para agir nos cortiços e favelas, procurando corpos como antes buscava dentes para Gaunt.

Ele é o braço direito do meu mestre em tudo, uma sombra fiel, incansável no zelo e implacável quando se trata de defender os interesses do Sr. Poll. Dispõe de homens pela cidade inteira e vai a todos os cantos, farejando casos que possam interessar ao meu mestre, combinando a entrega dos que não podemos recolher na casa. É de natureza reclusa, vigilante e atento e, embora não tenha qualquer ascendência sobre mim e Robert, aprendemos a observá-lo e a não confiarmos nem um pouco no Sr. Tyne. Pois não há qualquer vestígio de delicadeza nele, embora suas criações pareçam demonstrar a mão sufocante de um amor materno. Ele considera essa casa como se fosse dele. Mas, apesar de ser o braço direito do meu mestre, às vezes noto nele algo mais, um ódio bem lá no fundo, que ele mantém sob controle para não dominá-lo.

Q UANDO A DANÇA PARA e ela abaixa a máscara, eu sinto um arrepio; sob a luz sibilante do palco, seu rosto tremula como se ela fosse ao mesmo tempo real e incorpórea, uma criatura formada não de matéria, mas da mesma substância dos sonhos. Contra a clareza fantasmagórica do cenário, os olhos parecem enormes e líquidos; a boca, imensa como a dor.

No meio do turbilhão de cores do baile sobre o palco, ela para, como um ponto estagnado e olho-a, ávido, com medo de que ela evapore ou eu acorde, perdendo a noção de suas formas na pressa dessa sensação. A orquestra volta a tocar no fosso, a plateia ri, ela então recoloca a máscara, dá um passo para o lado e o parceiro volta a dizer sua fala.

A peça é um drama sobre piratas e turcos, ambientada num palácio veneziano. Ela não é a heroína, faz um papel menor, uma confidente e, à medida que a peça se desenrola, ela vem e vai, contracenando com a heroína ou com o homem que seria seu amante, ou com o ator que interpreta o homem que ela deseja. A cena mais longa da qual ela participa é a do vilão tentando seduzi-la, na qual demonstra uma estranha resignação, como se ele já tomasse conta de seus pensamentos. O amante vem salvá-la, mas chega tarde demais. Sempre que ela entra em cena, arrebata a plateia; todos nós, mesmo a multidão falante nas poltronas lá de baixo, nos calamos ao ouvi-la falar. Não fica claro por que isso ocorre, pois ela não se apresenta como os outros atores, nem dramatiza muito suas falas. Na verdade, a personagem parece apenas um arremedo para disfarçar outra coisa, não revelada nem dita, uma ilusão dentro de outra.

Mais tarde, nas salas onde nos refugiamos, vejo-a passar. O rosto não está mais maquiado e ela parece menor, quase frágil. Está com dois homens e uma jovem de cabelos louros. Não olha em nossa direção ao passar pela sala, mesmo assim fico nervoso. May diz no meu ouvido:

— O que está olhando, meu passarinho?

— Aquela moça estava na peça — respondo, sem saber se é uma dúvida ou uma afirmação.

— Estava. Acha-a bonita? — pergunta May, com o hálito quente.

Concordo com a cabeça e May ri. Chifley também notou meu olhar.

— Seu aprendiz está assimilando seus hábitos, De Mandeville — conclui ele. Então todos riem, mas noto também o olhar de Chifley, a frieza de sua avaliação.

A BATIDA É INESPERADA e soa alto na casa vazia. Na medida em que a porta se abre, o barulho da rua entra, uma voz, as palavras inaudíveis. Então, firme e forte, ouve-se o som de botas masculinas se aproximando.

Levanto, inseguro, e volto-me para a figura que desce a escada. É alto, forte e, embora não seja mais jovem, caminha como quem tem noção da própria força e não a teme. Ele para ao lado da lareira e estende as mãos para aquecê-las.

— Noite úmida — constata. A voz é profunda, o tom de um cavalheiro.

— É mesmo — concordo, olhando para a Sra. Gunn atrás dele, na escada. Ela não diz nada, só balança a cabeça. Seu rosto tenta me avisar de alguma coisa que não consigo entender.

— Falam que uma criança caiu em uma vala em Finsbury e se afogou — diz ele, olhando para mim como se quisesse ver qual seria minha reação.

— O que faz aqui? Procura por quem? — pergunto.

Ele sorri.

— Você se chama Swift, não?

— É — confirmo, com cuidado. Ele concorda com a cabeça e seu olhar se dirige aos livros espalhados sobre a mesa. Numa página está o esboço de uma criança no ventre da mãe, desenhado com grande precisão. Ele passa os dedos sobre a figura e vira a página para ver o que há depois.

— Dizem que você é aprendiz aqui graças ao seu tutor, que é primo do seu mestre.

Fico sem jeito por ele saber tais coisas. Ele olha para mim de novo, silenciosamente.

— Quem é você? — pergunto, e ele ri, um som curiosamente suave.

— Então, não lhe disseram? Eu me chamo Lucan — diz, observando-me.

Fico calado.

— Deve haver coisas que eles acham melhor você ignorar — concluiu, virando outra página.

À luz da lareira, sua boca larga e os olhos empapuçados conferem certa sensualidade à linha excessivamente grosseira do queixo e do nariz curvo. Não é bonito, é outra coisa, mais difícil de descrever.

— Swift, onde está seu mestre? — pergunta, pronunciando meu nome devagar como se o estivesse degustando.

— Saiu. — O tampo da mesa parece mais duro em contato com a minha coxa.

— E De Mandeville?

Faço um movimento de negação com a cabeça. Por um longo instante ele fica de pé, calado, com os olhos grudados aos meus. Sinto a força dele e, quase como um desejo, ela me faz tremer.

— Se quer deixar recado para meu mestre ou o Sr. De Mandeville, garanto que será dado.

Os olhos dele ficam enrugados, achando graça. Vira-se e pega dentro do paletó uma caixa de prata. É pequena, gravada em estilo oriental. Num gesto rápido, abre-a e me oferece finos charutos turcos. Já tinha fumado aquele tipo, May adora-os, mas quando olho para a cigarreira, não me detenho nos charutos, mas na mão. Grande, dedos compridos, com unhas lascadas e maltratadas como as de um operário; os dedos, inchados devido ao reumatismo e, mesmo assim, enfeitados com muitos anéis, qual um ambulante de rua ou um muçulmano.

Recuso balançando a cabeça. Ele aguarda e, com discreta resignação, pega um charuto e fecha a caixa.

— Não gosto do jeito como me trata, Swift — diz, pegando um pequeno pedaço de lenha na lareira e acendendo o charuto.

— Sinto muito, mas essa casa é do meu mestre e o senhor é um visitante — explico.

Ele dá uma tragada no charuto e deixa a fumaça sair lentamente pelo nariz.

— Seu mestre me trata como se eu fosse um criado. Não faria mal a ele aprender a ser um pouco gentil.

— É isso o que tem a dizer para ele?

Ele me encara por tempo suficiente para eu pensar melhor no que disse. Depois, ri como se, de certa forma, eu o tivesse agradado.

— É, diga isso a ele. — Devagar, com os movimentos constantes e hipnóticos de uma cobra, ele segura meu rosto e vira-o para me olhar mais de perto.

— Você é um rapaz bonito, Swift. As pacientes devem apreciar sua ajuda.

O cheiro do charuto é inebriante e adocicado e, mesmo sabendo que devia me desvencilhar, não consigo, meu corpo dominado por uma estranha paralisia. Sob as pálpebras grossas, os olhos dele são quase negros, com uma espécie de fogo no interior.

De repente, a porta da rua bate lá em cima e ouço a voz do Sr. Poll e de Oates, o cocheiro. Lucan me solta, dando uma risada, e se afasta.

— Acho que finalmente vou falar com seu mestre — diz, colocando o charuto na boca.

———

No andar de cima, no vestíbulo, o Sr. Poll para ao ouvir o nome de Lucan.

— Como? O que ele veio fazer aqui? — pergunta. Fico com a desagradável impressão de que me considera culpado por esse desrespeito. Atrás dele, o cocheiro Oates recua um passo, segurando o casaco do Sr. Poll na mão atarracada.

— Não sei. Só disse que quer falar com o senhor — respondo.

O Sr. Poll pensa um pouco. Depois, balança a cabeça e sorri, embora de forma não muito amigável.

— Diga para ele ir ao meu escritório.

—

Quando Lucan entra, o Sr. Poll não diz nada. Em vez disso, levanta-se e olha-o com um desprezo mal disfarçado.

— Tem algo a tratar conosco? — pergunta o Sr. Poll.

— Talvez. Soube de coisas que podem lhe interessar — diz Lucan.

— É mesmo? Que coisas seriam? — pergunta o Sr. Poll, irônico.

— Dizem que Caley se vangloria de ter enganado você e os outros. Que gosta de receber por corpos que não entrega e que engana você sempre que pode.

— Caley diz que você é quem atrapalha o serviço dele.

Lucan sorri.

— Se eu atrapalhasse, eles não iam só reclamar.

— Está me ameaçando? Lembre-se de que esta casa é minha, não preciso mais me submeter às suas extorsões — diz o Sr. Poll, ríspido.

— Eu seria mais cuidadoso ao usar a palavra extorsão, caso esteja pretendendo manter a nossa amizade — diz Lucan, irritado. O Sr. Poll apenas ri.

— Não se gabe de sermos amigos — avisa.

Lucan fica parado. Percebo de repente que o Sr. Poll queria que eu testemunhasse aquele insulto. Lucan também ri.

— Um dia, você vai se arrepender por ter recusado a minha amizade com tanta frieza — diz e, embora sorria, não era possível deixar de compreender o que ele queria dizer.

Embora seja minha obrigação tomar o partido do meu mestre, sinto-me envergonhado ao levar Lucan até a porta, sem entender direito por quê. O Sr. Poll é orgulhoso, mas não é agressivo nem idiota, por isso não entendo por que agiu daquela forma. Na escada, Lucan vira-se para mim.

— O ser humano é refém de seu temperamento, certo? — pergunta, com um olhar indecifrável. Lá fora, a chuva cai e as lamparinas despejam luz na neblina.

— Não acha que a vontade pode dominar o temperamento?

Ele fica parado um tempo. Por fim, sorri, não sei se por achar graça ou por desprezo.

— Tenho certeza de que voltaremos a nos encontrar — diz, inclinando a cabeça numa espécie de cumprimento. Depois vira-se e segue pela noite.

ROBERT VOLTA QUANDO estou sentado ao lado do fogão, na cozinha. Nesta noite, ele parece magro e cansado, mesmo assim me oferece um pouco do pão e do ensopado que a Sra. Gunn deixou para nós dois. Recuso; ele me olha com curiosidade e não insiste. Acho que ele não se preocupa muito em comer e muitas vezes até esquece. Mesmo quando come, é devagar e metódico, como se devesse refletir sobre cada garfada ao mastigar.

— Lucan esteve aqui — informo. Robert continua com a boca cheia mas, depois de engolir, põe o garfo na mesa e olha para mim.

— Para quê?

Balanço a cabeça.

— Não sei, queria falar com o Sr. Poll — respondo.

— E ele falou?

— Sim.

— E o que o Sr. Poll disse a ele?

— Que ele estava enganado se achava que os dois eram amigos.

Robert assente e umedece um pedaço de pão no resto do ensopado.

— O que há? — pergunto.

— Isso não faz sentido.

— Não entendi o que você quer dizer.

— Não faz sentido ficarmos contra Lucan.

— Acha que devemos acreditar nas ameaças dele?

— Eu não me tornaria inimigo de quem pudesse me prejudicar. E ele tem muitos motivos para nos detestar. — Robert para e olha para mim. — O que você sabe sobre ele? — pergunta.

— Sei que é um ladrão de cadáveres, como Caley, e que exerce domínio sobre metade dos anatomistas de Londres.

Robert concorda com a cabeça.

— Sabe que ele já trabalhou para nós, para Sir Astley e para os outros, e que Caley e Walker trabalhavam com ele? — Ele passa o pão no ensopado outra vez e prossegue. — Lucan queria aumentar o preço cada vez mais e ameaçou nos matar de fome se não pagássemos. Eles então resolveram humilhá-lo. Com ajuda do nosso mestre e de Sir Astley, Caley rompeu com ele e o Clube todo ficou contra Lucan.

— Tinham razão em agir dessa forma.

— Talvez. Mas os preços dependiam tanto da nossa ganância quanto da dele. Além do mais, há algo que Lucan poderia conseguir bem mais barato e deseja mais do que dinheiro.

— E o que seria?

— Respeito. Ele já foi um cavalheiro — diz Robert.

Faço um som de desprezo e Robert me encara, com a cabeça inclinada sobre o prato e um olhar firme.

— Acha que o orgulho deles não pesa na avaliação? Então responda: como Lucan ainda trabalha, se todos estão contra ele?

— Ele vende cadáveres para Van Hooch, Brookes e os outros. Anatomistas que não têm nada de cavalheiros e não são membros do Clube de Anatomia.

Robert concorda com a cabeça.

— Nenhum homem gosta de ser humilhado por pouco. E nós humilhamos Lucan de várias formas — diz ele.

— E Caley? Por que ele largou Lucan? — pergunto.

Robert dá um risinho triste.

— Isso aqui é Londres, Gabriel. Tudo está à venda.

———

Mais tarde, à noite, Caley trouxe mais corpos e percebi que Robert e o Sr. Tyne foram cuidadosos com ele como se temessem que soubesse da visita de Lucan. E, embora Caley não faça qualquer menção a isso, sorri quando vai embora e pergunta o que estamos escondendo dele. Respondemos que não escondemos nada e ele se detém, nos analisando. Pode ser um sujeito cruel, mas percebe quando alguém mente ou fraqueja.

Na escada, encontro o Sr. Tyne, e ele se posiciona de forma a bloquear minha passagem.

— Por que ele veio aqui? — pergunta.

— Não sei — respondo. O Sr. Tyne não faz qualquer movimento, e em seus olhos há uma desconfiança e uma violência que eu nunca tinha visto.

— Você falou com ele a sós?

— Falei — respondo, sem jeito.

— E o que ele disse a você?

— Nada.

Ele permanece parado por um bom tempo. Finalmente, dá um passo para o lado e permite a minha passagem, o corpo perto do meu, o olhar duro.

NOS DIAS SEGUINTES, o tempo piora: primeiro chuva, depois chuva de gelo, e então as ruas ficam com uma neblina sufocante e interminável. Densa, está em toda parte, queimando os olhos e a garganta. Depois, tão de repente quanto surgiu, ela desaparece, e os dias ficam claros e límpidos como água. Não há vento, apenas quietude, causando um frio dolorido que vem antes da neve. O ar tem cheiro de carvão queimando e fumaça de lenha.

O frio traz todos os dramas dos pobres: a doença, os pulmões escuros e a pneumonia; assim, à noite, somos sempre chamados para ir à casa dos moradores das ruas estreitas e dos prédios de St. Giles e Saffron Hill. Embora essas pessoas não paguem nada, nós vamos até lá e as ajudamos, levando o máximo de conforto possível, nem que seja só com uma ou duas palavras de consolo.

Sinto-me oprimido ao estar com essa gente, ao ver a penúria delas. Elas são tantas, nós somos tão poucos, o consolo que levamos até elas é tão pequeno. Não fico à vontade, não tenho o que dizer, como Charles tem, não sei quando calar e deixá-las falar, como Robert sabe.

Depois, se ficamos a sós, Charles me convida para bebermos em algum lugar ou assistirmos a alguma peça. Às vezes, os outros estarão lá; às vezes, não. Aprendo um pouco sobre uma cidade que não conheceria não fosse ele. Tenho certeza de que Robert sabe aonde vamos, embora jamais me pergunte e nem sempre Charles o convide para vir conosco.

Até que, no começo de dezembro, sou despertado depois da meia-noite por alguém que bate na porta lá de baixo. Levanto da cama e fico quieto no alto da escada, ouvindo a voz do Sr. Tyne. Estávamos sós na casa: Robert pediu para visitar a mãe porque a irmã estava doente; Charles e o Sr. Poll foram para casa. Ao ouvir os passos do Sr. Tyne subindo as escadas, comecei a descê-las.

— Tem uma moça aí perguntando pelo Sr. De Mandeville — diz ele, quando nos encontramos no meio da escada.

— Ele se despediu de mim há duas horas, não volta hoje.

— Acha que eu não disse isso a ela? — pergunta com rispidez, mas inseguro, como se quisesse a minha aprovação.

— Qual é o nome dela? — pergunto.

— Não quis dizer, só quer falar com ele — responde o Sr. Tyne.

Passo por ele, descendo a escada sem saber quem vou encontrar. Talvez seja alguma criada pobre com um recado da patroa, que lhe recomendou ser discreta; talvez alguma prostituta das ruas de St. Giles ou Saffron Hill para dizer que um parente piorou de repente e ficou com medo de dar o nome para o Sr. Tyne. Mas quem me aguarda não é nenhuma dessas. Ela está ao lado da lareira, com o casaco ainda abotoado e, embora não possa ver o rosto, sei quem ela é imediatamente.

— Você é o aprendiz? — pergunta. Tem uma voz profunda, menos segura do que no palco.

— Sou — confirmo. À luz da lareira, os cabelos pretos ficam da cor de metal polido, e o rosto parece emitir uma luz fraca como naquela noite.

— E o Sr. De Mandeville?

— Não volta hoje — aviso.

Ela vira a cabeça, e vejo que tem menos idade do que eu imaginava. Deve ser pouco mais velha do que eu.

— Por favor, o que deseja?

Ela parece insegura. Tem os olhos daquele tom castanho-escuro que raramente se encontra, mais parecidos com os de uma corça, ou de algum animal selvagem.

— Um menino. Foi atacado por um cachorro — diz ela, enfim.
— É seu filho? — pergunto, sentindo de repente uma aflição, mas ela nega.
— Filho de uma amiga.
— Está muito machucado?
Ela assente. Penso um instante e faço um gesto para ela me acompanhar.
— Então levo você aonde ele está — digo.

—

Em frente à residência de Charles, bato no teto do coche, o cocheiro para e peço a ela que espere. Três andares acima, é possível ver uma luminosidade na janela do quarto dele; bato na porta, dou um passo atrás e chamo por ele, apressado, olhando para o alto. Quase no mesmo instante, alguém aparece na vidraça, puxa as cortinas e some de novo. Alguns segundos depois, a porta da rua se abre e surge não Holroyd, o mordomo de Charles, mas ele próprio, segurando uma lamparina.
— Gabriel, alguma emergência? — pergunta, levantando a lamparina, mas, antes que eu possa responder, ouvimos o som de passos nas pedras da rua.
— Arabella? O que houve? O que está fazendo aqui?
Embora ele procure disfarçar, há alguma coisa em sua voz, um medo que também aparece no rosto dela, aquele olhar triste e preocupado que guardamos para aquelas pessoas com quem tivemos uma intimidade que já não existe.
— Kitty? Aconteceu alguma coisa com ela?
— Não, com Oliver — diz Arabella.
Ao ouvi-la, Charles fica paralisado. Quando volta a falar, a voz é mais branda.
— Morreu?
Ela nega com a cabeça.
— Está muito ferido. — Ela fala numa voz impessoal, que parece ter um sentido oculto.

Charles hesita por um momento.

— Vou pegar meu casaco — resolve, então.

Ele demora alguns instantes para voltar, os quais passamos em silêncio na rua escura. Ficamos ali, e Arabella não me dirige o olhar. Quando Charles volta, coloca a mão no meu ombro.

— Obrigado, Gabriel. Falo com você amanhã — diz ele.

— Eu vou lá em cima com o cocheiro — ofereço, pois dentro do coche só há lugar para duas pessoas. Alguma coisa em mim deve ter feito Charles pensar.

— Está bem — diz ele.

———

O coche nos deixa em uma rua perto de Drury Lane. Embora não seja a pior rua da região, é um lugar decadente, onde as construções são escuras, cobertas de fuligem, e algumas de suas janelas são quebradas, outras não foram consertadas ou foram tapadas com tábuas. A rua é esburacada e lamacenta e, apesar do frio, fede como se uma latrina tivesse entupido e transbordado.

A casa para onde Arabella nos leva já tinha visto dias melhores. Marcas leves nas paredes mostram onde os quadros ficavam pendurados, mas qualquer toque de refinamento sumiu há muito; cada cômodo foi dividido em vários outros, e o papel de parede está descascando e manchado de mofo. Charles permanece calado enquanto subimos a escada, a boca dura, o rosto sério.

No terceiro andar, chegamos no que deve ter sido um escritório, ou talvez um quarto, pois as paredes são enfeitadas com afrescos muito danificados pela umidade e as janelas têm cortinas grossas e descoloridas pelo tempo. Transformou-se em uma espécie de sala de visitas mobiliada com um divã de couro rasgado e duas cadeiras. Ao nos ouvir chegar, uma criada aparece numa porta lateral; é magra e malvestida. Ao reconhecer Arabella, faz sinal para entrarmos no outro quarto sem fazer barulho.

Lá dentro, uma mulher está deitada na cama, com uma criança nos braços. Ao entrarmos, ela levanta o rosto e nos encara e, embora os olhos estejam inchados de chorar, não há como não perceber a raiva que lança para Charles.

Charles para um instante, encarando-a. Um dia, talvez há pouco tempo, ela foi linda, mas agora o rosto tem a marca dura da pobreza, o ar de desespero. Sem dizer nada, Charles estende a mão para tocar a criança. A mulher observa o movimento e, como se a irritasse, recua. Charles deixa o braço cair.

— Por favor, Kitty, preciso examiná-lo — pede.

Ela o encara por um longo instante e, num gesto repentino e agitado, passa o menino para Charles, que carrega-o no colo e deita-o no divã sob a janela. Seu rosto não se altera enquanto tira o lençol que cobre o menino mas, pela expressão dele, sei o que vê. O menino está semiconsciente, com a respiração ofegante e, a princípio, é difícil avaliar a extensão dos ferimentos, pois só há sangue e carne dilacerada.

— Um cachorro fez isso? — pergunto, ao mesmo tempo que me arrependo da veemência nas palavras.

— O dono explicou que era um cachorro do campo e que se assustou com a carruagem — diz Arabella, baixo.

Da porta, a criada interrompe.

— Não passou carruagem nenhuma, o cachorro é que era feroz.

Charles escuta a conversa sem tirar os olhos do menino. O rosto não tem qualquer expressão, como se qualquer sentimento tivesse se esvaído.

— Tragam água e panos, precisamos limpá-lo — diz, depois que as mulheres se calam.

Na cozinha, Arabella pega um jarro no fogão e começa a enchê-lo, segurando o cântaro nos braços enquanto despeja a água. Ela é mais baixa e mais magra do que pensei a princípio e, absorta na tarefa, possui uma fragilidade que não notara antes. Quando termina de encher o jarro e fica com o cântaro na mão, ela ergue os olhos, e percebo de novo como ela deve ser no íntimo.

— Você também estava com o menino?
Ela nega com a cabeça.
— Era Tetty que estava.
— A criada?
— O dono do cachorro era um cavalheiro muito fino, deu a ela uma moeda de ouro.

Por um instante, estabelecemos um vínculo por compartilharmos essa informação. Ela então levanta o jarro cheio e entrega-o para mim.

— Leve, vou arrumar alguns panos — diz, com os olhos sinceros e claros.

———

Antes de começarmos, Charles manda as mulheres saírem do quarto; Arabella e a criada ajudam Kitty a levantar da cama e ir para o outro cômodo. Então, pegamos a água e limpamos o sangue da pele do menino, com cuidado para não deixar sangrar de novo as feridas que cicatrizaram. Ele volta à consciência várias vezes, reclama e resmunga; ergueu os olhos com uma súbita lucidez uma vez, mas, na maior parte do tempo, não se mexe. À medida que verifica a extensão dos ferimentos, Charles vai ficando mais sério, como se já soubesse que era uma batalha perdida. O braço direito está destruído, faltam dois dedos na mão; em algumas partes, a carne do antebraço e do cotovelo está tão dilacerada e cortada que o osso e os nervos estão expostos, bem brancos em comparação com o sangue que escorre; nos ombros, pescoço e peito, há dentadas e ferimentos. Mas o pior é o rosto e a cabeça: o couro cabeludo foi arrancado, os cabelos e a carne estão dependurados numa dobra horrível, na altura da orelha. Deve ter sido um menino bonito, porém, o rosto ficou quase desfigurado, o nariz e as bochechas estão feridos, o olho direito, com as pestanas arrancadas, está coberto por uma massa de carne que expele um líquido.

Depois de limpar os ferimentos, começamos o trabalho. Com cuidado, Charles costura e sutura, colocando o couro cabeludo novamente sobre a cabeça, fechando os ferimentos da melhor maneira possível. Passa-se uma hora, depois duas e mais, o tempo escoa enquanto estamos absortos nas cuidadosas tarefas de nosso ofício. O menino agora delira, reclamando e murmurando como se sonhasse, felizmente sem noção do que está sendo feito nele. A mão não tem jeito, e precisamos remover uma parte dela antes de curar os ferimentos. Quando o serrote corta os ossinhos, um olhar de repulsa desfigura o belo rosto de Charles, mas ele continua mesmo assim. Ao terminarmos, envolvemos o menino em gaze com todo cuidado e o colocamos no meio da cama, enquanto ele respira baixo e devagar.

Kitty está deitada no divã, com a cabeça no colo de Arabella. Quando entramos no cômodo, Kitty se levanta, buscando algum sinal no rosto de Charles. Ele se aproxima e, para minha surpresa, Kitty coloca os braços em torno do pescoço de Charles e pressiona o corpo contra o dele, soltando um suspiro longo e dolorido. Arabella coloca a mão no ombro de Kitty.

— Fizemos o possível — explica Charles para Arabella.

Ela permanece em silêncio e, por um longo tempo, os três ficam assim, até que Charles tira o braço de Kitty do seu pescoço e entrega-a para Arabella.

— Podemos vê-lo agora? — pergunta Arabella.

Charles concorda com a cabeça.

— Avisem se ele piorar.

Arabella vai com Kitty para a porta do quarto. A criada segue atrás, mas não entra, fica na porta, de costas para nós.

Lá de dentro vem um murmúrio e então a criada volta, olhando para o chão. O gesto é muito eloquente. Não era preciso dizer que era ela quem estava cuidando do menino quando foi atacado.

— Vamos, não há nada mais que possamos fazer — diz Charles.

Lá fora, a madrugada já se foi. Caminhamos pela lama que gruda em nossas botas, seguindo devagar rumo ao oeste. Aqui e ali, as pessoas já começaram suas tarefas do dia: um cocheiro escova o pelo lustroso de seus cavalos; uma criada esvazia um balde na rua; os primeiros varredores cuidam de seus trechos das calçadas, ainda quase desertas. Charles não diz nada, e o silêncio dele impede que eu faça qualquer pergunta.

Ao chegarmos ao Drummond's Bank, onde devíamos nos separar, um dos carrinhos de mão que leva produtos para o mercado virou e espalhou nabos pelo chão, o que atraiu a atenção de um porco, que fuça e cheira tudo. Desesperado para salvar sua carga, o dono, um homem maltrapilho, de andar torto, tenta afastar o animal com uma vara. O homem é pequeno e fraco, enquanto o porco é uma massa enorme, monstruosa, de barriga balouçante e dentes amarelos. Ele não para: cada paulada causa apenas um guincho agudo, que não diminui de intensidade quando ele cambaleia de lado sobre as patas incrivelmente delicadas. Não se sabe de quem é o porco, mas a cena chama a atenção de três meninos, que cercam o carrinho e enchem rapidamente os bolsos e as calças com nabos, enquanto o dono, exasperado, bufa e agarra-os, ao mesmo tempo que luta com o porco.

— O que pode ser feito por gente que vive assim? — pergunta Charles, finalmente. A questão é colocada tanto para ele mesmo quanto para mim.

— O menino vai morrer, não? — pergunto de volta.

Charles assente, sem me olhar.

— É bem provável.

Nesse momento, o dono dos nabos bate no focinho do porco. A paulada, rápida e forte, machuca o porco, que levanta a cabeça e urra de fúria. Sua respiração quente libera uma pequena nuvem de fumaça no ar gélido quando se vira para o agressor.

Com medo, o homem recua, mas é atingido na cabeça por um nabo atirado por um dos meninos. Ele esquece o porco e segue com o carrinho, agitando a vara e segurando o agressor.

— Kitty é atriz, como Arabella? — pergunto. Charles se vira como se só então percebesse que eu estava ali.

— Foi, não é mais. — O dono dos nabos agarra um dos meninos pelo colarinho e joga-o longe, mas se desequilibra e cai nas pedras.

— O Sr. Poll e Robert não precisam saber o que houve esta noite — recomenda Charles de repente, com cautela, mas firme.

— Claro — concordo. Ficamos parados um bom tempo até que ele se vira e, sem dizer nada, segue rumo ao espaço vazio de Charing Cross, desaparecendo aos poucos na neblina que cobre o chão até sumir dentro dela.

O Sr. Poll balança no ar a carta aberta, examinando-a rapidamente.

— O que é isso? — pergunta Charles. Como se não fosse nada de importante, o Sr. Poll entrega-a a Charles para nós lermos. A carta é do Sr. Astley, informando ao Sr. Poll o resultado da necropsia realizada numa mulher que, até dois dias antes, era para ser entregue a nós.

— Caley ia trazer o corpo para *nós* — diz Charles, e o Sr. Poll concorda com um gesto. O Sr. Poll não tem qualquer apreço por seu rival, pois não gosta de seus modos finos e de sua vaidade; não há dúvidas de que a carta de Sir Astley tem a intenção de provocar, apesar do tom de generosidade. O Sr. Poll pensa um pouco e olha para mim.

— Chame o Sr. Tyne e diga que preciso falar com ele — manda.

O Sr. Tyne está em um cômodo no andar de baixo. Ergue os olhos quando entro. Embora ele continue tratando o Sr. Poll do mesmo jeito, senti uma mudança em relação a mim desde a noite em que Lucan esteve lá, uma ligeira desconfiança. Comento da carta de Sir Astley e pergunto como isso pôde acontecer, uma vez que Caley pediu o corpo há apenas duas noites. O Sr. Tyne diz que não sabe de nada.

Com os lábios tensos, o Sr. Poll manda o Sr. Tyne procurar Caley e pedir uma explicação, mas ele retorna com um pouco mais do que esperávamos. Segundo Caley, a sepultura da mulher estava vazia, o corpo já tinha sido levado por outra pessoa. Quando o Sr. Poll pergunta ao Sr. Tyne se havia a possibilidade de Caley estar mentindo, uma vez que ele mesmo poderia vender o corpo para os homens de Sir Astley, o Sr. Tyne endurece a cara e é dispensado.

— Tyne é muito amigo deles — conta Charles, depois que este sai da sala.

— Vocês acham que ele mente para eles? — pergunta o Sr. Poll com voz ríspida.

Nenhum de nós responde e ele levanta a mão, nos dispensando.

— Podem ir, não quero mais saber disso — diz.

Naquela noite, sozinho no meu quarto, ouço o Sr. Poll e Charles no andar de baixo, suas vozes baixas e rápidas. Charles acha que devemos tocar no assunto com Sir Astley para saber como o corpo foi parar nas mãos dele, mas o Sr. Poll discorda. Estou encostado na parede gelada do quarto, porém, o que mais incomoda não é o frio, mas a lembrança de Arabella, as insinuações que ela propiciava enquanto despejava água naquele jarro. Apesar de não tê-la visto novamente, ela não sai dos meus pensamentos. Gostaria de perguntar por ela a Charles, mas o silêncio sobre os fatos ocorridos naquela noite parecem me proibir de fazer isso e a promessa de mantê-los em segredo me impede de recorrer a Chifley e Caswell, ou aos outros. Mais de uma vez, imaginei vê-la de relance na rua, no meio da multidão ou passando numa carruagem, mas a semelhança sumia quando eu me aproximava. Certa vez, quando estava com Charles numa taverna perto de Drury Lane, achei que a tinha visto conversando com outra mulher na rua, o rosto distorcido pelos vidros das janelas. Porém, quando ela se aproximou, virou-se e foi embora; e apesar de meu esforço para revê-la, não consegui.

Encontro May em frente à livraria de Dryden. O tempo está frio e fechado, as ruas têm uma neblina gelada que parece se tornar mais densa à medida que a noite se aproxima. A neve de uma semana antes derreteu e a palha que foi colocada em cima dela ficou preta e escorregadia, coberta de fuligem e gelo.

Um passo em falso podia fazer qualquer um se esborrachar no chão, porém May andava rápido e despreocupado, de cabeça baixa e mão estendida para a frente, sacudindo o indicador meio dobrado, como se ensaiasse avisar ou explicar algo a quem tentasse detê-lo. Ele para diante de uma porta ao lado da livraria e procura uma chave no bolso. Sem pensar, chamo por ele, que olha na minha direção.

— Gabriel! — exclama, estendendo a mão, satisfeito.

Sorrio, desarmado pelo entusiasmo dele. Várias semanas se passaram desde que ele nos acompanhou em uma de nossas aventuras e me surpreendo ao perceber que senti falta dele.

— O que faz aqui? — pergunta ele.

— Vim dar um recado do meu mestre. E você, aonde vai?

— Para casa, aqui — responde, mostrando a porta.

— Por que tanta pressa? — indago, rindo. Ele se sente subitamente inseguro.

— Estive com o velho boticário Ruthven — explica rápido, depois solta um riso nervoso, um som agudo e sibilante. Olha em volta e fala de novo: — Entre, vou lhe mostrar minha casa

— convida, já dando passagem. Lá dentro, a escada está repleta de uma estranha mistura de coisas rejeitadas ou abandonadas: cadeiras e tapetes, gaiolas de pássaros, uma escrivaninha. May fecha a porta e diz que a casa é alugada de um homem com tendência a juntar objetos de valor duvidoso; a seguir, mostra uma coisa, depois outra, e conta algo sobre cada uma. As palavras vêm num jato; cada história começa antes da anterior terminar, e ele tenta retomar cada uma delas até que eu rio. May me observa por um instante, desconcertado, e ri também.

— Por aqui — diz, conduzindo-me. A escada é tão íngreme que lembra uma escada de mão. Ainda rindo, subo atrás dele até o quarto, no topo. O cômodo é escuro; trata-se de um espaço com vigas baixas, iluminado só pelas vidraças da água-furtada. Apesar de ter uma lareira num canto, está gelado e, quando May risca um fósforo e acende uma vela, eu aperto o casaco junto ao corpo. O lugar parece ter sido mobiliado com as mesmas coisas que estão na escada, tudo usado e quebrado, nada combina com nada. Ao lado da lareira, há uma poltrona coberta com um lençol, com o estofado aparecendo por baixo; em frente, um divã velho, sem um dos pés e sustentado por uma pilha de livros; sob a janela, uma cadeira com um caderno repleto de esboços. Os móveis estão quase ofuscados por quadros encostados nas paredes, e pranchas e folhas de papel empilhadas sobre todas as superfícies imagináveis.

Depois de acender a vela, May tira uma garrafa achatada de dentro do casaco e serve uma dose numa taça que está no chão. Embora isso seja feito abertamente, alguma coisa no gesto faz com que observá-lo pareça uma intrusão.

As pranchas do caderno de esboços estão abertas sobre a cadeira e a página de cima mostra um rosto e os primeiros traços de um corpo. May deixa a taça e se aproxima.

— Você desenha? — pergunta.

— Um pouco.

— Quem sabe, um dia lhe dou uma aula? — Seu rosto assume uma expressão séria.

— Talvez. — Ficamos um instante olhando o desenho.
— Então, onde seu mestre foi esta noite? — pergunta então, mais devagar e, de certa maneira, mais à vontade.
— Está com a filha e com Charles — respondo.
Ele se cala e, logo em seguida, pergunta:
— Como vai Charles?
Olho para ele, surpreso.
— Você não o tem visto?
May balança a cabeça, sacudindo a taça na mão.
— Ninguém briga com Charles, você certamente já percebeu isso — diz. Fica um momento em silêncio, parado, e depois ri como para renegar o que acabou de dizer. Cala-se outra vez.
— Ele se tornou seu amigo, não?
Passo um bom tempo sem responder. Olho para o caderno de esboços na cadeira.
— Quem é essa moça?
O olhar de May vai do desenho para mim.
— Venha aqui — diz.
No final do cômodo, há uma porta baixa, entreaberta. May a empurra e me deixa entrar em silêncio. Uma moça dorme numa cama, com os lençóis afastados de modo que os seios e os ombros estão sob o frio cortante. Tem a pele translúcida dos ruivos, o bico dos seios rosados e pequenos como os de uma criança. A cabeça está jogada para trás, a boca levemente aberta, com a expressão de quem sonha, perdida em algum lugar dentro de si mesma. De fora vem o estrépito de uma carruagem e os gritos de um ambulante, mas ali está tão calmo que pode-se ouvir a respiração dela, suave e ritmada. Sinto que enrubesço. Isso é algo muito pessoal; não a nudez dela, mas a vulnerabilidade.
— Não é linda? — pergunta May com o rosto ansioso, quando saímos.
— Quem é?
— Chama-se Molly.
— É uma prostituta? — pergunto, num tom mais duro do que deveria. O rosto de May mostra uma espécie de mágoa.

Ouvimos um som atrás de nós. A moça se levantou e está apoiada no batente da porta, enrolada num lençol.

— Quem é? — pergunta ela a May.

— Gabriel, um amigo — explica ele.

Ela me dirige um olhar duro, avaliador, um aviso sobre os perigos de invadir seus domínios. Ao ver que a entendi, ela sorri e senta na cadeira ao lado da lareira. O lençol marca as formas de suas pernas e ela está descalça, a sola dos pés sujas e grossas por jamais ter usado sapatos.

— Acenda a lareira para mim — diz ela, ainda sorrindo, mas sem qualquer suavidade em sua expressão. May pega carvões e coloca-os na lareira.

— O que ele faz? — pergunta ela, olhando para mim. — É mais um de seus amigos pintores? Ou é um cavalheiro?

— Não se pode ser as duas coisas? — pergunta May, sorrindo. Fico mortificado de pena dele, pois vejo que ama aquela moça com seus melhores sentimentos.

Ela faz um som de escárnio. May a observa por um bom tempo; depois, sorrindo nervosamente, vira-se, pega a garrafa achatada e serve mais duas taças. Da cadeira, Molly acompanha o movimento das mãos dele e, embora tente disfarçar, vejo que anseia pelo conteúdo da garrafa. May dá uma taça para ela, que a agarra. Segurando-a com as duas mãos, ela bebe rápido, a garganta move-se com urgência. Quando esvazia a taça, deixa-a de lado, ignorando a mão estendida de May. Ela me olha e ri, um som lento e sonhador, absorta em si mesma.

— Aceita um pouco? — pergunta May, voltando-se para mim.

Fico indeciso, olho para Molly; depois, concordo, devagar.

———

Mesmo com a doce queimação do álcool, o ópio tem sabor amargo e forte, que envolve a língua e gruda na boca. Primeiro, senti só o calor do conhaque, depois veio um bem-estar arrebatador que me envolveu como uma onda. O mundo parece igual, só muda o peso de sua textura. Descansado na cadeira, May fala, a voz ao mesmo tempo alta e distante, enquanto Molly fica deitada com a cabeça caída para trás. Sinto uma pressão ao meu redor, um outro mundo, como se a sala e nós, o próprio mundo, fossem um sonho que se move num espaço mais profundo, como ondas de um lago alterado pela chuva, que se reviram na água aqui e ali e se movimentam apenas para seguirem adiante e desaparecerem. Essa percepção vem como a lembrança de algo que eu não sabia que tinha esquecido, com uma certeza mais apurada com palavras, como se eu finalmente entendesse como se chama o vazio dentro de mim.

Não sei quanto tempo fiquei lá mas, ao sair, as ruas estão silenciosas há muito. A neblina transforma as lamparinas em chamas douradas e sibilantes, como o metal na forja de um ferreiro. Não faz calor, nem sequer barulho, embora todos os cantos ressoem e eu sinta frio. Na Old Compton Street, ouço um pio e uma coruja passa voando, as penas claras de seu peito e as asas listradas batem lentamente no céu pesado, sua forma fantasmagórica tão próxima que eu poderia tocá-la. Mais tarde, deitado na cama, durmo, mas não sonho, até despertar com a luz suja do amanhecer, o corpo cheio de lembranças do que aconteceu e sentindo não só a ausência, mas a consciência da perda.

O Natal chega trazendo neve e uma espécie de tranquilidade para as ruas da cidade. Por cima dos telhados, naquele dia gelado, o som dos sinos é claro como vidro, e carruagens passam com estrépito pelas pedras. Como não tenho família, Robert me convida para passar a noite com a mãe e a irmã dele, que moram numa casa em Kentish Town. É estranho ver Robert assim, risonho e relaxado com os parentes, em nada lembra o jovem sério que fui conhecendo aos poucos; ele brinca, faz graça, mexe com a irmã até ela rir, puxa o cabelo dela e dança com a mãe diante da lareira. A casa não chega a ser grande: é térrea, ao lado de um campo onde pastam alguns burros; os móveis são, na melhor avaliação, puídos, bem diferentes do que devem ter sido, mas nessa noite ao menos essas coisas parecem não preocupá-los, estão aparentemente felizes com tudo.

Eles queriam que eu dormisse lá como Robert, mas recuso o convite. Robert tem um estojo de charutos que ganhou do tio e insiste para eu aceitar um enquanto andamos pelos campos gelados da noite e ficamos meio tontos e bobos por causa da fumaça. O céu está claro, miríades de estrelas se movem em silêncio no horizonte escuro da Terra, só se ouve o mugido das vacas dormindo. Alguma coisa na quietude da noite nos acalma, e sinto uma espécie de vazio. Foi assim a noite toda, como se eu olhasse a felicidade deles de fora e até o meu riso e as músicas que cantamos fossem ilusórios. Talvez Robert perceba alguma coisa, pois, quando paramos no portão de pedra onde vamos nos separar, ele segura minha mão e insiste de novo para eu ficar. Recuso e digo que não quero me intrometer mais ainda, e assim nos despedimos.

Sob o céu amplo, sigo devagar pelos campos e jardins até Camden Town e, a partir daí, pelas últimas hospedarias e casas de campo da estrada rural até chegar às ruas da cidade. Alguns rapazes me chamam de cima de uma carroça e aceno, mas não penso neles. Passaram-se duas semanas desde aquela noite do menino e Charles não falou mais no assunto. Por fora, ele parece igual, mas alguma coisa mudou: há umas duas noites, no Cock, ele gritou com Chifley; ficou irritado e nervoso com ele por algo sem importância. E ainda que depois ele tenha nos animado, seu estado de espírito descontroladamente alegre, até Chifley teve medo dele e terminamos nossos festejos naquela noite.

—

A Sra. Gunn dorme em frente ao fogão na cozinha, largada na cadeira; os restos do que ela comeu no jantar ainda estão sob a mesa, e uma jarra de cerveja preta jaz em seu colo. O andar de cima está tão silencioso quanto um túmulo. Não há sinal do Sr. Tyne, então levanto-a da cadeira com cuidado e, amparando-a com o braço, levo-a para o quarto ao lado da cozinha, onde ela dorme. Deito-a, ela me agarra e tenta me beijar na boca, com os lábios enrugados murmurando algo que era melhor eu não ter ouvido e, envergonhado por ela, saio. Lá em cima, meu quarto deve estar frio, então sento-me ao lado da lareira e me perco nas imagens formadas pelas chamas.

ATÉ AQUI NESTA CASA, onde vivemos tão próximos, é possível se sentir só. Aprendi a prestar atenção no humor do meu mestre e a respeitar os silêncios de Robert. Há muitas coisas sobre as quais não comentamos e outras tantas que guardo para mim. Mas tais segredos podem cair pesadamente sobre nós quando está tudo calmo, como nos dias que se seguiram. Eu não tinha muito o que fazer, havia pouco trabalho, só o estudo, então fiquei flanando pelos quartos vazios. No Natal, não damos muitas aulas, há poucos pacientes e, assim, não precisamos de muitos corpos.

Isso foi uma bênção, pois nas últimas semanas Caley parece alterado. Apesar de termos sido cuidadosos para não comentar a visita de Lucan, ele tem outras formas de descobrir as coisas. Quer ele saiba ou não, tem estado mais esquisito, menos confiável, e, quando perguntamos alguma coisa, responde com raiva e desconfiança.

Assim, dois dias antes do réveillon, levei um susto ao ser acordado por Robert dizendo que Caley estava lá. Levanto, aboto o casaco e vou com ele até o porão, onde Caley e Walker aguardam com o Sr. Tyne. Caley parece agitado, nervoso.

Os dois sacos que eles trouxeram estão no chão. Caley nos observa quando ajoelhamos para examinar os corpos, e Robert abre primeiro o saco maior. Tem uma forma estranha, e, quando Robert fica de cócoras, entendo por quê. Dentro há duas crianças, os corpos dispostos como se estivessem embaladas num sono tranquilo. Por um instante, Robert fica parado e mudo: nenhum de nós gosta de comprar corpos de crianças, embora façamos isso de vez em quando.

— São gêmeos — diz Caley. De fato, são um menino e uma menina tão parecidos que podiam ser reflexo um do outro. Robert se abaixa e, com cuidado, toca nos rostos e pescoços, procurando sinais de que estão deteriorados.

Robert passa as mãos na pele das crianças enquanto sinto o Sr. Tyne permanecer estranhamente parado ao meu lado. Ergo o olhar e vejo como as observa, concentrado naquelas pequenas formas. Na minha frente, Caley faz o mesmo. Sem dizer nada, ele olha para mim com um sorriso e percebo que observa o Sr. Tyne não como um cúmplice ou um amigo, mas como alguém que compreende a fraqueza do outro.

Robert faz um sinal e colocamos os dois corpos na mesa. Pego minha faca, me agacho outra vez e corto as cordas do saco menor. Sinto uma vertigem: aquele saco tem alguma coisa horrível para mim, há algo mortificante e sem sentido naquelas cascas vazias. Então, quando tiro o corpo do saco, vejo a costura no rosto destruído da criança.

— O que foi? — pergunta Robert. Não consigo falar, apenas me sento, com a mão no pequeno peitoral do menino.

— Gabriel?

— Não podemos ficar com este — digo, recuando.

— Por que não? — Ele se ajoelha ao meu lado.

Eu apenas balanço a cabeça, sem saber o que dizer. O menino é Oliver, o filho de Kitty. Robert estende a mão e toca nele.

— Está danificado — digo, mostrando o couro cabeludo e a mão destruídos, a costura que Charles fez, uma horrenda colcha de retalhos.

— Não temos mais o luxo de escolher — diz Robert.

Atrás de nós, Caley nos observa.

— Ele morreu há muito tempo — digo.

— Talvez duas semanas, não é muito, com esse frio — acrescenta Robert.

Recuso com a cabeça.

— Não podemos ficar com ele — insisto.

Olhando para Caley, Robert se inclina mais sobre o corpo.

— Você diz que não podemos ficar com ele, mas não me dá um bom motivo. — Ele fala baixo, mas ouço a frustração em sua voz.

— Eu dei dois corpos para você — digo.

— E eu disse que é pouco.

Olho de novo para o pobre Oliver e balanço a cabeça.

— Por favor, não fique com ele — peço.

Caley se aproxima e seu olhar vai da criança para mim.

— O que foi? — Embora ele se controle, é possível notar seu humor. Robert me olha mais uma vez. Depois, como se tivesse ficado frustrado comigo, vira-se para Caley.

— Não podemos ficar com este — diz ele.

O rosto de Caley se fecha e, antes que fale, o Sr. Tyne levanta a mão para acalmá-lo.

— Por quê? — pergunta.

Faz-se silêncio, até Robert balançar a cabeça.

— Os ferimentos dele estão podres — diz ele em tom normal, como se só houvesse isso a ser dito. Mas o Sr. Tyne não se convence tão facilmente e, ajoelhando-se, toca o rosto da pobre criança. É um gesto desagradável pela intimidade com que é feito e eu gostaria de não olhar quando os dedos duros dele passaram pela pele do menino.

— Já ficamos com corpos piores do que esse — diz, examinando o peitoral e as axilas. — Por que vocês são contra esse? — Como não respondemos, ele olha primeiro para Robert. — Entendi, não é você que é contra, mas ele. — E olha para mim.

— Acho que você sabe alguma coisa sobre esta criança. Não é isso? — O rosto dele fica tão perto que sinto o hálito azedo.

Nego com a cabeça, mas meus olhos me traem.

— É minha decisão — diz Robert, com o corpo protegendo o meu. O Sr. Tyne não se mexe e, aos poucos, seus olhos voltam-se para Robert. Por fim, faz uma careta e vai embora.

———

De má vontade, Caley amarra a criança de novo e volta para a noite junto com Walker. O Sr. Tyne fica, assistindo à limpeza dos pequenos corpos dos gêmeos. Não posso falar na presença dele e isso me dói, pois sinto no silêncio uma acusação que me envergonha. Só quando terminamos e ficamos a sós, consigo falar.

— Obrigado — digo.

Na escada, Robert vira para trás e me encara por alguns segundos.

— Não sei o que aconteceu esta noite, Gabriel, nem me interessa. Se você tem segredos, é problema seu — diz ele.

— O segredo não é meu — digo, mas ele balança a cabeça.

— Pode ser. Só espero que não traga mais esses segredos para cá — diz, com voz normal, mas irritado.

Assinto, mas ele não terminou o que queria dizer.

— Isso foi ruim. Caley trabalha para Tyne e ganha para isso.

— Lamento que você tenha discutido com ele por minha causa.

— Não estou preocupado comigo. Deve-se ter cuidado com Tyne e esta noite ele teve prejuízo por sua causa.

COM A PASSAGEM DO ANO, o tempo piora, a chuva gelada abre caminho para o granizo negro e o vento uivante. As vigas do porão ficam com pingentes de gelo, a água nos baldes forma veios estagnados e todos os cômodos da casa são mais frios de dia. Então, sem aviso, o vento vira para o norte e, de uma hora para outra, chega a neve limpa e clara, amontoando-se silenciosamente, revestindo os telhados escuros e transformando a cidade num lugar de beleza infinita. Os pináculos das igrejas assomam-se como picos brancos, as árvores esticam os galhos no ar gélido, parecendo farpas pontudas.

A neve traz o silêncio, dando a impressão de que a cidade está paralisada pelo peso do gelo. No pátio das igrejas e nos parques, figuras encasacadas andam na neve, juntando galhos para queimar e se aquecer; nas ruas, carruagens e pessoas ainda circulam, mas em menor número que o habitual e com mais vagar.

Não se comenta mais a minha recusa em aceitar o corpo do menino. Mas o Sr. Tyne não esqueceu o incidente: passou a prestar mais atenção em mim e por duas vezes tenho certeza de que o vi na rua, de relance. Talvez fosse mais fácil se ele tocasse no assunto com o Sr. Poll; o silêncio dele parece, de certa maneira, mais nefasto e constrangedor.

—

Na Prince's Street, antes da St. Anne's, um bando de corvos se encontra sobre as pedras do calçamento, bicando as marcas das rodas por onde as carruagens passaram; as aves formam manchas negras sobre a brancura da neve. O céu está baixo, pesado e nebuloso. Os sinos do campanário tocam alto na calmaria da manhã gélida; ao ouvi-lo, paro e olho para trás, para a massa indistinta de pessoas a caminho da missa. Pelas grades do pátio da igreja, vejo a cabeça dos enlutados, as cartolas dos que carregam o caixão nos ombros, o qual só é visível ao ser colocado no chão.

Observo aquela cena por vários segundos, depois viro-me devagar e atravesso a rua cheia de sulcos na neve até o portão. O ferro frio da grade na minha mão. No cemitério também está tudo branco, as muitas lápides misturadas. Há lugares com sepulturas cavadas, a terra escura contra a neve, quase como portas abertas no chão. Os enlutados param então sob a forma nua de um carvalho, o caixão é baixado e ouve-se a voz do padre.

O jardim permanece em quietude, o mesmo silêncio de todos os cemitérios. Ao lado da sepultura, uma mulher chora, de cabeça baixa; há um homem ao lado dela, um filho, talvez, pois é mais jovem; tenta ampará-la, ela recusa e afasta-o com uma brusquidão quase violenta, o que faz até o padre se calar. O jovem permanece com a mão esticada, a mulher olha fixamente para a frente e o pequeno grupo se mexe, constrangido.

Possuído pela súbita impressão de ser um intruso, viro-me para ir embora e, nisso, vejo-a na rua, em frente ao portão do cemitério. Reconhecemo-nos e ela hesita, como se quisesse ir embora, mas tivesse sido pega.

— Acho que não vou gostar do motivo de você estar aqui — diz, quando nos aproximamos.

— Estava acompanhando o enterro, só isso.

Ela examina o meu rosto. Então com um movimento quase imperceptível, olha sobre o ombro as construções do outro lado da Prince's Street. As janelas estão abertas, vazias.

— Venha caminhar comigo — convida.

Ela anda depressa, como se quisesse sair dali.

— O dia não está bom para andar a pé. Aonde você vai? — pergunto, por fim.

— Na casa de uma amiga — responde ela. Percebo a evasiva, e não insisto. Ela treme de frio e envolve o corpo com os braços; apesar do chapéu e da gola de pele, o casaco é ralo e seu rosto está vermelho de frio.

— Fiquei muito triste ao saber do falecimento do filho de Kitty — digo, as palavras tão canhestras que me arrependo imediatamente. Mas ela não dá sinal de que cometi um erro. Em vez disso, olha como se algo na frase a surpreendesse.

— A morte de uma criança é sempre triste — conclui ela então, seguindo adiante. As palavras parecem duras, mas o tom tem algo mais latente.

— Como está Kitty? — pergunto.

— Foi um duro golpe para ela, que já não estava bem.

Isso traz um silêncio entre nós.

— Eu esperava encontrar você outra vez — digo então, meu corpo tremendo, e de novo me arrependo enquanto falo. Mas ela não ri, nem zomba.

— Seu trabalho o faz feliz? — pergunta.

Hesito por um instante.

— Meu tutor queria que eu tivesse uma profissão para me sustentar.

— E seus pais?

— Faleceram.

Ela assente, ao mesmo tempo que olha para mim e através de mim, como se eu não fosse real, ou como se visse em mim algo que tinha esquecido há tempos.

— E os seus pais? — arrisco.

Por uma fração de segundos ela para, depois desvia o olhar.

— Também faleceram há algum tempo.

Espero, pensando que ela vai prosseguir, mas não.

— Tenho coisas a fazer aqui, Sr. Swift. Com licença — diz.

Eu me inclino para a frente, numa reverência. Ela fica me olhando por um bom tempo.

— Acho que não devemos mais nos ver — diz, por fim, ainda apertando bem o casaco junto ao corpo; vira-se e a vejo sumir na rua. Até que sinto alguma coisa no rosto e percebo que voltou a nevar, os flocos brancos flutuam e giram no ar frígido.

No dispensário, vejo Charles colocar um pouco de beladona numa garrafa.

— Preciso lhe contar uma coisa — digo, sabendo que ele percebeu o meu silêncio.

Ele sorri.

— Ah, é?

— Há três noites, Caley veio e fiz com que recusassem um dos corpos que ele trouxe.

— Estava deteriorado?

— Não, não.

— Então, por que recusou? — pergunta ele com um tom de voz tranquilo.

— Era o filho de Kitty.

Ele não diz nada.

— Você soube?

— Não que trouxeram o corpo.

— Sinto muito — digo, mas, ao falar, sei que são palavras equivocadas e que, de certa forma, eu o magoei. Charles tampa a garrafa com uma rolha, confere a dosagem outra vez e guarda o recipiente dentro do casaco.

Na porta, ele se vira para mim.

— Não lhe agradeci de maneira apropriada a sua discrição sobre isso. Não vou esquecer.

A S SEMANAS SEGUINTES são pouco animadoras. Embora Caley e Walker nos tragam material de estudo, as entregas são irregulares e nem sempre cumprem o prometido. Eles não apresentam qualquer motivo para as falhas, embora o Sr. Poll tenha quase certeza de que a culpa é de Lucan. Isso por si só já seria um problema, mas, com tão poucos corpos, o Sr. Poll e Charles são obrigados a cancelar várias palestras por falta de material. É irritante não ganhar dinheiro, mas é triste sofrermos a infâmia de ver outros transmitirem o conhecimento que nós estamos impossibilitados de passar. Não é o único golpe que essas semanas nos trazem: de várias partes chegam boatos de que muita gente está satisfeita com a situação do Sr. Poll e, pior, dizem que o duque de Kent trocou os serviços do Sr. Poll pelos de Sir Astley. Sem provas, não temos como saber, mas o Sr. Poll insiste que a causa de tudo é o rival que, apesar de todas as cartas solidárias, segundo dizem, espalhou muitas calúnias sobre a competência do Sr. Poll.

Não tenho notícias de Arabella; na verdade, à medida que os dias se tornam semanas, suas palavras de despedida parecem cada vez mais verdadeiras. Fui duas vezes ao teatro onde ela atua, fiquei nas poltronas mais baratas e a vi no palco. Ela é linda, mas em cena parece estar a uma distância impossível, como se a mulher daquela noite, na casa de Kitty, se tornasse menos real por ser vista daquele jeito. Isso me entristece e, assim, após essas duas vezes, não volto mais ao teatro.

Também percebi a mudança no comportamento, no jeito de Charles. Talvez para outra pessoa isso não fosse perceptível. Há muitas coisas ocultas nele; apesar da sua aparente abertura, guarda muito para si. À medida que as semanas passam, ele fica menos parecido com o que era antes, perde a calma com mais facilidade e, apesar de ainda rir e cantar, muitas vezes parece distraído e mais áspero, como se uma parte vital dele tivesse sido destruída.

Tenho certeza de que Chifley também percebe isso, mas não vou perguntar. Nunca entendi o que une os dois. Muitas vezes, eles nem parecem ser amigos, mas estão ligados pela necessidade da companhia do outro, alguma conexão silenciosa da mente e do temperamento que gera atração e repulsa. Isso às vezes aparece sob a forma de uma energia selvagem, aquela embriagadora exuberância que um parece provocar no outro; outras vezes, de um ataque surpresa, de fazer silêncio e sentir algo parecido com aversão.

EMBORA A FLEET STREET esteja a quase 100 metros, aqui o silêncio ressoa e os trapos dependurados nos varais flutuam como espectros no dia fechado. Não é a primeira vez nos últimos minutos que olho para trás, pensando ter ouvido um barulho, me esforçando para ver alguma coisa no meio da neblina. Por um instante, tenho a impressão de ver uma forma que, quase simultaneamente, some. Penso em ladrões, aperto meu casaco junto ao corpo e mudo de caminho, me esgueirando por uma passagem coberta. E então, subitamente, ele aparece, encostado em uma porta.

— Essas ruas são hostis — diz, se empertigando para bloquear meu caminho.

— Está me seguindo? — pergunto.

— Por que iria segui-lo? — devolve ele, com seu riso acetinado.

— Sei lá.

— Como anda o trabalho na casa do seu mestre?

— Tão mal que não merece a sua atenção — respondo.

— Lamento. — Ele sorri e sinto um toque de cumplicidade. Balançando a cabeça, solto um murmúrio de descrença.

— Mas dizem que você recusou o corpo de uma criança.

Percebo que minha hesitação deu a resposta que ele queria. Por um instante, não diz nada.

— O corpo acabou na mesa de Van Hooch — conta ele. Como não digo nada, ele pega um charuto na caixinha, risca um fósforo na sola da bota e o acende com cuidado.

— Tyne não é de se irritar por pouco. Por que assumir esse risco? — O cheiro do tabaco se mistura com o enxofre do fósforo enquanto ele sopra a fumaça do charuto pela boca, formando rodelas no ar. Depois, com um gesto preguiçoso da mão, joga fora o fósforo.

— Você sabe que seu mestre foi grosseiro comigo. Procurei-o como amigo e ele me insultou.

— Você o ameaçou.

— Não, ele é que pegou o que era meu para me prejudicar — diz. Sinto-me desconfortável, com as paredes da passagem coberta tão próximas de nós, o teto baixo manchado de fuligem.

— Ele pode evitar os problemas que tem. Diga isso a ele.

Ele se aproxima, e ficamos envolvidos pela fumaça doce e sufocante do charuto.

— Dizem que De Mandeville andou investindo em você, que o levou para beber e conhecer as mulheres dele.

Não digo nada e ele passa lentamente por mim até ficar atrás.

— Eu podia ajudar você. — A voz dele está mais baixa, mais íntima.

— Não sei como — digo, e ele ri.

— Pense: você é órfão, não tem posses nem nome e, mesmo assim, já dizem que deve dinheiro aos judeus.

— Sou um cavalheiro — digo, com as palavras saindo duras e fragmentadas da minha boca.

— Você é orgulhoso, o que é bom. Mas não deixe o orgulho cegá-lo.

Permaneço parado, mudo.

— Todos nós nesse mundo precisamos de amigos, Gabriel.

— Já tenho bastante amigos — retruco.

Há um longo silêncio até que finalmente ele vai embora.

— Diga ao seu mestre que você e eu nos encontramos.

———

Depois que ele se foi, fico olhando o espaço que deixou. Minha mão aperta o pacote que meu mestre me confiou. Sob a neblina, a cidade parece respirar. Sinto um arrepio, uma pressão no pescoço, como se alguém estivesse me vigiando.

Nervoso, viro e ando mais depressa do que o necessário.

Entendo muito bem o significado das palavras de Lucan. Ontem mesmo, Caley e Walker chegaram tarde em casa, apenas meia hora antes do amanhecer, e Caley ficou batendo na porta como se estivesse possuído. Robert foi lá embaixo.

— Não faça barulho — ordenou Robert, baixo, ao abrir a porta, mas Caley empurrou-o e entrou, seguido de Walker, que trazia um saco no ombro.

No porão, Caley fez um gesto para Walker colocar o saco no chão. Fiquei mais afastado, desconfortável, pois conheço o temperamento dele. Quando Robert pegou a faca para cortar as cordas, o Sr. Tyne surgiu na escada e ficou olhando tudo lá de cima.

Antes mesmo de Robert tirar as cordas, o cheiro avisou o que teríamos ali. Mas era pior: o corpo estava cheio de pústulas e ferimentos, pútrido. Robert deixou as cordas caírem, se levantou e virou-se para Caley.

— Vai ficar com isso? — perguntou Caley.

Robert olhou para mim, depois para o Sr. Tyne lá em cima.

— Você sabe que não podemos.

Atrás de Caley, Walker observava a cena, com o rosto desfigurado e pálido.

— Pois vai nos pagar 8 guinéus por ele — disse ele.

Robert ficou calado, só fez um movimento de negação com a cabeça, com a expressão firme. Menos seguro, Caley olhou para o Sr. Tyne e depois para Robert de novo.

— Seis guinéus — insistiu ele, rápido demais.

— Não, o corpo está decomposto, não vamos ficar com ele — retrucou Robert.

— E nós? Quer que morramos de fome? — ironizou Caley. Mas antes que Robert pudesse responder, ouviu-se a voz de Walker.

— O problema é L-L-Lucan, ele joga os donos dos cemitérios contra nós — gaguejou. Caley olhou-o com ódio.

— Sinto muito, mas isso não é problema do meu mestre — disse Robert.

— Foi o seu mestre e os esquemas dele que nos causaram isso! E agora, ele nos abandona — disse Caley, com voz trêmula. Enquanto falava, ele ficou na ponta dos pés, o corpo tenso como se fosse atacar.

— Você também participou desse esquema — acusou Robert, cautelosamente. Caley hesitou e os minutos pareceram não acabar mais. Então, num gesto súbito, ele pegou o saco no chão.

— Vamos embora — disse, ríspido, para Walker.

O Sr. Tyne sobe a escada da casa comigo, rumo ao escritório do meu mestre. Ele está bem próximo, atrás de mim, calado, mas não viro para trás. Faz um mês que recusei o corpo do menino e ele ainda não esqueceu o fato, como se achasse que, com o tempo, descobriria qual foi o motivo.

Entro na sala e o Sr. Poll olha.

— O que foi? — pergunta.

— Tenho um recado — respondo, desajeitado. Ouço passos atrás de mim, olho, e é Robert, com Charles ao lado.

— Recado de quem? — pergunta o Sr. Poll.

— De Lucan.

— Falou com ele?

Assinto.

— Ele disse que depende do senhor acabar com isso.

— Como assim?

— Ele disse que o senhor o insultou.

— E agora quer que eu peça perdão? Jamais.

— Acho que não há problema nisso. Por que não acabar com essa situação se podemos? — pergunta Robert.

O Sr. Poll olha para ele com um aborrecimento indisfarçável.

— Cuidado, senhor — diz ele, ríspido.

Robert fica indeciso, mas não desiste.

— E se ele tirar Caley e Walker de nós também?

— Silêncio! — berra o Sr. Poll. — Não vou ser ensinado por meu aprendiz. — Com a raiva, ele fica com a voz rouca, como a de um vendedor, e sinto que Charles vacila.

Robert aguarda o Sr. Poll avaliar a situação.

— Dane-se ele. Não terá o prazer de me ver implorar — diz, por fim.

No TEATRO, EU ESTAVA afastado de Charles e dos demais quando a encontro inesperadamente. Tenho a impressão de que ela quer ir embora, mas hesita e tenho tempo de chamá-la.

— Não esperava encontrá-lo aqui — diz ela. Está com o rosto pintado, com ruge nas faces; embora de perto ela fique com uma expressão dura que eu não tinha notado antes, a maquiagem lhe confere também uma aparência mais jovem e mais frágil.

— Um amigo de Charles comprou um camarote e ele me convidou — digo.

Ela se cala, e o silêncio me deixa com medo de tê-la irritado ou que achasse que pretendia ofendê-la.

— Assisti as suas peças, vi você no palco — informo, desajeitado.

— Veio acompanhado?

— Não, sozinho. Desculpe o jeito como nos encontramos — digo, e os olhos dela suavizam. Por um instante, parece querer dizer alguma coisa, depois abaixa a cabeça.

— Preciso ir, estão me esperando — diz. De repente, aparece uma mulher ao lado dela. É bonita e olha para Arabella, depois para mim e ri grosseiramente, como quem surpreendeu um encontro.

— Quem é ele? — pergunta, olhando-me de alto a baixo, apreciando-me descarada e entretidamente, sob seus cachos louros.

— É o Sr. Swift — diz Arabella, com uma espécie de pânico no olhar. A amiga adota uma expressão de grande contentamento.

— É o tal que é bonito?

— Desculpe, mas... — digo.

— Esta é a Srta. Amy Stanton. O Sr. Swift é colega do Sr. De Mandeville — informa Arabella.

— Você é cirurgião? — pergunta ela, estremecendo com um irresistível olhar mercenário.

— Não, apenas aprendiz — digo, rindo.

Ela levanta o leque até o rosto e desvia o olhar.

— Pena — diz, embora não demonstre qualquer sinal de pesar.

— Gostariam de se juntar a nós? — pergunto, mostrando a escada e o camarote, mas Arabella recusa o convite.

— Não, temos de ir — responde ela.

Amy suspira numa irritação irônica.

— O senhor irá nos visitar depois? — Ela agora demonstra uma provocante maldade.

Arabella começa a dizer alguma coisa, certamente para contestar a amiga, mas Amy a interrompe, tocando na manga do vestido dela.

— Sr. Swift?

Olho para Arabella, que é pega de surpresa.

— Seria uma honra para mim — digo.

— Ótimo! Temos poucos homens bonitos por aqui — diz Amy, com os olhos brilhando de alegria. Fixa o olhar no meu e, como se tivéssemos nos entendido, deixa Arabella levá-la no meio da multidão.

Quando me viro, noto que Charles está no andar acima, parado à entrada do corredor do nosso camarote, ao lado de uma das mulheres que veio conosco. Cinco minutos antes, quando me afastei deles, ela ria muito e de qualquer coisa. Estava bêbada, com o rosto corado, mas Charles parecia não se importar e, quando olho na direção deles, a mulher vira-se e aperta o rosto no pescoço dele, se aninhando. Ficamos os dois assim, nos encarando. Ele, então, dá um abraço nela e puxa-a para si, sem parar de me olhar.

Naquela noite, Charles estava agitado demais, o clima em volta dele perigoso, instável como mercúrio. Não sei se uma parcela disso tem a ver comigo, só sei que nessa noite sinto medo dele e do que possa fazer. Todo mundo percebeu que, nessas últimas semanas, alguma coisa mudou nele. Quando está sozinho comigo, ele continua amistoso e até, quando se distrai, relaxado. Ser convidado a acompanhá-lo numa visita, ou ajudá-lo numa cirurgia, é um prazer que nunca deixo de desfrutar. Mas quando há mais alguém, principalmente Chifley, ele age de forma diferente, fica mais áspero e menos previsível; um implica com o outro mais até do que naquela noite.

Só May aguenta quando eles ficam nessa loucura. Nos últimos tempos, ele tem nos acompanhado novamente e, mesmo quando Charles pressiona e insiste, ou quando Chifley o ridiculariza, pois parece considerar May alguém para se zombar, permanece distante, rindo, mas sem compartilhar da nossa farra. Até Charles muda quando May está presente; há algo peculiar em seu jeito de lidar com ele, uma polidez exagerada, como se não quisesse se tornar próximo dele. Embora eu não saiba dizer o motivo, pois o nome dela jamais é citado, sei que a causa é Molly e a influência que passou a exercer sobre May.

Também não sei o que liga os dois amantes, pois parecem ter pouco em comum. May é gentil, enquanto Molly tem uma natureza ciumenta e uma maldade inigualáveis. Quando está com May, seu humor varia: num momento, estão carinhosos como cordeiros; no outro, ela o ridiculariza cruelmente. É possível perceber como fica magoado, mas é pior ver que ele reage com delicadeza.

Mesmo assim, à medida que as semanas passam, fico cada vez mais tempo com May. Nas horas em que estou livre, subo a escada para o quarto dele, às vezes para conversar, outras para vê-lo trabalhando. Ele tem uma franqueza, uma gentileza, que torna quase impossível não gostar dele, apesar de todas as esquisitices. Mais de uma vez eu o encontrei conversando com um vendedor, um menino que passa na rua ou uma dama, que se espantam ao ouvi-lo falar sem parar, mexendo as mãos, gesticulando para lá e para cá. Ele não é discreto, fala o que pensa, seja qual for o assunto. Sempre resmunga e tenta se conter, fica constrangido por trair algum amigo ou conhecido ao falar dele; em seguida, usa termos calorosos para se explicar e se justificar, um processo tão previsível que é quase impossível não rir.

Só no trabalho ele encontra alguma tranquilidade. Se pega o pincel ou a pena de escrever, é capaz de trabalhar horas seguidas sem dizer uma palavra, parando de vez em quando para olhar o nada ou andar pelo quarto, pensando, os passos tão constantes e deliberados quanto, em outras ocasiões, são estranhos e apressados. Quando está assim, pouca coisa consegue perturbá-lo e já o vi trabalhar quando a luz do dia desaparece do quarto, desenhando quase no escuro como se só precisasse enxergar o que está dentro de sua mente. Para mim e para Molly, observá-lo trabalhar traz uma sensação de paz, e é comum sentarmos e observarmos, numa proximidade que só temos nesses momentos. Não sei o que ela pensa nessas horas, mas fica mais delicada, menos irritada.

Essa paz persiste horas depois que ele termina de trabalhar. O vento bate no telhado, e nós nos aproximamos da lareira e conversamos. May pega o ópio e nós o misturamos no vinho. No começo, bastam alguns grãos para o ópio nos envolver em seu abraço, com os sonhos sombrios que traz. O tempo não faz sentido, só o que importa é o som de nossas vozes, o pequeno espaço iluminado em que nos sentamos, May, Molly e eu, à deriva na noite.

Paro à porta. Robert está lá dentro, concentrado no trabalho. No banco à frente dele há um pé de mulher, já escuro pela decomposição. Desse jeito, separado do corpo, é um pé anônimo, com os delicados dedos torcidos e acavalados devido a anos de sapatos apertados demais. Enquanto Robert trabalha, a faca firme pressiona a resistência macia da carne, escorregando e, aos poucos, expondo o osso repleto de tendões e cartilagem. Uma luz fraca vem da janela e bate no rosto de Robert, amenizando as rugas de preocupação. De vez em quando, ele para e anota na folha que está ao lado. É um desenhista canhestro, mas nesse esboço tosco há algo que não percebi antes. Uma graça, como se aquelas simples linhas de luz e sombra fizessem um cantochão para esse estranho templo, sua pequena catedral de ossos e carne, uma obscura divindade.

DEMORO UMA SEMANA para procurá-la. Já passa de meio-dia, mas as cortinas da casa dela estão fechadas. Bato na porta e logo surge uma criada com rosto doentio. Ela me olha friamente enquanto digo meu nome e minha profissão. Apesar de ser pouco mais que uma menina, tem uma franqueza inquietante no olhar. Para outro homem, isso pode parecer convidativo, mas para mim parece algo mais próximo de uma agressão, pois já vi muito esse olhar nas ruas da cidade, nas moças que se tornam mulheres antes da hora e odeiam o mundo por causa disso.

Ela me pede para esperar no vestíbulo e desaparece no andar superior. Estou nervoso, agitado, e me assusto quando Arabella chega. Ela também para ao me ver, seus olhos dotados daquela vulnerabilidade que notei todas as vezes que nos falamos; depois, se apruma e estende a mão para me cumprimentar.

— Sr. Swift, o senhor nos pegou de surpresa.

— Não quis incomodar... se quiser que eu vá embora...

— Não — diz e, como se estivesse constrangida pela pressa com que respondeu, ela se corrige: — Por favor, fique. Vou mandar Mary nos trazer um chá. Ou prefere conhaque?

— Chá — respondo; ela chama a criada e dá algumas instruções. Mary se empertiga, dirige a mim um olhar ao mesmo tempo desdenhoso e precavido, e sai.

— Desculpe se me intrometo — digo

— Por favor, não se desculpe mais — pede ela. A concisão de suas palavras me deixa embaraçado e me arrependo do que disse.

Ela senta-se, alisando o vestido. Ficamos vários segundos assim e, de repente, falamos juntos, ela pergunta como passei as últimas semanas e eu, como está a peça da qual participa. Paro de falar, peço que ela continue e ela faz o mesmo. Nossas frases se atropelam, nos calamos de novo e essa situação estranha nos domina.

Estamos assim quando Amy entra, agitada. Ao contrário de Arabella, ela parece ter acabado de levantar da cama, com os cachos soltos e despenteados, o que é ao mesmo tempo pueril e curiosamente agradável. Está com o rosto cheio de uma alegre expectativa e, quando entra na sala, seu olhar dirige-se diretamente para mim. Satisfeito com a interrupção, eu me levanto.

— O senhor veio nos levar para dar um passeio de carruagem, Sr. Swift? — pergunta, e seguro a mão que ela estende para mim. — Esse dia tedioso ficaria bem mais suportável. — Sorri instigante e, sem me conter, sorrio também.

— Se pudesse, levaria, mas infelizmente não tenho carruagem — explico.

— É um cirurgião! Claro que tem — retruca ela, divertida.

— Em geral, nós aprendizes não temos.

Por trás dela, Arabella sorri com um afeto indulgente. Capto o olhar dela e compartilho o sorriso, como se fôssemos dois conspiradores.

— Então, talvez possamos dar uma caminhada — sugere Amy. — O dia está lindo. — Virando-se para Arabella, dirige-lhe um olhar significativo.

— Ontem mesmo você disse que há tempos não vai ao parque.

Arabella balança a cabeça, mas noto que já não resiste à proposta.

— E a peça? — pergunta para Amy.

— É só à noite.

Arabella concorda.

— Então vamos, se você está tão decidida.

Fico sozinho enquanto elas se arrumam rápido e é com uma sensação de júbilo que, menos de meia hora depois, piso na rua acompanhado delas. O dia está frio, mas lindo, com o céu aberto, num tom azul delicado. Amy é a primeira a sair: na rua, volta-se para nós e segura o chapéu na cabeça. À luz do dia, ela é pouco mais que uma menina, deve ter uns 17 anos. Na esquina, há uma velha carruagem de aluguel, puxada por dois cavalos ruãos. Adianto-me para chamar o cocheiro, mas Arabella segura meu braço.

— Vamos andar — diz ela. Em seus olhos há uma nova solicitude; ela deve saber que eu não tenho condição de pagar a carruagem. Desajeitado, concordo com a cabeça, agradecido por essa pequena gentileza, apesar de a vergonha me deixar aborrecido.

Caminhamos em direção ao parque, notando que o clima trouxe a cidade de volta à vida. Por toda parte as pessoas estão como que aliviadas pelo inesperado aparecimento do sol. Homens e mulheres circulam, criados se encaminham para o trabalho, crianças brincam e correm pelas ruas, há uma alegria em tudo. Amy fala por todos nós, ri, brinca, comenta em voz alta e sincera tudo o que passa na frente dela. Entre mim e Arabella parece nascer algo quase conspiratório, como se sermos vencidos por Amy nos aproximasse. Não sei se é a intenção de Amy ou não, mas na frente de uma livraria em Portland Street, ofereço o braço a Arabella. Não sei se ela o aceitaria, pois é Amy quem aceita meu braço, dando uma risada feliz e inesperada. Olho nervoso para Arabella, ela sorri e balança a cabeça, não como crítica, mas com carinho, e sinto um rubor, pois compreendo que, embora seja Amy quem está perto de mim, quem anda ao meu lado é Arabella.

No parque, os galhos desfolhados das árvores, erguem-se contra o céu, os troncos pálidos sobre a grama que volta a crescer. Os caminhos estão cheios de uma multidão de pessoas engalanadas e empoadas para serem vistas. Poderia me sentir deslocado com meu terno discreto, mas os olhares cobiçosos dos homens e invejosos das mulheres afastam logo essa ideia da minha cabeça.

O sol brilha sobre o lago, que reflete a luz. Aqui e ali, cisnes nadam e, quando chegamos à margem, Amy se ajoelha e sussurra alguma coisa para chamá-los. Arabella fita-a com carinho e a observo, contente por vê-la tão à vontade. Os cisnes se aproximam, Amy passa as mãos sobre suas cabeças curiosas e se levanta, feliz; seu olhar alcança um cavalheiro que está mais adiante e olha para nós três. Arabella fica tensa mas, se pretendia evitá-lo, Amy não, pois cumprimenta-o com satisfação; chama-o e dá o braço para ele, como fez comigo há menos de meia hora.

O homem vem ao nosso encontro e nos cumprimenta, cordial, embora algo no jeito com que pressiona os lábios mostre que não gosta de encontrar Arabella e Amy comigo, ali. Ele tem o rosto magro, deve ser pouco mais velho que eu e suas feições são dotadas de uma expressão amarga. Embora me pareça familiar, só quando dizem que se chama Ash lembro que é amigo de Chifley. Claro que ele também se lembra de mim, mas não fazemos qualquer comentário nesse sentido.

Após as apresentações, continuamos a caminhada, com Ash e Amy à frente. No final do lago, Arabella e eu paramos: um bando de estorninhos passa lá no alto, voando sobre o lago, e seus corpinhos escorrem pelo ar como areia. Um fato comum, mas, mesmo assim, assistimos a essa pequena maravilha enquanto eles vão e voltam como se fossem controlados por uma única mente, como uma nuvem que cresce para depois se dispersar de novo, de uma vez.

Amy e Ash param ao lado de um violinista. Ash pega uma moeda no casaco e a entrega a Amy, que vira para mostrá-la a nós e coloca-a no chapéu do músico.

— Você é uma boa amiga para ela — digo, mas Arabella nega com a cabeça.

— Gostaria de ser melhor.

— Como assim? — pergunto. Arabella titubeia e, quando volta a falar, é com voz suave.

— Nós nos conhecemos quando ela ainda era quase uma criança. Era costureira e eu já fazia pequenos papéis no teatro. Mas ela é duas vezes mais generosa do que eu. — Observamos Amy segurar com mais força o braço de Ash, pressionando o corpo contra ele. Não consigo imaginá-la num palco pois, ao contrário de Arabella, parece ser muito ela mesma. Transformar-se em outra pessoa é se esconder, talvez até se perder. É, ao mesmo tempo, uma coisa terrível e mais fácil.

— Esse cavalheiro a trata bem? — pergunto.

— É um homem — responde ela, num tom ríspido. Depois, prossegue num tom suave outra vez. — Você o conhece, não?

Olho para ela, surpreso.

— Pouco — respondo.

— Então sabe que tipo de homem ele é.

— Acha que não pretende casar-se com ela?

— Ele é um cavalheiro, e cavalheiros não casam com moças como Amy.

Apesar de a voz dela não demonstrar raiva, sinto vergonha, não sei por qual de nós.

— Por que você quis me evitar no teatro? — pergunto, após um tempo. Ela solta meu braço e vira-se para o lago. Dois marrecos estão brigando e espalham nuvens de água com as asas.

— Arabella?

Ela não me olha.

— Não deve fazer isso, Gabriel.

— Não entendo o que você quer dizer — confesso.

Ela se volta para mim, os braços cruzados sobre o peito, e novamente ela parece achar que eu queria magoá-la.

— Considere Amy e o seu Sr. Ash. É um cavalheiro e por isso não vai se casar com ela nunca. Na verdade, isso não é problema, pois Amy não se interessa muito por ele. Mas o que dizer dos outros Sr. Ash? Ela não vai ser jovem e bonita para sempre.

— E você? — pergunto.

Ela me encara, e seu olhar é repleto de raiva e de algum outro sentimento.

— Não seja idiota, Gabriel, não combina com você — diz, por fim, e vira-se para prosseguir.

———

Nos portões do parque, Amy e Ash aguardam no meio da multidão que passa. Quando nos aproximamos, percebo o mau humor dele, um espaço que a juventude dela poderia preencher, mas nunca seria suficiente.

— Nós queremos almoçar — anuncia ele, sorrindo para mim.

Ciente que ele espera que eu não queira ir, assinto e saímos na direção de Mayfair, onde sentamos numa mesa de taverna e comemos. Claro que Amy percebe alguma coisa entre nós e fala por todos, enquanto degusta ostras com pão e bebe cerveja, cobrindo a boca com a mão sempre que ri. Arabella come mais devagar e às vezes acompanha a risada de Amy, como faria uma irmã mais velha. Ash está calado, o corpo rígido encostado em Amy. Em várias ocasiões, surpreendo-o me observando, os olhos negros, firmes e agressivos.

Quando terminamos a refeição, a tarde está sumindo, o céu quase incolor, com uma parte da lua surgindo sobre os telhados. Amy precisa estar no teatro dentro de uma hora, então vai embora com Ash, de carruagem, deixando Arabella e eu voltarmos a sós. Andamos lado a lado, sem nos tocarmos, e a conversa, agora que estamos sozinhos, fica cuidadosa, atenta, embora com uma proximidade que não existia antes.

— Acho que não gosto de Ash — confesso.
Os olhos de Arabella voltam-se para mim.
— É? Ele não é o pior do gênero — diz, balançando a cabeça e desviando o olhar mais uma vez.
— Não é o que eu quis dizer — retruco.
— Eu sei — diz ela. Pega meus braços, me puxa para mais perto e deixa seu leve peso se inclinar sobre mim.

PERCEBO NA HORA que alguma coisa está errada, pois há um instinto assassino no olhar do Sr. Tyne. Atrás dele, o cocheiro Oates se mexe, desconfortável, seu rosto gordo expressando algo entre o medo e a falsidade. Os dois foram ao cemitério de St. Bart buscar um cadáver com o velho Crowley, que dá aulas lá.

— Onde está o corpo? — pergunta o Sr. Poll; o Sr. Tyne olha para Oates, que abre e fecha a boca como um peixe.

— Foi roubado — responde o Sr. Tyne.

A sala fica em silêncio.

— Antes ou depois de você pagar por ele? — pergunta o Sr. Poll.

— Depois — diz o Sr. Tyne.

O Sr. Poll se vira para ele.

— Roubado como? — pergunta, balançando a cabeça. — Não responda, deixa eu adivinhar: você deixou esse idiota tagarela tomando conta do corpo.

Oates abaixa a cabeça, envergonhado, depois que o Sr. Poll olha para ele de um jeito que mostra que ele não ouviu a frase toda.

O Sr. Tyne assente, devagar e, embora se controle, é possível perceber a raiva que o consome por ter sido chamado atenção. Tento desviar o olhar, mas ele me encara e, nesse instante, vejo o ódio, claro como o dia.

— Você achou que ele não aproveitaria todas as oportunidades para nos atormentar? — pergunta o Sr. Poll, irritado, e por um segundo penso que o Sr. Tyne vai retrucar, tão violenta é a sua ira. Então o Sr. Poll faz cara de nojo.

— Saia, não quero ver você.

O Sr. Tyne desce a escada fazendo barulho, batendo os pés, e sai para a rua. Claro que ele quer encontrar Caley e acertar as contas com ele. No vestíbulo, Oates treme, a cara gorda rubra de vergonha e indignação. Como não tenho palavras para consolá-lo, deixo-o lá.

Apesar de a tarde já estar pela metade, a casa está silenciosa, Robert saiu e Charles ainda não chegou. Fico grato pela quietude; nessas últimas semanas o humor do Sr. Poll piorou a cada dia e, em geral, eu era o alvo de seus ataques. O fato de sermos obrigados a comprar corpos em St. Bart é apenas a mais recente indignidade que Lucan nos causou. Nas últimas semanas, vários corpos que Caley e Walker conseguiram para nós sumiram. Antes que pudessem pegar os cadáveres, os túmulos foram saqueados, ou os caixões foram enchidos com pedras e tiveram seu conteúdo roubado.

Isso já seria ruim, mas muitas vezes, esses corpos reapareceram quase ao mesmo tempo na mesa de outro cirurgião, entregues por Lucan. Duas vezes compramos de volta corpos que nos eram realmente necessários: um de Van Hooch e outro de Guy, tendo de pagar uma recompensa pelo privilégio. O mesmo aconteceu com o corpo roubado do Sr. Tyne e de Oates; era de um homem que se chamava Polkinghorne, que morreu de inchaço do cérebro e cujo exame o Sr. Poll aguardava com grande expectativa. Mesmo assim, Lucan nos obrigou a pagar uma recompensa e depois sumiu com o corpo, de forma que ficamos sem o corpo e o dinheiro, 15 guinéus por nada.

Fecho a porta da biblioteca e arrumo meus livros sobre a mesa. Lá fora o dia está calmo, com nuvens baixas, lisas e disformes, espalhando uma luz cinzenta sem intensidade ou origem. Sobre a mesa está o braço de uma mulher que Caley trouxe há duas noites, sem a pele, para que eu possa desenhá-lo, e começo pegando minha pena de escrever. Alguns minutos se passam, surge um pardal no peitoril da janela e fica parado ali por instantes. A pena para na minha mão, apoiada no papel. Com cuidado, para que ele não perceba meu gesto e voe, viro a folha do meu caderno e deixo a mão deslizar por ela, traçando a forma da cabeça, a parte de trás lisa e gorda, desenhando o mais rápido que posso, passando os olhos da folha para o tema, tentando gravá-lo em minha mente para captar o essencial. São apenas segundos, mas parecem uma hora ou um dia; meu coração bate rápido, meu corpo está absorto naquele instante. Ergo meu olhar de novo e vejo que o pardal se virou e está observando o local. A pena fica parada, os olhos negros do pássaro encontram os meus, cheios de energia, atentos e indecifráveis. O instante se prolonga, meu coração parece bater mais devagar e, tão de repente quanto surgiu, o pardal vira a cabeça e some, atira o corpo no ar com um bater de asas.

Permaneço no vazio que ele deixou, olho para fora e por isso não ouço alguém entrar. Só quando a pessoa para atrás de mim, percebo que não estou mais sozinho e viro-me, com a mão na folha de papel e a outra levantada sobre o rosto, como se quisesse afastar a luz.

— Acho que não foi essa a tarefa que lhe deram — diz ele e, embora o tom seja áspero, a raiva parece ter sumido. Há algo de estranho também, como se ele procurasse ser simpático, mas isso fosse difícil.

— Não, senhor — admito e me levanto, sem jeito.

— Sente-se — ordena ele, colocando a mão sobre o desenho. Tiro a braço, sabendo que é melhor não esconder.

— É um pardal — anuncio, baixo, e ele me olha por cima da folha de papel.

— Pensa que sou cego? — pergunta.

Não é um homem fácil de lidar e tenho medo dele. Mexe nos papéis sobre a mesa de novo. Eles não revelavam anotações e desenhos do meu trabalho, mas esboços que fiz, dia após dia: o perfil de Charles, uma lavadeira, dois gatos, a ponte Blackfriars. Ele examina cada folha com atenção até chegar à última.

— Você tem talento para desenhar — diz, como se estivesse surpreso. Concordo, inseguro: ele acredita que desenhar é parte fundamental da nossa educação, pois só através da reprodução de uma imagem ela realmente se fixa na mente. Por isso, ordena sempre que desenhemos, mas eu sei, como ele também deve saber, que essa é a única parte do meu aprendizado para a qual tenho aptidão.

— Obrigado — digo. Subitamente, ele vira-se e folheia um livro que está em cima de um banco próximo.

— Charles me disse que você conheceu um pouco da cidade com ele.

Mudo de posição, desconfortável. Essas últimas semanas mudaram o relacionamento dele com Charles, uma vez que o temperamento do Sr. Poll ficou mais complicado e Charles se tornou mais solícito com o velho, mas de uma solicitude que parece disfarçar uma distância cada vez maior entre os dois. É provável que uma pessoa de fora não notasse isso e, na verdade, essa distância nem sempre é visível: quando os dois estão ocupados numa dissecação ou numa cirurgia, são como sempre foram, dois corpos com uma só mente, imersos no trabalho. Mesmo assim, a distância existe.

— Sim, um pouco — confirmo.

— E o que acha dele?

Não respondo. O Sr. Poll me observa, depois faz um movimento lento com a cabeça.

— Vejo que você é leal. E ele é um homem que provoca lealdade, não?

— É, sim — concordo.

— Você o consideraria um amigo?

— Espero que ele me considere como tal.

O Sr. Poll reflete por um momento e, de repente, joga um desenho na minha direção.

— De onde vem a força muscular? — pergunta, levantando o braço da mulher.

— Do exercício — respondo, cauteloso.

— Então não permita que essa habilidade que você tem passe a ser um fim em si. Fazer o que é fácil não exercita as aptidões morais do cérebro. Existe uma fraqueza naqueles que são complacentes consigo mesmos, fraqueza essa que seria bom você evitar.

Q UANDO O FIM CHEGA, há uma mudança. Na porta da casa está um homem que não conheço. Tem um olho imóvel e claro, de uma cor que parece desbotada, e seu vazio me faz recuar. Primeiro, penso que ele é um coveiro ou, talvez, um prestador de serviços funerários, pois está de chapéu e terno pretos e seu rosto comprido e seu jeito têm alguma coisa, uma falsa condolência que, de certa forma, combina com o restante. Mas o terno é muito maltrapilho e o sorriso dele quando seu olho imóvel encontra os meus deixam transparecer uma outra natureza.

— Aqui, rapaz, isso é para o seu mestre — diz ele.

Pego a carta que ele estende para mim.

— Foi enviada por quem? — pergunto e, nesse instante, a porta atrás de mim se abre. É o Sr. Tyne. Ele passa os olhos de mim para o homem e muda de expressão.

— Você aqui? — pergunta ele. O visitante apenas sorri, como se a irritação do Sr. Tyne o agradasse. Ao ver a carta em minhas mãos, este a agarra.

— É sua? — indaga. O outro homem apenas toca no chapéu e faz uma reverência exagerada.

— Transmita minhas recomendações ao seu mestre.

———

Sozinho comigo, o Sr. Tyne coloca a carta em frente ao meu rosto.

— Você o trouxe aqui? — pergunta.

Nego e digo que foi a primeira vez que vi aquele homem. Num gesto súbito, ele joga a carta no meu peito.

— Seu mestre está aí dentro, rapaz. Faça o que lhe mandaram.

Ele me acompanha ao escritório do Sr. Poll. Charles e Robert estão lá e, quando entramos, os três se viram para nós.

— Pois não? — diz o Sr. Poll. Adianto-me e coloco a carta em sua mão. Ao ver o envelope, uma leve preocupação passa pelo rosto dele, mas sua expressão mantém-se impassível enquanto abre a carta e a lê.

— Quem trouxe isso? — pergunta ele então, olhando para mim. O Sr. Tyne dá um passo à frente.

— Foi Craven — responde, e a sala fica em silêncio. Até eu sei que Craven é um dos homens de Lucan, aquele no qual ele mais confia.

— O que diz a carta? — pergunta Charles, levantando-se da cadeira. O Sr. Poll não faz qualquer menção de mostrá-la a Charles; na verdade, nem olha para ele.

— É de Lucan. A polícia pegou Caley e Walker — informa ele. Ao meu lado, o Sr. Tyne assovia, mas Charles é quem fala.

— Ele quer que nós imploremos?

— É exatamente o que ele espera — conclui o Sr. Poll, rejeitando o que Charles disse como se ele fosse uma criança boba. Charles fica sério, mas, o Sr. Poll não demonstra que notou isso. Ele se aproxima do Sr. Tyne e mostra a carta.

— E o senhor, o que acha que devo concluir disso? É verdade? Então? Responda! — exige o Sr. Poll, embora as feições furiosas do Sr. Tyne mostrem que ele sabia tanto quanto nós.

— Não sei.

O Sr. Poll o encara por um bom tempo.

— Então, descubra — diz, virando-se e nos dispensando da sala. Só Charles fica, olhando, gélido, as costas do Sr. Poll.

———

Quando o Sr. Tyne volta, já está escuro, a casa tranquila e silenciosa. Nós o seguimos até o escritório do Sr. Poll, onde ele faz seu relato: Caley e Walker foram mesmo presos e naquele exato momento estão na prisão da Bow Street, para onde foram levados após uma briga no cemitério de St. Bartholomew.

Na rua, a noite é amena, a voz alta das crianças e o cheiro de lenha queimando entram pelas janelas, mas dentro de casa faz frio.

— Pois muito bem. Está feito — conclui o Sr. Poll.

Depois que o Sr. Poll vai embora, acompanho Charles e os outros até um lugar em Haymarket. Lá dentro faz calor e os salões estão cheios de homens e mulheres falando e bebendo. Chifley quer jogar baralho e, assim que chegamos, vai com Caswell procurar uma mesa, deixando-me sozinho com Charles. Ele está agitado, olha os salões como se procurasse algo que está sempre fora do alcance.

— O que vai acontecer com Caley e Walker? — pergunto, e ele me olha como se eu falasse de algo que ocorreu há muito tempo, numa outra época, num outro lugar.

— Serão julgados e, sem dúvida, condenados.
— Pelo quê?
— Roubo, violação e desordem pública. Receberão uma pena.
— E nós?

Ele dá de ombros.

— Voltaremos a ficar nas mãos de Lucan.

Surpreso com o desinteresse dele, começo a contestá-lo, mas ele me diz que isso não é assunto para se tratar ali, perto daquelas pessoas. No outro lado do salão, Chifley e Caswell encontram uma mesa de jogo e sentam-se. Chifley faz sinal para nos juntarmos a eles, mas Charles recusa, pede licença e me deixa lá.

Largado sozinho, fico andando e olhando os rostos, as roupas, as joias e a beleza das mulheres cujos corpos lotam os salões. No vestíbulo, no andar inferior, há vasos com enormes palmeiras e, à porta, negros uniformizados. Uma banda toca no salão de dança.

Então, de repente, eu a vejo, meio de lado. Está de vestido azul-escuro e com o cabelo preso para cima em um coque. Encaminho-me para ela, encantado por encontrá-la ali, mas noto que está acompanhada, de braço dado com um homem desconhecido.

É mais velho que ela, usa bigode, é grande e forte. Paro, com uma espécie de vazio se abrindo dentro de mim, e ela se vira. Sei que me vê, pois nossos olhares se encontram e ela não se move por um longo tempo, os olhos negros, alertas, os mesmos daquela noite, meses atrás, no quarto de Kitty. Desvia o olhar, sem qualquer sinal de ter me reconhecido.

— Você a conhece? — pergunta Chifley.
— Quem é o homem que está com ela?
— É o amante, um homem rico, Pardal.

Não vou hesitar.

— Achou que ela ia gostar só de você? — pergunta Chifley.

Dou um passo para trás, despreparado para deixá-lo notar como suas palavras me magoaram; o salão gira como se eu estivesse bêbado, minhas pernas fraquejam e ele fica satisfeito, dando seu sorriso torto.

MAIS TARDE, NA RUA, começa a chover e a neblina forma nuvens sob o brilho das lamparinas. Sozinho e bêbado, chego em frente à casa, pego a chave e empurro a porta fazendo o menor barulho possível. Lá dentro está escuro, os acontecimentos do dia parecem repousar na quietude. Nós sabemos que Lucan virá amanhã. Vai oferecer condições as quais não teremos escolha a não ser aceitar, sabendo que fomos derrotados.

No vestíbulo, o assoalho range alto sob meus pés e sinto a presença de alguém.

— Robert? Sra. Gunn? — pergunto, inclinando ligeiramente o corpo.

Ouço alguma coisa, pouco mais que um movimento.

— Quem é? — pergunto, abrindo a porta da sala de dissecação, nos fundos da casa. O telhado de vidro emite uma luz fraca. O resto é trevas. Entro na sala silenciosa. Minha respiração está suspensa, o sangue corre em silêncio nas veias. Atrás, ouço a porta ranger e ser fechada rápido, e a luz de uma lamparina enche a sala. Viro-me e vejo o Sr. Tyne.

— O que o senhor está fazendo aqui? — pergunto.

Sem responder, ele vem na minha direção.

— O senhor precisa de mim?

À luz da lamparina, ele parece não ter o branco dos olhos, que são pequenos e duros como os do tubarão que dorme num tanque na sala ao lado. Fico assustado com o jeito dele e sem pensar, me esquivo quando ele se aproxima. Só quando está quase em cima de mim, ele fala.

— Sei quem é você, rapaz — diz, baixo.

Viro-me devagar e sigo-o com os olhos, enquanto passa por mim e entra na sala, sem querer perdê-lo de vista ou deixá-lo se aproximar demais. Não sou eu que ele procura, mas a mesa de dissecação, onde, coberto por um lençol, está o último corpo que Caley trouxe, há duas noites. O Sr. Tyne para ao lado dele e me olha, com a mão prestes a levantar o lençol.

— O que quer? — pergunto de novo, e ele apenas ri, tira o lençol de cima do corpo e deixa-o cair no chão, revelando um corpo de mulher. Atordoado, olho-a por um instante e o Sr. Tyne coloca no rosto da mulher a mesma mão que antes puxou o lençol, e vai para a cabeceira da mesa, onde está a cabeça. Há algo de desagradavelmente íntimo no jeito que ele toca a pele nua.

— Ela vai ser dissecada amanhã — informo. Ele assente, enquanto passa os olhos pelo corpo nu. Sinto vergonha por ela, exposta para aquele homem. Fico desconfortável também com a proximidade dele e, desajeitado, dou mais um passo para trás; nisso, ele enfia a mão no paletó e tira uma faca. Com um gesto suave, ele se adianta e encosta a ponta da faca no meu pescoço.

— O que está fazendo? — pergunto, desejando que a voz não trema. Meu coração bate rápido e assustado. Estamos tão próximos que vejo o pó no rosto dele e sinto seu hálito de gim. Devagar, ele faz a faca escorregar do meu colarinho para o peito. Ao fazer isso, fica mais próximo ainda até estarmos quase cara a cara, a lâmina na altura das minhas costelas com a ponta apertada contra a pele.

— Você tem jeito de cavalheiro, mas seu pai morreu como um mendigo.

— Eu o ofendi de alguma forma? — pergunto, com voz trêmula. O Sr. Tyne sorri.

— Você precisa de boas maneiras, rapaz — diz ele. Retira a faca da minha barriga e solto a respiração, quase num espasmo.

Ele recua um passo e empunha a faca de forma quase casual. É uma faca pequena e feia, com a lâmina terminando numa ponta fina. Uma faca para matar, nada mais.

— Lamento que o senhor ache isso de mim.

— Talvez esteja na hora de você levar uma lição — diz ele. Fica mais alguns segundos me observando, depois vira-se para o cadáver de novo, levanta a cabeça da morta e aperta a faca contra o rosto dela. A pele cede, mas não é cortada.

— O senhor não pode fazer nenhuma marca nela — aviso, esperando que a voz pareça autoritária.

— É mesmo? E o que você faria se eu desobedecesse?

— Eu seria obrigado a contar ao nosso mestre.

— E seu eu negasse, acha que ele acreditaria em quem?

Fico indeciso.

— Por que está fazendo isso? — pergunto.

Ele parece tomado por uma calma assustadora, exceto nos olhos, que me observam.

— Não pense que sou bobo, pois não sou — recomenda ele. Ao falar, faz a faca serpentear pelo rosto dela.

— Se houve alguma marca nela, o Sr. Poll vai querer saber quem fez isso. Pode não acreditar que fui eu, sem ter motivo algum.

Ele sorri e solta a faca. Relaxo, aliviado, retomando o fôlego. Porém, num gesto rápido, ele segura o nariz dela entre o polegar e o indicador e corta-o com força, até soltá-lo do corpo. Abre a mão e mostra-me o nariz cortado. Recuo, sem conseguir falar. Então, gira o pulso e joga a coisa horrenda aos meus pés.

— Se disser a ele que fui eu, matarei você enquanto dorme.

OUÇO PRIMEIRO A SRA. GUNN, rindo, satisfeita. Depois, é Oates quem ri, embora os risos sejam abafados, como se ele tivesse medo de ser ouvido. É normal rirem na cozinha durante o dia. Oates costuma sentar lá quando o Sr. Poll está em casa e, embora a Sra. Gunn reclame, no fundo acho que não se incomoda, pois Oates é engraçado do jeito dele e gosta de todo o tipo de fofoca.

Enxugo as mãos num pano e abro a porta. Os dois se calam e viram juntos para me olhar. Oates está ao lado do fogão; ao me ver, franze o cenho e olha para a Sra. Gunn. Faz quase um mês que o corpo da mulher foi encontrado, mas o fato não foi esquecido, muito menos pela Sra. Gunn. Não sei o que disseram para ela, só sei que não me trata mais da mesma forma, mas sim como se eu fosse alguém que veio sem ser convidado.

— O que houve? — pergunto, olhando de um para outro. — Aconteceu alguma coisa?

A Sra. Gunn pressiona os lábios e Oates responde por ela, tão ciente da gravidade do que sabe que parece inflar de tamanho.

— Temos novidades.

— De que tipo?

Oates levanta as sobrancelhas, como para dizer que não vai contar, mas sei, por experiência, que vai.

— Do tipo alegre — responde ele e, antes que possa continuar, somos interrompidos pelo som da porta batendo lá em cima. A Sra. Gunn segura no avental e corre escada acima, com Oates atrás. Charles está no vestíbulo, ainda de chapéu na mão, e sorri ao ver a Sra. Gunn.

— Vejo que a notícia chegou antes de mim — diz ele. A Sra. Gunn se adianta, pega as mãos dele e aperta-as. Charles ri, certamente pela inadequação do gesto, pois a Sra. Gunn gosta dele como se fosse o filho preferido e ele segura as mãos dela de um jeito muito afetuoso.

— Permita que eu seja o primeiro a cumprimentar o senhor — diz Oates, balançando-se para cima e para baixo, certamente na tentativa de fazer uma reverência.

— Muito obrigado — diz Charles, apertando mais uma vez as mãos da Sra. Gunn. A seguir, olha para mim.

— E então, Gabriel? Não vai me dar os parabéns?

— Primeiro precisa me dizer o que houve, depois eu dou — explico, embora já saiba o que deve ser.

— Vou me casar com a Srta. Poll. Já marcamos a data — diz ele.

Apesar de suas palavras serem alegres, sei que o significado delas não é tão simples quanto parece. Por uma fração de segundo, não sei o que fazer. Depois, estendo a mão, cumprimentando-o.

—

Embora naquele dia não haja mais comemorações, no sábado seguinte levamos Charles a Covent Garden. Num salão em cima da taverna, serve-se carne com molho, há vinho e dança. A noite é amena e as ruas estão cheias de gente, ruidosas por causa da bebida. Somos uns 12, inclusive Robert; conheço alguns; outros, não, e juntos fazemos uma grande festa.

Lá pela meia-noite estamos bêbados, os 12 que vieram juntos já se tornaram vinte ou mais. Dois eu não conheço, são irlandeses com violinos e um tambor; há várias mulheres com um homem com marcas de sífilis, que imagino ser o cafetão delas. A festa é para Charles, mas, como sempre, quem comanda é Chifley. Sentado numa cadeira no meio do salão, ele rouba a cena com um braço em volta de uma moça e o outro segurando uma taça, incentivando a confusão como um ente maléfico. Só se dirige a mim uma vez, pedindo para eu cantar, seu rosto brilha com o desafio que sabe que vou recusar. Será que, entre todos os presentes, eu sou o único a notar como Chifley e Charles se olham? É como se entre eles houvesse um ódio secreto e Chifley quisesse magoá-lo pelo simples fato de nos divertir. Mesmo quando ri e canta como se fosse um de nós, Charles não parece disposto a participar de nossas brincadeiras.

Para os dois, isso não é novidade. Porém, a uma da manhã surge uma moça no meio de nós. Aproxima-se de Charles e senta-se no colo dele, o que causa muito riso nos demais, pois ela é bem gorda e amassa-o sob seu peso. Com a boca desdentada, ela dá um beijo em Charles que, bem-humorado, retribui, o que é uma cena horrenda; depois, ela abaixa o corpete e seus peitos saltam. São imensos e claros, de pele quase transparente, e num deles dá para ver uma veia azul serpenteando até o bico, densa e pulsante como uma lombriga. Ela se inclina para a frente, pressiona os peitos contra o rosto de Charles e balança os ombros; os peitos mexem, agitam-se. Aprisionado na cadeira pelo peso da mulher, Charles não tem outra saída senão aceitar. De todos os cantos, nossos companheiros zombam e gritam, mandando-a continuar, e ela obedece, agarrando a cabeça de Charles e apertando-a contra o peito como se fosse amamentá-lo. Enquanto os outros aprovam, incentivados pela bebida e pela animação, fico cada vez mais tenso, com medo do que Charles possa fazer.

Depois do que pareceu ser uma eternidade, Charles empurra a mulher para cima de Chifley, que segura nos pulsos dela e sacode-a, os peitos nus dançam loucamente à vista de todos e tal obscenidade causa ainda mais aplausos, com a mulher rindo como uma bruxa.

    Esquecido pelo grupo, Charles se levanta e vai para a janela aberta. A mulher continua guinchando e girando, enquanto os violinistas tocam uma canção escocesa, mas, na janela, Charles não se vira para olhar. Vou para junto dele e vejo que, na rua lá embaixo, as pessoas também empurram e gritam, cantam e dançam, muito bêbadas, numa liberdade selvagem. Vemos a cena turva, devido ao vinho, mas muito colorida; os participantes se movem rapidamente e os gritos chegam à janela. Charles e eu estamos próximos.

    — Não aprecio isso — diz ele.

    — Foi uma brincadeira vulgar — concordo.

    Lá embaixo, um casal se abraça, os corpos pressionados um contra o outro perdidos num beijo. Quando, finalmente, Charles volta a falar, sua voz está mais calma, menos segura.

    — Às vezes, gostaria de viver como eles, sem me preocupar com o mundo e suas exigências.

    Balanço a cabeça, desconfortável. Parece horrível para mim que uma pessoa como ele tenha vontade de mudar de vida.

    — Não entendo — confesso, embora desconfie que entenda.

    — Não? — pergunta ele, finalmente olhando para mim. Sinto o cheiro inconfundível de roupa limpa e água de colônia. Ele busca meus olhos, como se achasse que vai encontrar algo neles, e o instante parece se abrir em possibilidades. Aí, ele concorda com a cabeça.

    — Então, você tem sorte. — Recua um passo, olha Chifley com a mulher e, no mesmo instante, parece esquecer seu humor. Segura no meu braço e me vira para o salão.

    — Venha, quero que Caswell cante uma música — diz ele. Sorri, mas seus olhos não têm alegria.

———

Já é tarde quando volto para casa, meus passos serpenteiam pelas ruas escuras. Embora tenha bebido muito, não estou embriagado, mas perdido numa sobriedade pesada que nenhum álcool vai mudar. Paro diante da escada. A escuridão da casa parece se abrir, imensa, e permaneço um tempo imóvel, incapaz de prosseguir.

A casa dorme, ou é o que parece, até eu passar pela porta aberta do quarto de Robert. Não me lembro direito de quando ele saiu da festa, pois não falou comigo, nem se despediu. Está sentado à escrivaninha, inclinado sobre a luz da vela, apoiando a testa na mão. A janela está aberta para a noite, deixando entrar o ar quente da primavera, e o arranhar da pena no papel é mais audível do que os sons da cidade escura. Ele deve ter ouvido meus passos na escada, mas não se volta, absorto com o que tem à frente. Permaneço aprisionado pela calmaria da cena, lembrando uma tranquilidade que tínhamos e que parece ter se acabado.

Após algum tempo, ele ergue os olhos com uma expressão que não é descortês, mas que me entristece pela distância que demonstra.

— Precisa de mim? — pergunta ele.

— Acabei de chegar. — Calo-me, sem saber o que dizer a seguir. Passou-se um mês desde o meu encontro com o Sr. Tyne no porão e tudo o que veio depois, mas as coisas ainda estão mal entre nós. Nada foi dito, porém, nós dois sabemos que uma confiança dificilmente construída foi abalada e, no batente da porta, só quero achar um jeito de consertá-la.

Talvez ele perceba isso, pois descansa a pena sobre a mesa.

— Você está se sentindo bem? — pergunta.

— Estou. — Não é totalmente verdade. Meus sentimentos estão confusos e há muitas noites não durmo direito.

— O verão já vai chegar e, no final dele, termino o aprendizado — diz ele.

— Eu sei. Já resolveu o que vai fazer? — pergunto, mas é difícil imaginar a vida ali dentro sem a presença dele.

— Soube que há trabalho para médicos no sudeste da Ásia.

Concordo, embora não pensasse que Robert fosse considerar uma oferta assim.

— Fica bem longe — constato, de repente. Gostaria de dizer que ele não deve ir, ou que, se for, deveria me levar junto. Por um instante, desejo ardentemente ir com ele para um lugar que não fosse tão frio.

— Estou cansado de Londres e da companhia dos mortos — diz ele.

Há muita coisa não dita entre nós, e não sei como podemos resolver isso.

R OBERT TEM BONS MOTIVOS para ficar longe de mim, pois, há um mês, desde a visita de Craven e do meu encontro com o Sr. Tyne, muita coisa mudou. Na manhã seguinte ao incidente acordei cedo, sentindo o peso do que o Sr. Tyne fez. Sabia que Robert ia me procurar logo e, realmente, eram pouco mais de 9 horas quando ele foi ao dispensário.

— Você viu o corpo? — perguntou.

Fiquei indeciso, tentado a mentir. Mas alguma coisa no rosto dele tornou mais fácil para mim dizer a verdade.

— Vi.

— O que sabe sobre isso?

Passou-se um instante, só uma batida do coração.

— Nada — respondi.

— O corpo da mulher estava perfeito quando nós o lavamos, há duas noites.

— Só hoje de manhã vi o que fizeram.

— Por que não me avisou? — Robert estava procurando um jeito de acreditar em mim.

— Tive medo de que achasse que fui eu.

— Se você tivesse me procurado, eu não pensaria isso.

Senti um aperto no estomago.

— E agora?

— Vou comunicar ao Sr. Poll. Mas era melhor que a situação ficasse clara entre nós antes de ele saber.

Fiquei indeciso um instante, querendo contar tudo. Mas quando o vi, soube que não ia fazer isso.

— Não posso dizer mais nada.

Depois que Robert saiu, sentei-me, perdido, no dispensário. Estava aflito, não só por medo do que o Sr. Poll diria, mas por ter mentido para Robert. Alguns minutos se passaram e ouvi vozes no vestíbulo lá embaixo, depois pés subindo a escada. Uma porta se abriu e fechou; Robert tinha voltado.

— O Sr. Poll quer falar com você — disse ele.

O Sr. Poll estava no escritório dele, ao lado da janela alta, com papéis espalhados sobre a mesa como se tivesse sido interrompido. Charles estava ao lado e, quando entrei, os olhos dele cruzaram os meus. Envergonhado, desviei o olhar. Robert fechou a porta. O Sr. Poll virou-se para mim.

— Você viu o cadáver da mulher? — A voz era suave, mas firme.

— Vi — respondi.

— E diz que não sabe nada sobre ele?

— Só sei que o vi hoje de manhã e não contei para ninguém.

— Por medo de desconfiarem de você?

Concordei com a cabeça.

— Mas veja o problema: alguém deve ter feito aquilo.

Do lado oposto da sala, diante de mim, Charles fechou a cara. Na mesma hora, entendi: ele supôs o que tinha ocorrido, talvez até os detalhes. Mas não ia intervir.

— E diz que não foi você?

Neguei com a cabeça.

— Sei apenas o que o senhor sabe.

O Sr. Poll fez uma pausa, batendo com um dedo de leve no outro braço.

— É difícil de acreditar, você não acha?

— Acho. — Respondi, com voz clara no silêncio da sala.

O ódio do Sr. Poll estava misturado com algo que não notei antes e que aliviou o meu próprio ódio. Ele ficou um bom tempo analisando meu rosto.

— Dá sua palavra de que não foi você quem fez aquilo? — perguntou ele.

— Dou.

Com o que parecia uma careta de desgosto, ele disse:

— Pode ir, não tenho mais nada a lhe falar.

TODOS OS DOMINGOS, quando termino de trabalhar, pego papel e pena e escrevo ao meu tutor. Nunca combinamos isso, mas faço, dando a ele uma lista dos pacientes e lugares onde estive, sem os detalhes que acho melhor ele ignorar. Minhas cartas são cuidadosas, respeitosas, como deveriam ser as cartas de alguém como eu para seu tutor. Mesmo assim, são precárias, as palavras morrem na folha de papel, gastas pela repetição, e tenho certeza de que não lhe trazem muita alegria, da mesma forma que não me sinto contente por escrevê-las.

Essa tarefa é duplamente sofrida para mim. Durante sete anos, meu tutor me tratou como a um filho. Eu deveria ser grato e sou mesmo, mas deveria ser mais e não sou, sou apenas canhestro, metido num emaranhado que não sei desfazer.

As cartas contam pouca coisa importante: apenas os amigos que fiz, o afeto por Charles e Robert, a admiração pela perícia do meu mestre. Não digo nada sobre o mundo que descobri aqui na companhia de Charles.

Talvez fosse melhor dedicar essas noites aos meus livros, mas não tenho vontade de lê-los. À medida que as semanas passam, não vejo prazer nos estudos, não tenho concentração ou interesse, as coisas que aprendo têm pouca utilidade. Perdi alguma coisa, alguma aptidão.

As horas que antes passava com Charles, hoje passo sozinho, andando pela cidade, procurando diversão e algo que não consigo encontrar.

———

Perto de Seven Dials, alguém me chama, viro-me, e deparo com May. Está mais magro do que da última vez que o vi e, devido ao terno negro, sua forma lembra a de uma aranha.

— May, o que faz aqui? — pergunto, recuando um passo.

Ele sorri e, embora pareça sincero, sua expressão deixa transparecer um pouco de vergonha.

— Negócios — responde, fazendo um gesto indiferente. Acompanho o gesto sem entender e, de súbito, ele dá aquela velha risada.

— Venho aqui para ver os judeus — diz ele, como se admitisse alguma fraqueza pela qual busca solidariedade.

Entendo então e faço um movimento com a cabeça.

— Faz tempo que não vejo você — continua ele.

— Ando ocupado com o trabalho... — May sorri, em sinal de compreensão, mas deve ter percebido a mentira.

— E Charles, como vai?

Hesito por um instante. Vejo que ele não soube da novidade e não sei se devo contá-la.

— Vai se casar.

— Casar? Que boa notícia — diz May e depois se cala.

— E você? Vai bem? — pergunto.

Ele diz que sim e, nesse momento, uma porta baixa se abre atrás dele e surge um jovem judeu. May levanta a mão como se pedisse para o rapaz esperar.

— Tenho de ir, mas vá me visitar, sinto sua falta — afirma, sorrindo.

Fico ali um bom tempo, olhando-o se afastar. May nunca me fez nada de mal, nada que eu pudesse chamar de grosseria.

Mesmo assim, não consigo suportar sua companhia, não consigo atender a tudo o que ele exige de mim.

―

Reconheço-o na hora, embora não o veja desde aquele dia no parque.

Sem pensar, abaixo os olhos, mas Chifley levanta o braço.

— Ash — chama ele, levantando-se do banco. Na minha frente, Caswell olha a mesa ao lado e percebo imediatamente que Chifley planeja algum jogo ali.

— Suponho que vocês dois já se conheçam, não? — pergunta Chifley, puxando uma cadeira para a nossa mesa. Ash afirma que sim e demonstra o mesmo desagrado em me ver que da última vez.

— Swift — diz ele.

Levanto, pensando em pedir licença para ir embora, mas Chifley segura meu braço e pede mais uma taça. Então, sento de novo e espero.

Tenho a impressão de que Ash e Chifley negociam um cavalo. Como naquele dia com Arabella e Amy, Ash se comporta de forma severa e superior, como se não apreciasse a nossa companhia. Quando terminam, ele se levanta quase imediatamente e olha o relógio de pulso.

— Preciso resolver uma coisa em outro lugar — diz, mal nos olhando. Chifley encosta-se na cadeira, dá um gole na bebida e sorri.

— Soube que essa coisa se chama Louisa — diz ele.

Ash olha para Chifley.

— Você fala demais, homem — acusa. Tenho a impressão de que vai acrescentar algo, porém atira moedas sobre a mesa e vai embora. Chifley pega sua caixa de rapé.

— O quê? Você não sabia?

— Sabia do quê?

— Aquela prostituta idiota que você conheceu está perdida. Ash não conseguiu nada com ela. — Bebi demais, meu rosto arde; Chifley me olha, zombeteiro, quando levanto.

— Por que você leva a mal nossas pilhérias, Pardal?

Passo por eles, rumo à porta, sentindo um ódio frio na garganta.

A noite é cálida, as ruas estão cheias de gente como em todos os sábados: violinistas, marinheiros, soldados e prostitutas brincam e falam alto. Sem me importar com o rumo que tomo, sigo pela Strand até Ludgate Hill, depois para o sul, para o rio. Penso primeiro em encontrar Ash e dar-lhe uns socos como lição. Tenho uma enorme aversão por esses homens e suas maneiras, mas na rua antes de St. Paul, onde moram os barqueiros e seus inúmeros companheiros, minha raiva começa a desaparecer, a diminuir, substituída por uma espécie de vergonha, não só pela parte que me cabe nesse assunto, mas pela minha covardia.

A COZINHA ESTÁ ESCURA, por isso demoro a distingui-lo nas sombras.

— É tarde para você estar na rua.

Dou um pulo, assustado. Ele ri e se inclina para a frente para mostrar o rosto.

— Pensou que estava sozinho?

— Por que está aqui? — pergunto, baixo.

Lucan faz um som de escárnio.

— Vai me expulsar daqui? — Devagar, ele se encosta na parede.

Com a mesma lentidão, afasto-me. Embora ele agora frequente a casa, não me sinto bem na presença dele, nem confio nos motivos que o fazem vir sem avisar.

— Vim sozinho, não precisa ter medo.

— Onde está a Sra. Gunn? — Da porta, olho para o quartinho dela.

— Acho que vai continuar dormindo. — Quando fala, percebo que está bêbado e, como se antecipasse o que vou perguntar, ele acrescenta: — Tyne também.

Não digo nada.

— Ele foi injusto com você, não?

— Foi. — Embora a cozinha seja grande e ele esteja longe, é possível sentir sua presença.

— Está com medo dele?

Não respondo.

— Não precisa se envergonhar disso. É um homem no qual se deve ficar de olho. Acho que ele ameaçou você por culpa minha.

— Pode ser — digo.

— Quer que eu dê uma lição em Tyne por causa disso?

Fico indeciso, pois a ideia me agrada, mas nego com a cabeça. Lucan ri.

— Muito bem. Admiro um sujeito que não cobra por pouco.
— Ele se cala, pensativo.

— Dizem que De Mandeville vai se casar com a filha do seu mestre.

— Vai — confirmo.

Ele deixa a frase pairar entre nós por um bom tempo.

— Acho que você o conhece melhor do que da última vez que nos falamos.

— Talvez — digo.

— O pai dela é só um filho de moleiro. Enquanto ele é um grande cavalheiro. — Ele chega mais perto.

— Não entendi.

— Não? — pergunta ele, com tom divertido em sua voz. — Dizem que ela tem um dote enorme, maior que qualquer homem poderia desejar.

— Não entendo o que quer dizer com isso — retruco, mas me arrepio pois, no fundo, entendo sim.

— Você conheceu uma atriz, cujo filho morreu.

— Dei minha palavra de que não comentaria isso.

— E a manteve.

— Ele deve dinheiro a alguém? — pergunto. Então, com uma rapidez surpreendente, Lucan segura meu rosto. A mão é quase carinhosa, embora possua uma força tensa.

— Certamente você já viu muito da morte para entender um pouco da vida, não? — pergunta, com o rosto tão próximo do meu que sinto o calor do hálito dele. Respiro aos poucos, o sangue quente na garganta, nossos corpos presos num estranho abraço.

— Não seja bobo com eles — diz, por fim, e me solta.

MAIO CHUVOSO. Chove uma semana por todos os cantos. Dentro da casa tudo é úmido e o porão está inundado. Até que, certa manhã, alguém bate à porta: é um menino com uma carta sem destinatário, que ele diz ser para mim, nada mais. Abro-a, com medo. Dentro, um bilhete avisa que Amy está doente e pede para eu levar Charles até lá imediatamente. A tinta está manchada com gotas de chuva. Olho o rosto assustado do menino.

— Espere aqui — mando.

Na sala de dissecação, Charles e o Sr. Poll estão debruçados sobre um corpo. Trata-se do cadáver de Robinson, um vendedor de chapéus que morreu há dois dias de obstrução intestinal. Charles está retirando os intestinos, uma massa escorregadia e confusa que incha miseravelmente aqui e ali à medida que ele a joga dentro de um balde. A sala inteira fede tanto que sou obrigado a cobrir o rosto com a mão.

— O que foi? — pergunta ele e chega mais perto para que leia o bilhete. Quase sem interromper seu trabalho, ele lê rapidamente, depois olha a barriga aberta de Robinson. Do outro lado da mesa, o Sr. Poll aguarda. Charles gira o pulso e remove o fígado do cadáver. Só então, finalmente, deixa o bisturi de lado e olha para o Sr. Poll.

— Precisam de mim — diz ele. O Sr. Poll observa Charles um instante, talvez esperando mais explicações. Charles não as oferece. Algo silencioso se passa entre eles, até que Charles pega um pedaço de pano e enxuga as mãos, tirando a gordura.

— O mensageiro ainda está aí? — pergunta ele, e concordo com a cabeça.

— Diga que já vou.

―

O dia está úmido, o céu pesado, ainda chove sem parar e, embora andemos rápido, ficamos molhados antes de percorrer 50 metros. As belas feições de Charles estão sérias.

Assim que chegamos, Mary abre a porta. Nesse dia, ela me parece menos zangada; seu rosto está pálido e assustado.

A casa está aquecida, como na primeira vez em que estive lá. Num pequeno corredor, Mary para em frente a uma porta e volta-se para Charles. Seu rosto de aspecto doentio está duro e cinza de preocupação, embora ainda possua aquele misto de desafio e carência que notei na primeira vez que a vi. Tenho a impressão de que quer falar, mas não tem palavras. Charles toca o braço dela, e esse toque parece dissolver o que quer que esteja queimando dentro dela.

— Não tema — diz ele. Mary empurra a porta com a mão.

O quarto é escuro, as cortinas fechadas escondem o dia. Sobre o chão, há pilhas de roupas de cama, amarrotadas e manchadas de sangue. Amy está deitada numa cama no centro do quarto, o rosto pálido, a cabeça no colo de Arabella, que olha para nós quando entramos.

— Por favor, ajude-a — diz Arabella, passando a mão nos cabelos desgrenhados de Amy. Não sei o que é pior: ver o sangue de Amy ou ouvir o medo na voz de Arabella.

— Desde quando ela está assim? — pergunta Charles, colocando a valise no chão e sentando-se ao lado dela.

— Tive uma apresentação na noite passada, e quando voltei ela já estava deitada. Hoje de manhã, não se levantou, então vim aqui e a encontrei assim. — A voz dela falha.

Charles põe a mão na testa de Amy.
— Foi uma mulher em Ludgate Hill — diz Arabella e, quando fala, Amy abre os olhos.
— Charles — diz ela, sorrindo, e Charles segura sua mão.
— Amy, o que você fez?
Ela dá de ombros e, ao me ver, diz:
— Sr. Swift, o senhor não veio me visitar.
— Não — confirmo, e ela sorri.
— Acho que agora não vai mais querer vir.
— Vou sim, eu voltarei aqui.
Ela dá um riso escabroso.
— E a sua carruagem, vai trazê-la?

Engulo com dificuldade. Ela então estremece e se dobra de dor, vira de lado e fecha os olhos, parecendo fugir.

— Jure que vai ajudá-la — implora Arabella, mas Charles só balança a cabeça.

— Farei o possível. O resto está nas mãos de Deus.

Ele pega na valise um remédio para engrossar o sangue, mistura com ópio e coloca numa colher, que leva aos lábios dela, com cuidado. O ópio faz com que ela respire mais devagar e com mais regularidade. Mary olha para Arabella; essa mudança faz com que elas se acalmem um pouco. Mas a hemorragia não para. Não é a primeira vez que vejo um paciente nesse estado, mas ainda me impressiono com a quantidade de sangue. Mary fica tentando contê-lo com lençóis e toalhas que leva para fora do quarto, mas há sempre mais, como uma torrente. Até que, desesperançada, Arabella pede que Mary pare. Ela segura na mão de Amy, num gesto tão terno que sinto um aperto na garganta. Charles está ao lado da janela, com o rosto meio virado para fora, como se quisesse apenas que o fim chegasse logo.

Passamos a tarde toda esperando, quase mudos. À certa altura, sento ao lado de Amy e seguro na mão dela. Está fria e mole, com o pulso fraco. Arabella tira do colo a cabeça de Amy, levanta-se e vai para a porta, pois não aguenta mais ficar perto dela.

A vida de Amy vai se esvaindo lentamente, a respiração fica mais suave, mais irregular, até que, com um pequeno sobressalto, para. Ficamos um tempo quietos até Arabella quebrar o silêncio:

— Acabou?

Charles se ajoelha, pressiona um dedo contra a garganta de Amy, assente e sai. Arabella se aproxima lentamente, toca o rosto de Amy e arruma os cabelos na testa cuidadosamente, como se ela fosse uma criança. À porta, Mary soluça.

Charles pega sua valise em silêncio e, de cabeça baixa, se encaminha para a porta. Não consigo me mexer. Sem dizer nada, Arabella vira o rosto para mim.

— Arabella... — começo a dizer e estendo a mão, mas ela a afasta e pede:

— Não diga. Eu não aguentaria ouvir.

L̲Á FORA, A CHUVA PAROU, a água estagnada nas pedras é escura sob a luz suave do anoitecer, profunda como espelhos. Em comparação ao calor da casa, a rua está fria, mas parece distante e o trânsito passa, irreal.

Quero que Charles diga alguma coisa, dê algum sinal que faça sentido, mas talvez seja melhor me calar. Só quando chegamos à nossa porta, ele se vira para mim.

— Isso nunca deveria ter acontecido, essas mulheres não me dizem respeito — diz.

De repente, a porta se abre e surge o Sr. Poll ao lado de Oates. Surpreendido sem sua máscara, Charles parece nu na frente do mestre, exposto em toda a sua fragilidade. Mas o Sr. Poll não titubeia nem o critica, na verdade demonstra mais pesar do que raiva. Mais uma vez, há algo indefinível entre eles e, tocando o chapéu com a mão, o Sr. Poll se despede de nós, lembra Charles do compromisso de jantar na casa dele à noite e entra na carruagem que o aguarda de porta aberta. Por um instante, penso que Charles vai acompanhar o Sr. Poll, dizer alguma coisa para detê-lo, tentar apagar o que acaba de se passar entre os dois. Mas ele não faz nada e as rodas da carruagem saem trepidando nas pedras da rua.

Só quando a carruagem some na praça, vejo que ele treme, não sei se de raiva ou vergonha.

Subo a escada atrás de Charles e vejo-o juntar seus pertences. Sei que devia deixá-lo a sós, mas sinto que preciso dizer alguma coisa para ele, explicar o que acabei de ver. Agitado, ele anda pelo quarto à procura de algo; acho que quer uma receita que mandou preparar para um paciente daquela manhã e pego-a na prateleira. Quando a entrego, vejo que ele não tinha notado que eu estava ali, pois se assusta e alguma coisa passa por seu olhar. Primeiro, penso que ele vai se zangar comigo, tão agitado está; em vez disso, pega o remédio na minha mão.

— Ah, Gabriel, ela é bonita, mas não seja bobo — diz.

Alguma coisa fica retesada dentro de mim. Charles apenas sorri, frio.

— Vejo que você não suporta o que digo, mas tenha certeza de que não vale a pena se apegar muito a esse tipo de gente.

— Você fala por experiência própria, certamente — digo, e as palavras saem rápidas e fáceis demais. O rosto de Charles endurece.

— Muito bem. Lembre-se apenas disso: ela pode ser sua pelo preço de algumas rendas. Posso até consegui-las, se você quiser.

Fico imóvel. Alguma coisa se altera no rosto dele; talvez tenha se arrependido e tenho a impressão de que vai se desculpar. Mas passa rápido por mim, sai e desce a escada. Quando a porta da rua se fecha, viro-me e vejo o Sr. Tyne. É evidente que ouviu tudo, pois me olha, divertido. Dá um passo adiante, eu recuo, ele dá outro passo. Temeroso, passo por ele e saio.

Ando às cegas pela rua, empurrando a multidão que passa. As janelas já brilham ao sol, a cidade está cheia de luz e sons. Na Compton Street, sigo para leste, rumo a Covent Garden, onde a multidão é mais densa e violinistas e gaitistas de fole escoceses tocam alto, porém, mal os ouço. As mulheres se debruçam nas janelas, com os seios soltos nos espartilhos desatados e me chamam, lascivas. Sem pensar, respondo com raiva e elas retrucam à altura; no mercado, dois cavalheiros, que devem ser alunos de Cambridge, tropeçam em mim, empurro-os e grito. Estão bêbados e, apesar de serem dois, não mostram os punhos para brigar, apenas se afastam e xingo-os. Quando estou na Strand, encontro Chifley com Caswell. Quase me choco com eles, Chifley segura meu pulso e me para.

— Pardal, aonde vai? — pergunta, rindo.

Solto-me. Ele é forte, embora seja quase uma cabeça menor do que eu e tenha o corpo franzino. Sorri.

— Você virá conosco.

No começo, resisto, pois o humor de Chifley é perigoso. Depois percebo que não me importo; pego a garrafa que estende para mim e bebo.

Eles ganharam no bilhar e estão exultantes com a vitória. Chifley resiste bem à bebida, o único sinal de que está embriagado é a determinação de seu passo largo, enquanto Caswell está com o rosto corado e andar vacilante. Eles me levam pela rua, primeiro numa loja que vende tortas de enguia, depois numa loja de gim que Chifley conhece, perto da Monmouth Street. Pelo jeito com que as vendedoras fazem gracejos para Chifley, é evidente que o conhecem bem. O lugar é horroroso, de teto baixo e apertado, mas o gim é barato e a música toca alto. Uma mulher está sentada sobre o balcão, é da altura de uma menina de 5 anos. Usa roupa de criança, um vestido sujo todo manchado, e tem o rosto exageradamente pintado. Dois homens de pé conversam com ela, mas Chifley a chama, dizendo que quer segurá-la no colo. Os homens olham furiosos para nós, porém, ele não se importa.

Ela se chama Rosa e anda com o requebrado das moças do seu tipo, tem braços e pernas menores que meu antebraço; mesmo assim, senta no colo de Chifley como se fosse um cachorrinho, esfregando-se nas mãos dele e soltando uma risada alta e grossa como a de um homem.

Com o gosto forte e suave do gim na garganta, termino o primeiro copo e peço outro. Sob a pintura que ressalta os cílios e a maçã do rosto, Rosa tem uma face grotesca, de traços pesados e disformes que lembram um macaco. Sorri maliciosa para mim e enfia a mão no paletó de Chifley. Não gosto daquela ousadia provocante, mas calo-me, mesmo quando ela tira a carteira dele e, rápida, enfia-a no corpete. De repente, tenho vontade de sair de mim, numa amnésia alcoólica é com certa ferocidade que levanto o copo e me sirvo de mais gim, fechando os olhos ao sentir o calor que enche minha cabeça e minha barriga.

As horas seguintes passam num borrão. À certa altura, perdemos Rosa de vista, mas, antes disso, lembro de entrar aos tropeços num quarto onde Chifley está encostado na parede, a braguilha aberta e ela na frente, movendo a cabeça rapidamente para a frente e para trás. Depois, comemos outra vez; Chifley descobre que sua carteira sumiu e fica irritado. A seguir, ou mais tarde talvez, digo que preciso ir embora, mas Chifley e Caswell exigem que eu fique e, quando insisto, dizem que vão me acompanhar para eu não ser atacado por bandidos. Assim, nós três voltamos abraçados, aos tropeços e muito bêbados, pelas ruas até a Greek Street. Despeço-me na porta de casa e giro a chave na fechadura fazendo o menor barulho possível. Mas Chifley se inclina e segura meu braço.

— Ei, Pardal, onde estão aquelas mulheres que você nos prometeu? — pergunta, num sussurro arrastado.

— Não prometi mulher alguma — respondo, mas ele ri.

— Acho que vamos procurar sozinhos. — Ele olha para Caswell, que mostra um sorriso de bêbado, meio ansioso por esse novo prazer e meio assustado com o que poderia acontecer.

— Não — digo, tentando afastá-lo, mas estou muito lento, ele passa por mim e entra.

— Todos estão dormindo. — Faço um gesto para cima, mas Chifley não desiste. Segura a maçaneta da sala da frente, abre, e olha lá dentro. No vestíbulo, Caswell tropeça com força na mesa e Chifley volta-se para ele.

— Acho que estão no porão — diz, procurando um fósforo no bolso.

Em vão, tento detê-lo segurando-o pelo casaco, mas Chifley escapa. Caswell vem atrás de nós, rindo satisfeito com essa nova confusão. Por sorte, a porta do porão está aberta e Chifley entra, furtivo. É inútil contê-lo. Sigo-o no escuro. A chama do fósforo dança para todos os lados nas paredes até queimar os dedos dele, que joga o fósforo no chão, praguejando. A chama vai sumindo e se apaga.

— Arrume uma vela — pede ele, em voz baixa, pisando com um som surdo; um segundo depois, uma luz brilha novamente nos dedos dele. Não sei de onde, Caswell passa uma vela para Chifley, que acende-a e vai balançando o corpo até o meio da sala.

Há três corpos sobre as mesas, duas mulheres e um homem; aqui e ali, veem-se outros restos do nosso trabalho: dois braços, uma perna ainda embrulhada em um pano, três torsos abertos e uma cabeça, cujo rosto Robert virou para baixo mais cedo naquele mesmo dia, pois ela ficava rolando para todo lado. O cheiro é fétido e Chifley faz uma careta.

— O cheiro que você tem aqui é excelente — ironiza ele, tapando o nariz. Caswell ri. — Trabalho de inverno — diz, indecifrável, e mexe a cintura para a frente e para trás. Ao meu lado, Caswell ri outra vez, mas Chifley já o esqueceu. Vai devagar até o corpo do homem, inclina-se no ouvido dele e diz alô, esticando a palavra para torná-la ridícula. Sem obter resposta, tenta de novo, e Caswell não aguenta essa nova graça e seu riso nervoso explode numa gargalhada. Tento, desesperado, calá-lo, o que só provoca mais riso. Põe a mão sobre a boca, mas não consegue se conter. Olhando para nós, Chifley levanta o dedo e bate no braço do cadáver. Em seguida, vai até uma das mulheres, na ponta dos pés, inclina-se sobre ela e faz: — Bu! — Tenho de achar graça, enquanto Caswell ri tanto que precisa se encostar na escada. Chifley torce o nariz da mulher para um lado e para outro. Entediado, passa à segunda mulher. É mais jovem que a anterior e, embora seja muito magra, cheia de pústulas e com a cabeça raspada, o rosto dá a impressão de que foi bonita.

— Bom dia — cumprimenta Chifley, dando outra olhada para ver se estamos prestando atenção. Para, como se aguardasse uma resposta.

— O que houve? Quer me dizer algo? — pergunta ele. Inclina-se mais sobre a mulher e encosta a orelha nos lábios dela.

— O que quer que eu faça? — Para outra vez, fingindo ouvir, e ri afetado como uma moça, batendo as pestanas e cobrindo a boca com a mão.

— Ah, não, não posso — diz ele, rindo baixo. Então, como se respondesse, dá de ombros. — Ah, está bem, mas só uma vez — e, com um movimento afetado, coloca as mãos em torno dos restos achatados dos seios dela. Com carinho, massageia-os, depois põe a boca na dela, resmungando e murmurando *inham-inham-inham*, como se estivesse comendo. De repente, coloca um braço sob ela e levanta-a, abraçando-a. É monstruoso, mesmo assim, eu rio. Talvez seja por causa do gim, talvez pela maluquice daquilo tudo, mas não consigo evitar. Por um instante, meu olhar encontra o de Chifley e ele levanta a mulher da mesa, com um braço na cintura e outro sob o braço dela para mantê-la de pé, e cantando, dança, passando por Caswell e por mim. Caswell dá seu riso idiota e Chifley faz um som de trombeta, *ta-ran-ta-ran-ta-ran-ta-ra* enquanto seu companheiro vai atrás dele, batendo palmas. Ele rodopia, com Caswell atrás e eu também, rio sem parar e, de repente choro, embora não perceba logo. Caio no chão e fico parado, enquanto eles rodopiam, deixando-me tonto. Vão e voltam, e Caswell agora dança com as mãos no ombro da moça. Passam perto de mim e os olhos de Chifley encontram os meus, cheios de uma espécie de exaltação. Dou um passo na direção dele, mas não devia, pois ele tropeça num saco e cai com o corpo da moça por cima. Caswell cai por cima dos dois. Sem parar de rir, Chifley tenta se levantar, mas estou inclinado sobre ele, pego-o pelo casaco e levanto-o, empurrando-o para a porta.

— Saia — digo.

Empurro-o escada acima até o vestíbulo. Atrás vem Caswell e, com um safanão, jogo Chifley na rua. Com o colarinho torto e o paletó rasgado, ele me olha, sem raiva ou vergonha, mas satisfeito e, embora eu saiba que devia bater nele, mandá-lo embora, de repente não me importo e, balançando a cabeça, volto para casa.

— Vá embora, vá! — ordeno. Caswell ainda ri, mas não consigo olhar para ele, então fecho a porta e desço a escada aos tropeços para arrumar a bagunça no porão.

ACORDO ME SENTINDO muito mal. O quarto está quente e abafado: lembro que levantei à certa altura da noite e vomitei no penico, há um cheiro fétido. Meus olhos doem, a garganta e o nariz estão azedos de bílis e apenas permaneço deitado, com a cara enfiada no lençol, só desejando voltar ao tranquilo refúgio do sono. Em algum lugar distante, tenho a sensação de que esqueci algo e tento lembrar o que seria, até que subitamente a memória volta com todo o seu peso.

Quando consigo reunir forças, o sol brilha, o quintal está viçoso com o cheiro de folhas. Debruço-me sobre a pipa, fecho os olhos e deixo a água escorrer pela cabeça e pelas costas. Está fria, mas não me afasto, feliz pelas gotas geladas que batem no meu rosto inchado, o som da água caindo nas pedras do chão. Quando termino, vejo Robert ali, estendendo uma toalha para mim.

— Sua camisa está suja — diz ele.

— Vou dar um jeito — retruco, mais ríspido do que pretendia. Levanto a mão e penso em me desculpar, depois desisto.

— Gabriel... — Robert começa a dizer.

— O quê?

— Não tenho a intenção de entender tudo o que aconteceu ontem à noite, mas você só se prejudica dessa forma.

Assinto. Minhas lembranças são confusas, mas lembro que Robert me descobriu tentando inutilmente limpar a sujeira que Chifley e Caswell deixaram.

— Estragaram alguma coisa?

— Nada que não pudesse ser consertado, mas preciso dizer que podia ter sido pior.

— E o Sr. Poll?

Robert para e me observa.

— Não vejo motivo para informá-lo do que aconteceu.

— Obrigado — digo, áspero.

— Dê-me a camisa, vou pedir à Sra. Gunn para lavá-la — diz ele.

———

O dia passa devagar, interminável, uma longa e sombria marcha em direção à noite. Lá pelo meio-dia, a náusea é substituída por uma dor de cabeça que pressiona meus olhos. Fico desajeitado, e o Sr. Poll me chama a atenção duas vezes por derrubar instrumentos cirúrgicos. Nossa primeira tarefa é abrir o corpo da moça e, quando ajudo a subi-lo pela escada com Robert, sinto-me muito envergonhado pelos fatos da noite anterior. Sem sentir, assisto ao corpo ser aberto e cortado, parte por parte. Já tinha visto isso muitas vezes, mas nesse dia quase não pisco os olhos quando cortam a garganta dela e retiram a coluna cartilaginosa da traqueia, tão grossa quanto um braço de criança. No alto da garganta está a massa inchada da língua ainda presa, sulcada e aveludada como a de um animal no mercado.

Quando terminamos, junto os pedaços do corpo, os baldes e levo-os de volta para o porão, colocando o que sobrou na mesa com um nojo que não é habitual.

À tarde, fujo e me escondo num canto do dispensário. Encosto a cabeça no banco e tiro um cochilo, uma meia-vigília agitada, atormentada por fantasmas que estão fora do meu alcance. Não sei quanto tempo dormi, talvez alguns minutos, mas acordo num sobressalto. Charles está à porta, segurando a maçaneta. Fica claro que não esperava me encontrar ali, pois vira-se para ir embora, como se quisesse fugir outra vez. Trocamos um olhar desconfortável: ele passou o dia todo irritado, instável, e nesse momento a sós, vejo que ele preferia não estar ali.

— Desculpe, eu só queria descansar um pouco — explico, levantando. Minhas palavras são de pesar, mas meu jeito não.

— Não importa — diz ele, duro, e estamos tão próximos que podemos nos tocar. Mesmo naquele momento, conhecendo-o muito mais do que antes, Charles tem uma espécie de graça, uma beleza à qual poucos podem resistir e desejo perdoá-lo. Acho que esse sentimento é recíproco. Mas não é para ser assim.

— Tenho de trabalhar — digo, passando por ele e saindo.

———

Nessa noite, não consigo dormir, fico flutuando na escuridão do quarto. Da rua lá embaixo, vêm os gritos da noite: bêbados cantando e o som de rodas sobre as pedras do calçamento. Às 3 horas da manhã, ouço os sinos de St. Giles, levanto da cama e desço. O luar entra pela janela formando suaves retângulos de luz na escada, meus pés descalços sentem o frio da madeira. Vou ao dispensário, pego ópio e bebo. Sinto o sono chegar, uma inquietação vacilante feita de som e fogo, o movimento incessante de um nadador pouco abaixo da superfície da vigília. Sei que sonho e continuo sonhando sem conseguir despertar, nem quando sou perseguido. Não sei o que me persegue, mesmo assim só consigo ter medo. É algo ao mesmo tempo horrível e familiar, cujo toque no ombro me paralisa tanto que apenas viro-me para olhar, cheio de terror. Viro-me uma vez, depois outra e mais outra e outra até que, de repente, vejo o que me persegue, e, nesse instante, acordo.

OS DIAS SEGUINTES PASSAM num silêncio sombrio. Temos bastante trabalho, porém fico muito sozinho. Por duas vezes, levo recados para pessoas que moram em Whitechapel e Kentish Town e percorro satisfeito as ruas da cidade; no meio-tempo, dedico-me aos livros ou a ficar sem fazer nada no quintal. Não sei o que me aflige: lastimo que Amy tenha morrido, mas é um sentimento maior, de raiva misturada com uma vergonha que nunca vai sumir ou mudar, junto com o desejo por Arabella.

Na manhã de sábado, Charles me avisa do enterro de Amy. Passamos três dias mal nos falando, ele anda estranho comigo.

— O enterro será esta tarde — avisa. Encaro-o, sério. — Se quiser ir, digo ao Sr. Poll que você está fazendo um serviço para mim — sugere. Faço um movimento com a cabeça, sem jeito, pois não quero que fique me observando. Talvez ele tenha percebido, pois não insiste e tenho de aceitar.

— Obrigado — digo, embora de um jeito rude.

Assim, às 13 horas, estou na porta da frente da casa, quando ouço a voz do Sr. Tyne vinda da escada.

— O Sr. Poll precisa de você — diz.

Primeiro, penso em fechar a porta, sair andando e largá-lo ali. Hesito e o Sr. Tyne me olha com um sorriso irônico.

— O quê? Você tem de ir a outro lugar? — pergunta.

———

No anfiteatro, o Sr. Poll está com um cadáver entregue por Lucan na noite passada, preparado para exame. É de Banister, proprietário de um escritório de contabilidade, que morreu há três noites de um espasmo do cérebro. Entro, o Sr. Poll olha para mim e manda trazer os instrumentos de dissecação.

Não reclamo. Tiro o paletó, dobro as mangas da camisa e coloco o avental. Desviando o olhar, o Sr. Poll me pede para passar o bisturi e, com um gesto experiente, faz um corte na cabeça de uma orelha à outra, dividindo-a ao meio; a seguir, deixa o instrumento de lado, enfia os dedos no corte e vira a pele do morto para baixo, mostrando o osso amarelo da cabeça. É sempre meio inquietante o jeito como o rosto se solta tão facilmente do osso, como se fosse apenas uma máscara, gasta e descartada. Ele repete o processo na parte posterior da cabeça, pega o serrote e começa a cortar o crânio. O osso é seco; o movimento do serrote faz uma fina poeira amarela e sinto um cheiro de queimado. É um trabalho demorado mas, se eu der a impressão de impaciência, ele vai me repreender, por isso não olho para o relógio sobre a lareira. Os minutos passam, o serrote quebra o silêncio do aposento até que, por fim, o crânio se parte. O Sr. Poll me entrega o serrote, retira o cérebro que fica dentro da cavidade como em uma casca e, coloca-o sobre a mesa, olhando-o, pensativo.

— Já conferi o peso do cérebro de débeis mentais e bobos: é o mesmo do nosso — diz.

Como as palavras não parecem se dirigir a mim em especial, não respondo e, um instante depois, ele pega o bisturi e corta o cérebro ao meio até aparecer o preto e branco da hemorragia. Satisfeito, resmunga, fura o órgão e o aperta até o sangue gelatinoso sair. Não é a primeira vez que penso na forma como essas massas de carne nos contém, na maravilha de nos movermos dentro dessa matéria bruta. O que será que ele sentiu, esse Banister, quando o sangue se espalhou na cabeça dele? Um som de água, ou vento? O desmoronar de si mesmo?

———

Quando terminamos, já passou da hora do enterro e saio de casa correndo, desviando das carruagens e do trânsito. A igreja fica perto da Percy Street, num pequeno terreno atrás da Charlotte Street; nos fundos dela, o cemitério é um lugar tranquilo, à sombra de uma faia e ladeado de casas cobertas de hera. Ao me aproximar da igreja, vejo o grupo de enlutados lá longe, em silêncio, enquanto o padre conduz a cerimônia.

De repente, sinto-me completamente desconfortável, com calor, estranho, como se minha presença lá não fosse bem-vinda.

Arabella está sozinha no centro do grupo, olhando o caixão. Tão imóvel, tão dura, que seu corpo parece não aceitar qualquer condolência. Mary está atrás dela, toda de preto, o rosto sério.

A cerimônia termina logo e o grupo se afasta quando os coveiros baixam o esquife. Ao lado de Arabella, um homem de costeletas ruivas diz alguma coisa que não ouço, inclinando-se para ela. Ela concorda rapidamente e seus olhos encontram os meus do outro lado do jardim, mas não demonstram me ver. Enquanto ela passa pelo grupo, as pessoas tocam no braço e na mão dela, murmurando pêsames, e só quando isso termina ela se aproxima de mim.

— Você veio — diz ela, estendendo a mão. Aperto-a com força, sem querer que vá embora. Ouvi muitas vezes Robert e Charles darem condolências a enlutados, mas não é uma arte que eu domine. Parece haver tão pouco a dizer e, ao mesmo tempo, tudo, como se as palavras não fossem capazes de abranger os sentimentos. Porém, percebo que ela não quer a minha piedade nem a minha tristeza, só o silêncio, que aquilo termine e ela possa ir.

— Eu não sabia... — gaguejo.
— Sabia o quê?
— Se seria bem-vindo.
— Ela era sua amiga — diz, suave.
— Tinha família? — pergunto, e ela balança a cabeça, negando.

— Ninguém que a procurasse enquanto estava viva.
— Então eles não sabem?
— Escrevi para um irmão e uma tia sobre quem ela comentou uma vez, mas não responderam. — Ela desvia o olhar rapidamente e volta-o de novo para mim.
— Então quem são essas pessoas aqui?
— Alguns amigos. Não se preocupe, já vai terminar — diz ela.
— Não devia ser assim.
— Não — concorda, amarga. Depois, se recompõe como se não quisesse demonstrar isso, nem pela voz.

O homem de costeletas surge ao lado dela.
— Gabriel, este é o Sr. Gardiner. Você assistiu à minha peça no teatro dele.

Gardiner olha para mim. Tem o rosto corado, os traços lustrosos e vulgares, mas aprecio a sagacidade de seu olhar.

Ele pede licença num forte sotaque escocês e vira-se para Arabella.
— A carruagem — anuncia.

———

Na casa, as poucas pessoas que estiveram no enterro estão na sala de visitas e falam baixo. O momento não é fácil, o grupo parece desconfortável e com pressa de sair dali. Só o Sr. Gardiner está à vontade, falando, animado. Sentado quieto entre os convidados, sinto-me deslocado, não olho para eles, mas para Arabella. Vejo como se esconde por trás dos gestos e da fala, do riso e dos sorrisos, e sinto a raiva aumentar com sua pretensão. Finalmente, me levanto, saio da sala e desço para a cozinha. Lá de cima vem o som das vozes, a porta se abrindo, mas continuo parado, desejando que ela venha me procurar e me encontre ali. Passa-se uma hora, mais outra e só então ouço passos na escada.

Os cabelos dela estão um pouco desarrumados, porém, o rosto está composto.
— Você está aqui! Pensei que tinha ido embora — diz ela.

Levanto para encará-la.

— Que bom que você não foi — continua Arabella. Sei por que fiquei: estou com raiva dela, com raiva de como não deixará que esse sentimento a atinja e, de repente, tenho vontade de bater nela, fazê-la soluçar, fazê-la sentir alguma tristeza. Talvez ela perceba isso em meu rosto, pois se aproxima.

— Por que veio hoje? — pergunta.

Recuo.

— Por que não?

— Está com raiva de mim.

— Não — digo, mas ela aperta minha mão com força, enquanto procuro me desvencilhar.

— Fico feliz de saber — diz ela. Estamos tão próximos que sinto o cheiro do perfume em seu pescoço, vejo que há excesso de pó de arroz em alguns pontos do rosto. Sinto tudo dentro de mim, a raiva e a tristeza, e não sei se devia bater nela ou abraçá-la. Ela levanta o rosto para mim e, com a boca faminta e ansiosa, beija-me uma vez e mais outra, pressionando o corpo contra o meu, como se quisesse se perder, se desfazer, se dissolver na carência que sobe de nossos peitos, bocas e mãos.

ENTÃO É ISSO QUE SIGNIFICA conhecer uma mulher. Esse desejo ardente. Minhas mãos são instrumentos mudos, nus e calosos; meu desejo, mais uma dor que não pode ser suprimida. Lá fora, os dias de verão são longos, a cidade está agitada e luminosa.

Seria melhor, talvez, que estivéssemos mais ocupados, mas o calor faz com que haja pouco trabalho. Os corpos apodrecem logo e não podemos dar aulas, nossos dias ficam perdidos no ócio. Tenho certeza de que Robert sabe muito bem o motivo da minha distração e das ausências, da minha desavença com Charles. Nas noites em que não posso ficar com ela, ele anda comigo pelas ruas poeirentas.

—

À medida que as semanas passam, procuro-a sempre que posso. Ela tem sua vida, eu tenho a minha, mas desde a noite em que Amy morreu, alguma coisa mudou em mim. Apesar de fazer o meu trabalho, nada nele me interessa mais. Quando estamos longe um do outro, tenho vontade de estar com ela e, quando estamos juntos, não consigo me concentrar. Quero deixar tudo isso para trás, me afastar. Sinto sempre esse desejo por ela, que se expande, sem respostas, dentro de mim: por mais que tente, não consigo diminuir a distância que há entre nós, não consigo me transformar nesse ardor.

———

Embaixo do travesseiro, sinto a garrafa que enchi à tarde no dispensário, sua forma me pressiona. Prometo a mim mesmo que esta noite não vou beber, mas é mentira: viro-me na cama e minha mão sedenta pega o vidro frio.

NA PORTA, MARY balança a cabeça.
— Não, agora não — diz. Da janela de cima vem uma voz masculina, baixa e instigante; depois, a voz de Arabella e uma risada, o som ecoando na noite. Mary não se mexe, fica na porta impedindo que eu entre.
— Mais tarde. Volte mais tarde.

———

A casa está silenciosa quando eu retorno, as janelas abrem para o dia quente. O Sr. Poll e Charles já foram embora. Ao entrar na cozinha, ouço a voz do Sr. Tyne.
— Já esteve com sua puta?
Levo um susto e vejo-o à porta do quarto da Sra. Gunn.
— O quê? Não sabia que ela era isso? — pergunta, se aproximando.
— Não use essa palavra — peço, mas ele ri. Atrás, surge a Sra. Gunn.
— Puta, puta — repete e talvez fosse dizer de novo mas, antes, me atiro em cima dele, seguro-o pelo colarinho e batemos com força contra a parede e a porta. Se ele se machucou, não demonstra. Ri, franzindo a cara cheia de marcas de varíola, então giro o corpo dele e jogo-o longe, fazendo com que bata nas cadeiras e caia no chão. Na mesa, a lamparina vira de lado,

cai e faz barulho de vidro quebrado. Sem pensar, vou para cima dele outra vez, querendo bater mais, porém tropeço em algo, caio de costas e ele se levanta com a mão no meu pescoço, a outra dentro do casaco. Percebo que vai pegar uma faca e chuto, tentando afastá-lo. A testa dele está sangrando devido a um corte no supercílio.

— Uma vez eu disse que ia matar você. Pretendo cumprir a promessa — diz.

Ele segura a faca na parte inferior do corpo, quer me atacar rasgando minha pele de baixo para cima e fundo. Desesperado, seguro o braço dele sobre a minha barriga, mas num ângulo complicado, e ele ainda permanece em vantagem. O rosto dele fica perto do meu, seus olhos minúsculos e duros penetram nos meus, a parte branca bem definida. Então, de repente, Robert aparece atrás dele e puxa-o para longe de mim.

— O que significa isso? — pergunta. O Sr. Tyne se encosta na parede, com uma mão na cabeça, a outra ainda segurando a faca. Está ofegante, respira áspero e forte. Esfrego o pescoço e tento me levantar, prestando atenção no Sr. Tyne. Não acredito que ele vá deixar as coisas pararem por aí, mas não se mexe.

— Como está? — pergunta Robert.

— Não foi nada — digo.

Atrás de mim, a Sra. Gunn dá um passo para a frente:

— Foi ele quem começou — acusa, apontando para mim.

Robert fecha os olhos e parece prender a respiração. Então, resignado, vira-se para mim.

— É verdade, Gabriel? Você começou a briga?

Penso em negar, não posso, então apenas confirmo:

— Foi.

O rosto magro de Robert parece tomado por uma terrível certeza.

— Você sabe que tenho de comunicar isso.

— Eu sei — retruco.

Ele me encara por algum tempo até finalmente ir embora.

— Limpe isso — diz ele, indo para a escada. O Sr. Tyne endireita o corpo, se aprumando com um sorriso vitorioso na cara.

— Onde está a sua empáfia, rapaz? — Minha respiração está quente no peito e, antes que eu possa responder, Robert olha para ele.

— Silêncio! — diz e vai descendo a escada novamente, de olho no Sr. Tyne e na Sra. Gunn. — Gabriel é aprendiz do seu patrão e, seja lá o que houver, por enquanto você vai tratá-lo com o respeito que merece.

O Sr. Tyne começa a falar, mas Robert o interrompe.

— Não pense que ignoro a sua parte nessa história — diz, avançando para cima do outro até ficarem cara a cara. Por um longo instante, o Sr. Tyne não se mexe até que, de repente, vira-se e olha para trás cheio de ódio. Sobe a escada e some.

Depois que ele sai, Robert se dirige à Sra. Gunn.

— É bom a senhora lembrar do que eu disse. O Sr. Tyne não é o dono da casa, por mais que ele se ache importante — diz, firme, mas sem raiva.

A Sra. Gunn fica sem saber o que fazer, depois assente.

— Sim, senhor — diz, baixo. Com isso, Robert fica mais calmo.

— A senhora foi uma boa amiga nesses seis anos, Sra. Gunn. Sentirei sua falta quando eu for embora. — A Sra. Gunn olha para baixo, um rubor colore seu rosto cheio de vincos. — Espero que, depois que eu for, a senhora trate o Sr. Swift da mesma forma.

Ela olha para Robert, depois para mim e de volta para Robert. É uma mulher simpática, embora ignorante, mas está perdida e nós dois sabemos.

— Sim, senhor — diz ela.

Não subo a escada logo depois de Robert. Fico um pouco na cozinha, com a intenção de ajudar a Sra. Gunn a consertar os estragos. Mas, quando pego uma cadeira do chão, ela a tira de mim e balança a cabeça. Compreendo, e largo a cadeira.

No andar de cima, vejo pela porta aberta que Robert está sentado no peitoril da janela. A cidade está animada, com muita luz.

— Obrigado — digo.

— Não. Meu temperamento apenas piorou a situação. Tyne é um homem da pior espécie.

Robert olha para fora, para as luzes, outra vez.

— Ele queria isso, você sabe. Desde aquela noite com o corpo do menino.

— É, eu sei — digo e, em seguida, concluo: — Vou ser dispensado, não é?

— É bem provável.

— Lamento.

— Eu também.

— Você vai embora? — pergunto. Voltando para a escrivaninha, ele pega um papel dobrado.

— Recebi hoje a confirmação, vou daqui a um mês para St. Lucia, praticar em Castries — diz ele.

A notícia não me surpreende, mas fico muito abalado, pois só então vejo como vou sentir a falta dele.

— Talvez você possa ir comigo — diz Robert, estendendo a mão. — Basta combinar com o seu tutor, o Sr. Poll e eu. Você podia treinar comigo, ou arrumar um trabalho.

O rosto magro de Robert demonstra tal afeto que me sinto envergonhado, pouco merecedor da alta consideração que tem por mim. Mas balanço a cabeça.

— Não, essa vida não é para mim.

———

Encosto na parede do meu quarto e fico olhando o teto rachado, como já fiz tantas vezes. A cama estreita é dura e tem o inebriante e familiar cheiro de poeira e sono. Se fechar os olhos, posso imaginar o rosto dela, sentir o toque. Sinto-me fraco. Minhas mãos tremem; o Sr. Tyne queria me ferir e realmente tocou em algo que luto para negar: a forma como ela se entrega a outros homens e o que isso significa. Através da parede, ouço Robert em seu quarto: depois que ele for embora, nada mais me prenderá nesse lugar. E imediatamente desejo estar longe dali e de tudo aquilo.

N O DIA SEGUINTE, o Sr. Poll só chegou depois que a tarde terminou. Sentado na cozinha, ouço sua carruagem parando lá fora e vozes abafadas no vestíbulo. Logo depois, Robert está na escada da cozinha.

O Sr. Poll vai para o escritório, e o Sr. Tyne segue ao lado dele. Não sei onde esteve desde ontem à noite, mas, ao ver seu olho inchado e roxo e os hematomas no rosto e no pescoço, concluo que não tenho mais medo dele, nem de nada. O Sr. Poll percebe que estou avaliando os ferimentos com calma e frieza; depois, com um olhar, manda Robert fechar a porta.

— O que significa isso?

Antes que o Sr. Tyne diga alguma coisa, respondo, quase com orgulho:

— Fui eu.

— Você bateu nele? Por quê?

— Porque ele é um patife.

— Que resposta é essa? — pergunta o Sr. Poll, ríspido. Recompõe-se e pergunta a Robert: — O que você sabe sobre isso? Quem bateu primeiro?

— Eu não estava presente, senhor — responde Robert.

— Fui eu que comecei — respondo, antes que Robert possa dizer mais alguma coisa.

O Sr. Poll olha para mim, depois para Robert.

— E então?

Robert olha para baixo.

— A Sra. Gunn me garantiu que Gabriel deu o primeiro soco.

O Sr. Poll vira-se para o Sr. Tyne.

— E você, o que diz?

— O rapaz disse a verdade, ele me atacou — retruca o Sr. Tyne.

— E você não fez nada para provocá-lo?

O Sr. Tyne apenas sorri e seus olhos encontram os meus por um instante.

— Vá chamar Charles, esse assunto também diz respeito a ele — diz o Sr. Poll.

Quase uma hora depois, Charles aparece, trazido de algum lugar por Robert. Mandam que eu aguarde na biblioteca; de lá, ouço-o chegar e falar com o Sr. Poll. Depois, Robert aparece na porta e manda eu me juntar a eles. Dessa vez, o Sr. Tyne não está presente mas, na verdade, não me importaria se estivesse, pois ver Charles com meu mestre me faz desejar de novo que tudo aquilo termine. Não sei o que ele pensa, pois não diz nada, por isso o Sr. Poll começa:

— Perguntarei novamente: você tinha algum motivo para fazer isso?

Nego com um movimento de cabeça, olhando para Charles e não para o Sr. Poll.

— Pense bem, sei que há algum tempo existe um mal-estar entre você e Tyne, por isso tenho certeza de que houve provocação — diz o Sr. Poll.

— Por favor, Gabriel — pede Robert.

— Eu comecei a briga e não tenho mais nada a dizer — confesso.

— Então eu não tenho escolha, entende? — pergunta o Sr. Poll.

— Entendo. — Fica um silêncio e o Sr. Poll se levanta, calado.

— Pode ir embora, está dispensado — diz, finalmente. Sua voz tem um tom de tristeza, não de raiva e, na mesma hora, ruborizo e viro-me, incapaz de continuar mais ali.

No quarto, arrumo minhas coisas rápido e satisfeito, minhas mãos tremem, embora eu não saiba se de raiva ou vergonha. Robert fica me observando da porta, sem dizer nada.

— Para onde vai? — pergunta, quando termino de arrumar tudo. Dou de ombros.

— Vou achar um quarto — digo.

— Tem dinheiro?

— Um pouco — respondo. Ele me olha firme e abre os braços, me abraçando.

— Deus te guarde, Gabriel. Deus te guarde — diz.

Na rua o ar está abafado, ainda é dia e, na direção oeste, o céu está vermelho como fogo. As andorinhas voam rápido e fazem uma volta, seus pequenos corpos formam arcos no céu, enquanto caçam uma presa. Em frente à loja, o filho de Clark varre a calçada; na porta ao lado, a criada conversa com o barqueiro; por toda parte, a vida na rua continua como sempre foi, só eu mudei. Por alguns instantes fico indeciso, sem saber para que lado ir. Atrás de mim, no vestíbulo, a Sra. Gunn está ao lado de Robert; Charles, atrás dos dois. Sem querer me deter, viro à esquerda, e meus pés seguem no meio da agitação da cidade.

ACORDO COM A LUZ DO DIA sumindo, o ar fétido. Pela parede fina às minhas costas, ouço alguém tossir, um som ao mesmo tempo encatarrado, horrível e incessante. Não sei onde estou, nem desde quando e, por um instante, imagino que cochilei, caí no superficial e escorregadio sono do ópio. Imagino também que a luz lá fora deve ser da madrugada, mas não é; o dia acabou e escureceu.

Sento na cama e esfrego as mãos no rosto. Estou com a cabeça pesada e tenho uma sensação de perda, um arrependimento não sei do quê. Procuro um fósforo na mesa ao lado da cama, acendo um toco de vela e o quarto ganha uma luz tremeluzente.

Levanto, abro a braguilha e fico olhando a urina cair no penico, fazendo barulho. Está escura e com cheiro forte. Pego o casaco em cima da cadeira e então lembro que, no dia anterior, penhorei o relógio. Ouço a voz do dono do quarto, Scarpi, no andar de baixo, ralhando alto com a mulher. Na rua, as pessoas devem estar se reunindo, conversando e rindo na agitação do fim de um dia de trabalho. Olho pela janela e vejo-as, sentindo o movimento delas, em algum lugar dentro de mim. Concluo que eu devia estar lá fora, no meio da agitação delas e pego o casaco outra vez. Abro a porta e desço a escada correndo.

—

Passaram-se seis semanas desde que saí da casa do meu mestre. Naquela noite, andei sem rumo, sentindo-me leve por ser livre novamente. Por todos os lados, as ruas estavam cheias de animação e barulho, da incessante força da cidade; mesmo assim, eu mal a percebia. Só quando cheguei a Ludgate Hill, com a grande abóbada da Catedral de St. Paul brilhando ao céu poente, percebi que não sabia para onde ia e, de súbito, me inquietei com as consequências dos meus atos.

Sem saber o que fazer, viro, procurando uma taverna ou um lugar onde eu possa sentar um pouco. Encontro uma, sento-me junto à janela e fico olhando a rua pela vidraça embaçada. Peço vinho e, por insistência do taberneiro, pão e sopa, embora não esteja com muita fome.

A comida veio logo. O pão estava seco e rançoso, embora eu mal o tivesse provado. Peguei novamente minha bolsa e contei as moedas que tinha dentro dela. Não eram muitas, o suficiente para viver uma ou duas semanas, nada mais. Eu tinha de achar um trabalho, pensei, embora me arrepiasse só de me imaginar perdendo tempo como professor de alguma escola, ou contador. Assim, fiquei olhando para a rua, distraído, pensando no que tinha acontecido e em como seria agora, relacionando uma coisa à outra.

Finalmente, resolvi comer a sopa, mas tinha esfriado fazia tempo, e a carne acinzentada tornou-se repulsiva na minha boca. Coloquei-a de lado no prato e procurei o dono da taverna. Por alguns xelins, ele me cedeu um quarto onde, depois de tirar as botas e o paletó, me deitei na cama. O colchão era duro, com cheiro de mofo e dos corpos que tinham se deitado lá. O barulho dos farristas que passavam lá embaixo na rua aumentou vindo da janela, preenchendo o espaço como se gritassem e berrassem ali dentro.

———

Ouvi os relógios baterem 2 horas, depois 3 horas. Em algum lugar não muito distante, músicos tocavam e homens cantavam alto. Dentro de mim, entretanto, havia só um vazio enorme e impossível de ser preenchido. Até que finalmente levantei, abri a mala e peguei o frasco de ópio que tinha escondido lá. Mesmo a essa altura, senti aquele horrível misto de desejo e repulsa como se minha mão fosse guiada não por mim, mas por algo mais forte. Gosto de lembrar que, sentado ali, hesitei. Eu podia ter deixado o frasco de lado, mas não deixei; então, levei-o à boca, bebi e me senti afundar em seus braços.

AS LAMPARINAS DA RUA foram acesas, iluminando o rosto da multidão que passava. A noite está fria, mas clara, há pessoas nas janelas e portas do bairro. Aqui, um encadernador de livros está concentrado em seu trabalho; ali, um comerciante discute num grupo; nas casas, pais e filhos. Ando mais depressa ao passar por eles, satisfeito de estar livre. No meio de tanta gente, sou um anônimo, mais um rosto a ser visto e facilmente esquecido, e, embora isso tenha algo de engraçado, também me assusta, tamanha a inquietação que causa. Em volta de mim, muitas pessoas passam, passam, passam de novo e eu no meio delas, livre.

Na Strand, passo rápido por cada uma das portas, procurando algum lugar onde eu possa parar. Enfio a mão no casaco e conto as moedas. Talvez não sejam muitas, mas bastam. Descobri que a cidade oferece muitas delícias para os que querem desfrutar delas, boa companhia para jogar dados e beber.

Finalmente, paro em frente a um lugar que conheço. Dentro, a lareira está acesa e o salão, já denso de fumaça de tabaco. Ao procurar um lugar, vejo rostos conhecidos e desconhecidos. Levanto o braço e a garçonete traz conhaque. Sorri ao colocar o copo na minha frente e retribuo o sorriso: é bonita, popular e tem uma atração por mim, o que me lisonjeia. Dou um gole no conhaque e sinto o calor descendo pela garganta. Mais outro gole, outro ainda, até que minha agitação começa a diminuir.

Coço o pescoço; há duas semanas tenho uma alergia, algo desagradável que aparece de vez em quando e me incomoda junto ao colarinho da camisa.

Arabella estará em cena em Covent Garden. Deve interpretar Shakespeare ou Sheridan, o texto de certa forma não tem importância. Nos camarotes e nas galerias, o público ouvirá atento, perdido em qualquer ilusão tramada no palco. Toda noite é a mesma coisa: as costureiras enfiam trajes nela, o rosto é pintado para o espetáculo.

Houve tempo em que eu achava maravilhoso ir assisti-la e ficava feliz, mas, nas últimas semanas, mal consigo ver como ela se entrega ao personagem. Na noite passada, esperei-a no camarim. Eu acabara de penhorar o relógio, estava com dinheiro no bolso e decidido a não gastá-lo. Ela saiu mal do palco e, de certa forma, diferente. Eu só queria tocar no rosto dela, senti-la perto de mim outra vez. Mas, quando entrou no camarim, percebi que ela ainda parecia entregue ao personagem, com gestos meio falsos, então inventei uma discussão para vê-la chorar, para dominá-la. Porém, quando consegui esse domínio, fiquei oco, vazio.

———

Bem mais tarde, estou com as pernas bambas. Minha bolsa está leve, o dinheiro se foi e não me senti melhor com essa perda. Esta noite Arabella entra em cena e devo ir encontrá-la, embora não esteja em bom estado para isso. Esta noite, ouvi minha voz falando com os outros homens, alta demais e num tom artificial, como se fosse eu que interpretasse um personagem que não condizia comigo.

RECEBO 2 COROAS PELOS LIVROS que penhorei e 1 xelim por cada bota e camisa que tinha de sobra. Só quando pega a minha bíblia, o penhorista para.
— Já tenho muitas bíblias — diz ele, empurrando-a para mim, na mesa. Empurro-a de volta.
— Pode ter mais uma, não? — pergunto. Ele me olha, impassível, depois passa meio penny pelo balcão.
Pego o dinheiro rapidamente e saio de novo. Talvez não seja muito, mas o suficiente para comprar comida e ópio por uma semana. Na rua, meu ânimo melhora, livre da prisão daquele quartinho com suas fileiras de bens empacotados. Conheço essa sensação, sei como ela é. Ando depressa demais, despreocupado demais, com medo de parar ou relaxar.

———

Há duas noites, ela colocou 1 guinéu na minha mão e pediu para eu aceitá-lo. Abri a mão e olhei a moeda pesada na minha palma.
— O que é isso?
— Um presente — disse ela, mas recusei com um gesto da cabeça.
— Eu tenho dinheiro. — Fiquei ali me achando um idiota na frente dela, uma criança rabugenta.
— O seu relógio, os seus livros.
Irritado, empurrei a moeda, que deslizou e caiu no chão.
— E como conseguiu esse dinheiro? — questionei.
Atrás dela, Mary me observa, com o rosto doentio inexpressivo.

P{ERTO DE ST. MARTIN, ele estica a mão e segura meu braço.
— Quais dessas mulheres têm sífilis? — pergunta. Trata-se de um cavalheiro, pelo menos pelo sobrenome. Afasto-me. Ele recua um passo. — Você põe a mão no fogo por elas? — Ele abre os braços para indicar as mulheres enfileiradas nas ruas próximas. Atrás dele, os amigos explodem numa gargalhada.

Tento passar pelos cinco boêmios.

— Senhores, tenho a impressão de que ele é metodista! — grita ele, mas sigo em frente sem olhar para trás.

Ruborizado, viro a esquina rapidamente e dou de cara com duas mulheres. Elas estão próximas, envolvidas numa discussão, e uma delas levanta o punho, ameaçadora. Devo tê-las assustado, pois me olham, os rostos já tensos de irritação.

— Molly? — pergunto.

A princípio, não sei se me reconhece, depois ri.

— Que ótimo lugar para você estar — diz ela.

Com mais uma risada, afasta a outra mulher.

— O que está fazendo aqui? Onde está May? — pergunto.

— Quem sabe dele? — Ela ainda é linda, porém mais velha e mais magra, a pele ao redor dos olhos e da boca está machucada e enrugada.

— Você o deixou?

Ela ri e percebo uma expressão calculista em seu rosto.

— Achava que eu não vinha aqui?

— Está sendo injusta com ele, que gostava de você, e certamente ainda gosta.

— Por aquele mesmo amor que ele me dava, os homens aqui me pagam moedas de ouro — diz, se aproximando. Recuo, ela dá um sorriso torto. — Como? Você não tem interesse em saber essas coisas? Venha descobrir o que ele viu em mim. — Ela não me toca, mas a proximidade é inquietante. Tem um hálito doce e horrível, com cheiro de gim e ópio. — Não. Você não é mais homem que ele — diz ela, se afastando. Outras moças que se juntaram para ver a cena riem e zombam entre si. Dou dois passos atrás, viro-me e sigo pela noite.

Não devia me surpreender por Molly ter abandonado May, mesmo assim fico inquieto. Paro numa esquina, sentindo-me impotente, repulsivo. Então, decidido a encontrá-lo, a ser o amigo que ele seria para mim, sigo para Marshall Street. Mas não é May quem atende às batidas na porta, e sim um homem mais velho. Ele me encara como se eu o tivesse ofendido.

— O quarto está alugado — diz ele, agressivo.

Confuso, olho por trás dele.

— Alugado? Para quem?

— Veja ali se o Pizzey's tem vaga — sugere ele, mostrando o outro lado da rua e começando a fechar a porta.

— Espere, e o antigo inquilino? — pergunto, dando um passo à frente.

— O pintor? Foi embora há seis semanas — diz, incrédulo.

— Para onde? — insisto.

O rosto dele fica mais suave.

— Se descobrir, avise que ele me deve 6 libras e 6 pence — diz, batendo a porta.

O DONO DO QUARTO onde moro, Scarpi, vem à porta. Suas batidas fazem o batente trepidar, ele chuta e grita.

Levanto da cama, calço as botas e visto a camisa; esfrego os olhos para dar a impressão de estar envolvido em alguma atividade. Quando aluguei o quarto, há cinco semanas, disse ao casal Scarpi que ia arrumar um emprego, e por isso me aceitaram como inquilino. Dou uma olhada no espelho turvo dependurado ao lado da porta, ajeito os cabelos despenteados, e giro a chave sem fazer barulho. Apesar dos gritos irritados, Scarpi percebe que estou abrindo e abaixa a voz. Apoio o corpo na porta e abro-a.

— Pretende dormir o dia inteiro? — pergunta, ao me ver.

— Meus horários não são da sua conta — retruco, mas ele não ouve.

— O aluguel. Há dois dias, você disse que teria o dinheiro logo — cobra, olhando o interior do quarto por cima de mim. Há algo calculado no jeito que fala, por isso concluo que ele está passando por alguma necessidade.

— Estou para receber o pagamento de uma dívida — explico.

Scarpi ri.

— Dinheiro de um tio, decerto? Vocês, ingleses, sempre têm um tio — diz, irônico.

Não respondo.

— Soube que você deve dinheiro a outras pessoas.

Sinto um ódio na garganta, mas me controlo para não reagir.

— Espero até amanhã, senão terá de sair daqui. — Vai andando e, no alto da escada, vira para trás. — Um tio — diz, e, satisfeito com a própria sagacidade, ri outra vez.

———

Enquanto ouço-o descer a escada fazendo barulho, sento na cama e esfrego o rosto com as mãos. Estou em pânico. Sobrou pouca coisa para penhorar e não vejo jeito de ganhar dinheiro. Preciso de um plano, uma maneira de sair dessa situação. Pego minha sacola e olho as poucas moedas lá dentro, pensando em como multiplicá-las. Tenho alguns xelins, mais nada; gastei o restante. Penso: dessa vez vai ser diferente, não vou desperdiçar essas moedas.

Faz frio na rua, a noite vem chegando. Antes de ir ao encontro dela, preciso de um trago, então descubro uma lojinha onde servem vinho e joga-se baralho. Lá dentro está quente, há conversa, música e, embora os homens sejam desconhecidos, encontro certa calma na companhia deles. Mesmo com o dinheiro na mão, sinto-me infeliz como se tivesse cometido algum erro, então tomo um conhaque, depois outro. Enquanto isso, assisto ao jogo de dados e tenho um palpite, faço uma pequena aposta e ganho. Isso causa muita animação, então aposto de novo e ganho de novo. Três ou quatro vezes, os dados estão a meu favor e dali a pouco triplico a quantia que tinha. Mas depois perco uma vez e outra. Devia parar, sair do jogo e ficar com o dinheiro que me resta, porém, não consigo. Aposto com raiva, como para obrigar os dados a me obedecerem, mas acabo com apenas 1 xelim.

Com raiva da minha idiotice, faço uma aposta alta, pensando em recuperar tudo o que perdi, ainda ganhar um pouco e mais. Balanço os dados na mão e meu coração pula, o estômago fica leve e nauseado com aquele suspense. Os dados voam da minha mão, deslizam e, no tempo que levam para cair, fico exultante, entregue ao voo deles e a suas probabilidades. Então, viram pela última vez e acabou-se, minha animação é substituída pela triste certeza de que perdi de novo e, como Ícaro, vou despencar.

Na rua, fico enojado pelo que fiz. Gastei meu dinheiro, perdi-o novamente para o jogo e para a bebida. Olho para trás, para a porta do salão, e gostaria de anular aquelas últimas horas, desfazer tudo, mas está feito e não pode ser mudado. Passo por uma janela de onde saem vozes, o tom alto e agudo de uma mulher e a irritação de um homem. Penso no meu quarto, não aguento ficar só. Quero apenas procurar Arabella, me perder novamente em seus braços. Mas me sinto desolado pela minha própria idiotice.

—

Sozinho no quarto, giro o cadeado da mala e abro-a. Dentro, há um quadro do rosto de minha mãe por trás de seu óculos manchados, as linhas esquisitas do pescoço e do colo reproduzidas por alguma mão canhestra. Quantas vezes olhei esse rosto, quantas vezes pensei em como seria a voz dela, o toque de suas mãos? Morreu por minha causa, com apenas 17 anos, em alguma cama alugada. Passo o dedo por ele, imaginando o rosto dela. Sinto um aperto na garganta. Às vezes, penso que nossos pais estão vivos em nós, como fantasmas ou profecias.

A CASA ESTÁ SILENCIOSA, com as janelas sujas bem fechadas, e tenho a impressão de que ali moram apenas fantasmas e lembranças. Bato na porta e noto que os passantes me observam. Espero meio minuto, talvez mais, e preparo-me para bater de novo quando abre-se uma fresta e aparece o rosto de uma menina.

— Quero falar com seu patrão — informo. Ela não chega a ser bonita, mas o rosto tem alguma coisa que não sei definir, uma solidão talvez, e seu silêncio me faz pensar. — Ele me conhece — acrescento, ouvindo minhas palavras soarem um pouco alto ou urgentes demais, como se eu tivesse mais necessidade de falar com ele do que realmente tenho. Mesmo assim, ela não responde, apenas fica de lado para me dar passagem.

O interior da casa está vazio, os quartos estão fechados e os móveis, cobertos com panos. No vestíbulo, dois quadros estão virados para a parede; acima deles, manchas mostram onde ficavam dependurados. Em frente, um relógio parado marca 3h15 sabe-se lá há quanto tempo. Por toda parte há uma sensação de anos de abandono, o chão coberto de poeira.

Sem uma palavra, ela me leva por um corredor até uma sala de estar. A casa está escura, com as cortinas fechadas; se abertas, mostrariam o jardim de St. Anne, do outro lado da rua. Dou alguns passos e vejo um grande candelabro com velas na cornija da lareira. Penso em perguntar à menina onde está seu patrão, viro-me, mas ela sumiu, tão silenciosa quanto apareceu. Imagino que seja surda-muda, ou tola e, se for, qual seria sua função ali. Sozinho, fico sem rumo, sem saber se espero ou vou embora; o espaço ecoante da casa parecia se tornar cada vez maior. Então, uma voz atrás de mim, forte e profunda, me faz pular como uma criança assustada.

— Pensei que não fosse mais vê-lo — diz ele ao lado da lareira, apesar de estar apagada e escura. Escondo meu nervosismo pigarreando e dou um passo na direção dele.

— Certamente — digo.

— Dizem que você brigou com Tyne.

Olho em volta e não vejo uma porta por onde ele pudesse ter entrado, devia estar lá quando cheguei, invisível, escondido em algum lugar.

— Briguei — confirmo.

— Sorte sua que ele não o matou.

— Não foi por falta de tentativa.

— Pensei que você fosse voltar para a casa do seu tutor.

— Você uma vez disse que podia ser meu amigo — lembrei.

Há um longo silêncio.

— E, pelo que me recordo, você disse que já tinha muitos amigos.

Fico calado.

— O que deseja?

— Dinheiro. Uma cama.

Ele ri.

— E o que eu teria em troca?

— Não entendi o que quis dizer.

— Não? Está vendo essa casa? Pertencia a um homem que se endividou comigo — diz ele, observando-me.

Ele se aproxima, me encarando com seus olhos empapuçados. Não respondo, então é a vez dele falar.

— Acho que nós nos entendemos.

A PESAR DE ELE NÃO me dar nenhuma ordem nesse sentido, sigo-o, inseguro a princípio, depois com mais lucidez. A carruagem dele aguarda na rua. O dia passa e, ao redor, as pessoas andam rápido e aos empurrões. À minha frente, ele tira uma garrafinha de dentro do casaco e bebe. Levanta o braço e acena para um homem que ele chama de Bridie, pedindo-o para se aproximar. Abre a porta da carruagem, bate no teto para o cocheiro dar a partida e passa o frasco para mim, com a mão calosa e dura.

Ao subir para o assento do cocheiro, Bridie me olha de relance e alguma coisa nele me faz levar o frasco à boca outra vez. O gargalo está úmido e quente por causa da boca de Lucan e o conhaque queima a garganta.

A carruagem segue para leste, no lusco-fusco espesso do anoitecer, passa por High Holborn, sobe a Snow Hill e atinge ruas menos conhecidas. Na cabine, Lucan e eu somos jogados de um lado para outro quando a carruagem passa nas pedras, mas não me importo; bebo o conhaque que ele me oferece. Lá fora, as pessoas fazem fogo sob grelhas à margem da estrada, vendedores de trapos e outras coisas estragadas empilham suas mercadorias nas pedras.

Aos poucos, as construções são substituídas por campos lamacentos e casas inacabadas; as estradas cheias de sulcos e os jardins abandonados não lembram atividade, mas um lugar já decadente. Finalmente, paramos em frente a um armazém e saltamos. Meu rosto está vermelho, e sinto-me meio tonto por causa da bebida. Ao nosso redor, juntam-se homens e mulheres.

Lá dentro, o salão é sustentado por vigas baixas e tem uma fumaça densa; os homens se apertam e se empurram, os rostos com uma animação impaciente, violenta e passageira. Alguns seguram garrafas que passam entre si, outros riem. No meio do salão, um homem está sentado numa cadeira dentro de um círculo marcado no chão com giz, de braços cruzados e sem camisa, a cabeça quadrada e raspada.

— Que lugar é esse? — pergunto, mas Lucan apenas coloca uma garrafa na minha mão e me manda beber. O barulho, o calor e a massa de corpos é enorme e divertida. Homens gritam para que comece. Há um sorriso no rosto sardento de Bridie. Tenho a impressão de que ele é um sujeito que acha graça em tudo e não dá valor a nada.

Alguém grita, a multidão se aproxima do ringue e o patrocinador do homem no centro de giz circula, atiçando a horda. Esse homem é Byrne e, quando o patrocinador louva em voz alta suas vitórias, ele se levanta e canta uma música irlandesa. A multidão grita de todos os lados, xinga, mostra papéis de apostas, garrafas e punhos levantados. Até que outro homem entra por uma porta nos fundos, abre caminho na multidão e sobe no ringue.

Ele se chama Levi e a plateia parece ignorá-lo, enquanto Byrne percorre o ringue, cantando de braços levantados. Mesmo quando Byrne o provoca, batendo no peito, Levi dá a impressão de não notá-lo, fica na beira do ringue e, calado, desabotoa a camisa, tira-a e dobra-a com cuidado, como se estivesse se preparando para deitar na cama. Ele não é muito alto, mas há uma delicadeza em seus movimentos, algo frio e perigoso. Entrega a camisa para um dos homens que o acompanham e junta as mãos, parando de vez em quando para ajeitar a roupa. Do outro lado do ringue, Byrne continua berrando e andando de um lado para o outro, sem que Levi o olhe, nem quando levanta de novo os punhos para a multidão aplaudi-lo e fica claro que ele procura em Levi algum ponto fraco que possa explorar. Feitos os acertos, Levi estende os braços para o ajudante amarrar as luvas e só então, quando está pronto, vira-se para Byrne e olha-o no ringue.

Como um mágico, o patrocinador levanta as mãos e vai sumindo num gesto abrangente e teatral, fazendo a multidão gritar forte ao redor do ringue. Acima, as lamparinas acesas emitem uma luz enfumaçada e fraca. Apesar da pouca iluminação, é possível ver que Byrne sorri, zombeteiro. Ele grita o nome de Levi, provoca-o, chama-o de assassino de Cristo e agiota. Entre um xingamento e outro, ele põe a língua de fora, como uma criança. Levi não reage, apenas inclina a cabeça de um lado para outro e sacode os braços como se quisesse soltá-los, andando em volta do círculo de giz. Byrne faz o mesmo; tem cerca de meio metro a mais que Levi, entretanto este não parece com medo nem inseguro, mas profissional. Encarando-se, os dois dão duas voltas no ringue, sem se aproximar nem dar as costas para o outro. A multidão grita de todos os cantos, incitando-os a brigar e bater forte para vencer, mas os lutadores aguardam e se observam, parecendo procurar um instante, uma brecha na guarda do outro para dar um golpe. Byrne está em vantagem, pois seus braços são mais compridos, e Levi não pode se aproximar dele sem apanhar. Então, não é surpresa quando Byrne dá um passo e tenta acertar um soco em Levi, que desvia, gira em volta do soco e dá uma cotovelada em Byrne enquanto ele está indefeso. O golpe é forte, até a plateia sente, e Byrne grunhe de dor. Ele tenta atacar de novo, e Levi escapa outra vez, acertando-o de lado e, desta vez, Byrne se desequilibra um pouco e é atingido por um soco. Nesse terceiro ataque, Byrne está preparado para enfrentar seu oponente e, quando Levi abaixa um pouco a guarda, recebe um soco na cabeça, com uma força que o desequilibra. Byrne dá outro golpe com todo o seu peso e Levi recua aos tropeços.

Lucan se apruma e fecha mais os punhos, enquanto acompanha cada movimento do lutador mais baixo.

A força de Byrne não dá trégua a Levi. Embora seja rápido, dando voltas e pulos, desviando e escapando de quase todos os golpes, como fez com os dois primeiros, reagindo com socos curtos e fortes nas costelas e no rim, Levi rosna e cambaleia a cada soco que Byrne acerta, até que o nariz e os lábios sangram, a testa fica machucada e cortada. O comportamento da multidão muda, a animação se transforma em algo mais próximo, mais atento, como se Levi acertasse o peito deles. A cada soco, Byrne vai se enfraquecendo, reagindo em dobro aos golpes, até que Levi cambaleia. A multidão começa a urrar, vozes se elevam, incentivando Byrne a acabar com o outro lutador. Lucan não diz nada, só observa os passos vacilantes e titubeantes de Levi, cada vez mais concentrado apenas em evitar as investidas do outro. Byrne está atento e segue, atacando, dando socos e obrigando o outro a sair do círculo. A plateia se aproxima, os rostos se contorcem sob a luz avermelhada, o ambiente tem cheiro forte de suor, fumaça, cerveja e sangue. Então, de repente, Byrne gira novamente o corpo e Levi escapa do soco, abaixando-se, e ataca Byrne no rim, pelas costas. Byrne se curva para a frente, perde o equilíbrio, e Levi aplica outro soco forte na lateral, o que desequilibra Byrne e dá chance de Levi atacar o rosto desprotegido com uma força que joga a cabeça de Byrne para trás. Levi também está cambaleante, mas segue Byrne quando ele cambaleia e dá vários socos, causando cortes no rosto e no lado, nas costas e na barriga. A multidão está irritada e confusa; se antes assistia com horrenda satisfação, agora se mexe, tensa. Byrne não ataca mais, agora é ele quem levanta os braços para se defender e gira daqui para lá como um touro enfurecido por causa de um mosquito. Levi dá mais um soco e Byrne cai para trás, se esforçando para continuar de pé, até que mais um golpe o atira no chão. Levi fica por cima dele, oscila o corpo e contorce o rosto, tremendo, como se Byrne fosse levantar de novo, mas ele só vira de lado.

Grito, exaltando a vitória de Levi; Bridie também grita e até Lucan parece feliz. Mas a multidão está inquieta, incitando e berrando como se quisesse um motivo para sua fúria. Não me importo, ganhei 3 guinéus de aposta e meu lutador venceu, isso me anima. Lucan passa a garrafa para mim, bebo, o conhaque me sufoca e queima. No centro do ringue, o homem que segurava a camisa de Levi, um judeu de casaco preto e argolas nas orelhas, levanta o braço do vencedor, mas, em vez de aplaudir, a multidão xinga, joga garrafas e comida. Levi não se assusta, dá a impressão de sentir prazer naquele ódio, como se correspondesse a alguma coisa dentro dele.

— Vamos embora, esta noite vai ter briga — diz Lucan, me tirando da multidão. Quando ele passa pelos irlandeses na porta, acrescenta: — Escrevam o que estou dizendo.

———

Lá fora, Craven aguarda ao lado da carruagem.

— Quem é ele? — pergunta para Lucan, que balança a cabeça.

— O aprendiz de Poll, você sabe muito bem. — Ele abre a porta, faz sinal para eu entrar e acende um charuto que pega numa caixa. Mas Craven não se satisfaz com pouco.

— Por que trouxe o rapaz aqui? — Ele se aproxima da porta e, embora seja magro, não me importo com a proximidade.

— Tenho um serviço para ele — responde Lucan, simplesmente. Acho que Craven fará novas objeções, mas não, apenas recua e fica ao lado de Bridie no assento do cocheiro.

— Qual é o serviço? — pergunto a Lucan, enquanto ele fecha a porta. No escuro, o charuto brilha, mostrando as linhas de seu rosto.

— Coisa simples, fácil de fazer — responde ele.

———

Seguimos na direção de Camden, passando pelos campos. A lua brilha no céu, e as construções parecerem reluzir, iluminando a estrada à nossa frente. Estou meio bêbado, a adrenalina da luta ainda corre nas minhas veias, braços e pernas. Mesmo assim, à medida que avançamos na estrada à nossa frente, fico inquieto, pensando no que vamos fazer.

Finalmente, paramos ao lado de uma capela. Lucan abre a janela e olha por cima da cerca.

— Lá dentro há uma moça chamada Jenny Carpenter, que morreu há menos de 12 horas. Precisamos do corpo e você vai pegá-lo — diz ele.

— Por que você não pega? — pergunto e Lucan ri, encostando no assento do banco.

— Por que o padre conhece Craven e eu.

— E por que daria o corpo para mim e não para você?

— Ela não tem parentes nem amigos, então a paróquia é obrigada a pagar o enterro.

Ficamos um instante calados. Lucan abre a porta.

— Diga ao padre que você é irmão dela, que não a via há anos e quer o corpo para enterrá-lo.

— Por que ele acreditaria nisso?

— Por que você vai convencê-lo. Além do mais, o padre vai gostar de economizar o dinheiro do enterro — retruca Lucan rindo e, com um gesto, mostra a capela.

Desço devagar. Na estrada, Lucan me olha e chama, com tom de voz baixo:

— O coveiro é amigo nosso, não esqueça de dar uma moeda de ouro para ele.

O padre é um homem pálido, de jeito impaciente e, quando digo a ele o que desejo, vejo que se irrita por ser incomodado.

— O senhor chega tarde, sobretudo quando se trata de um problema desses — diz. Preocupado com a desconfiança dele, eu hesito por um momento.

— Vim assim que soube da notícia — afirmo, sabendo que o sacristão me observa. O pároco bate uma das mãos no braço, deixando nele uma tatuagem bem feita. — O senhor a conhecia? Como ela vivia? — pergunto então, num ímpeto.

O padre olha para o sacristão.

— Era uma moça gentil, não, Sr. Carroll? Estimada?

— Sim, senhor — responde o sacristão, sorrindo de leve.

— É, tenho certeza de que era benquista — confirmo. Percebo a relutância do pároco e dou um passo adiante. — Não a vejo há nove anos. Por favor, contem tudo o que sabem dela — peço. O padre muda de posição, desconfortável, e sinto uma súbita antipatia por aquele homenzinho arrogante.

— Quando éramos crianças, todo mundo gostava dela. Era muito bonita — minto.

O padre para de dar tapinhas no braço e, quer tenha se convencido ou apenas para se livrar de mim e das minhas confidências, parece aceitar que eu leve o corpo.

— Está de carruagem? — pergunta; digo que sim e, com um gesto abrupto, ele manda o sacristão me acompanhar. Agradeço, aperto a mão dele. Quando estamos à porta, ele volta a falar.

— Ela está embrulhada num lençol de linho.

— Então, pago 1 xelim? — pergunto, e ele fica indeciso, calculando.

— É, 1 xelim.

NA CARRUAGEM, LUCAN se inclina sobre o corpo da moça e levanta o lençol para olhá-la. Era bonita, mas Lucan não parece notar.

— Muito bem, muito bem — diz, recostando-se no banco e sorrindo para mim.

———

A carruagem nos leva de volta à cidade, por trilhas e ruas silenciosas, depois para Blenheim Steps. Lá, paramos diante de uma construção que sei ser a Escola de Anatomia, mantida por Joshua Brookes. Lucan abre a porta e me manda descer. A rua está escura, o único barulho vem de uma música entreouvida por uma porta aberta.

— Bata na porta — diz Lucan, e obedeço; um instante depois, a porta se abre e surge um menino de uns 16 anos, com avental de couro.

— Quer falar com quem? — pergunta.

— Com seu patrão — diz Lucan, atrás de mim; o menino olha para ele e sorri.

— Entrem. — Ele dá passagem, nós o seguimos. Atrás de mim, ouço a porta da carruagem fechar com um som surdo e logo após Craven entra, carregando Jenny Carpenter nos ombros.

———

O lugar é simples, arrumado e limpo, embora tenha um cheiro parecido com o de presunto, meio enjoativo, doce demais. Com o menino à frente, passamos para os fundos da casa, que um dia foi um quintal, mas agora tem uma cobertura de vidro e ferro e quatro mesas enfileiradas. Doze candelabros estão acesos, enchendo o ambiente com sua luz vacilante. Nas mesas há três corpos em várias fases de desmembramento, e baldes estão por todo canto. Ao lado do terceiro corpo está um homem muito gordo, com o colarinho da camisa aberto, as mangas dobradas e um avental tão grande que deve ter sido feito com o couro de uma vaca inteira. Ao nos ouvir chegar, ele ri, sem largar uma espécie de seringa na mão atarracada.

— Vocês a trouxeram! — Limpa as mãos no avental e vem em nossa direção, fazendo sinal para o rapaz arrumar espaço na mesa mais próxima. Sua barba por fazer tem migalhas de comida grudadas e o colarinho está manchado. O rosto dele é macilento e sujo, e há restos de rapé nas narinas. Ele se aproxima e o cheiro do ambiente fica mais forte, assim como o fedor de seu corpo.

Craven coloca o saco com a moça sobre a mesa e, encantado, Brookes funga, cutuca e mexe no cadáver.

— Bom, bom. — Vira-se para Lucan, nota a minha presença e toca no meu rosto.

— Quem é esse bonitinho? — pergunta, e Lucan me olha por um bom tempo.

— Gabriel — diz, por fim. Brookes faz um movimento com a cabeça.

— Doze guinéus, então? — pergunta ele, formal outra vez, e Lucan sorri.

Minha respiração se acelera ao ver, atrás de Brookes, uma série de armários com peças de cera mostrando veias e artérias delicadas como filigranas, feitas a partir de mãos esticadas e cabeças meio viradas; a carne, os ossos e os órgãos que um dia estiveram ali agora estão decompostos.

— Ah, você viu minhas preciosidades.

Na rua, Lucan me manda ir embora e põe dinheiro na minha mão.

— Não vá se perder por causa disso. Brookes não é bobo — aconselha.

Do lugar onde está sentado, acima de nós, o cocheiro Bridie assobia baixo. Repentinamente, Lucan segura meu braço pouco acima do cotovelo e o aperta com perversão.

— Craven acha que sou idiota de confiar em você — diz, me puxando para mais perto. Sinto o olhar de Craven atrás de mim.

— Você não vai me fazer de bobo, não é, Swift? — pergunta, com a voz contida e baixa.

Nego devagar com a cabeça e olho bem para ele, suas pupilas negras, o branco dos olhos manchado e amarelado. Ele me segura, próximo. Depois, com uma grande risada, me solta e caio para trás.

— Vamos — diz para Craven, virando-se enquanto fala — Ainda temos trabalho esta noite.

Quando chego, a casa dela está escura, e todos estão dormindo. O corpo está cálido e imerso no sono, a pele encostada na minha. Nos meus braços, sinto a respiração dela, o movimento do peito. Cada um de nós está só, penso, preso dentro de sua jaula. Mesmo assim, quando pressiono meu rosto contra o pescoço dela, tenho vontade de me perder, de encontrar algum consolo nisso. Esse desejo é como uma dor que não me deixa dormir.

ACORDO E ESTÁ TUDO IGUAL, embora tudo tenha mudado. O dinheiro que ganhei é real, da mesma forma que o modo como o consegui, e essa lembrança gruda em mim como uma mancha. Mas ali, na cama dela, essa recordação parece de certa forma distante, como se aquilo não tivesse sido feito por mim, mas por alguma outra pessoa, num sonho que tive há muito tempo.

Se eu fechasse os olhos, a lembrança iria embora outra vez, ficaria para trás, se não fosse o prazer violento das horas passadas com Lucan.

Enquanto dormimos, chove. Por trás das cortinas, o dia está escuro, a chuva bate em ondas na vidraça; quando levanto para me vestir, Arabella não desperta. Na porta da casa, levanto a gola do casaco, mas, quando entro na chuva, a água escorre fria na minha pele. Estou consciente, livre e, mesmo assim, inquieto, sem saber para onde ir. Pego dentro do casaco a moeda que Lucan me deu na noite anterior, aperto-a e sinto um calafrio ao tocá-la. Parece que há um segredo ali, posso senti-lo. É como se eu estivesse dividido, como se eu precisasse esconder o dinheiro ganho por outro, por um personagem que interpretei e que se libertou ao entrar no palco.

Na Poland Street, paro na botica. A luz que vem de lá é forte e cálida, de um brilho amarelo contra a escuridão do dia. O dinheiro parece coçar na minha mão; lá dentro, a careca do assistente de boticário sobe e desce enquanto ele trabalha, os frascos dispostos em uma prateleira atrás dele. Sei que não devo gastar aquele dinheiro, mas, mesmo quando digo a mim mesmo que não vou entrar e gastar, sei que vou; a porta já se abre e a campainha toca acima da minha cabeça.

Mais tarde, no meu quarto, olho os grãos de ópio dentro de uma garrafa de vidro, a luz da lamparina bate e brilha em suas curvas. Continua chovendo, porém, o quarto parece uma bolha, em cujo centro me encontro. No andar de baixo, os Scarpi discutem alto, mas ouço pouco. Há uma tristeza, ou qualquer coisa próxima desse sentimento, como se algo ali estivesse partido onde não deveria. Então é só isso, o sussurro da chuva e a chama da lamparina dançando na vidraça da janela.

Quando procuro Lucan novamente, ele está à espera. Não precisamos dizer nada. Mas me olha como se eu tivesse respondido alguma pergunta por ele, depois se vai como se eu não estivesse ali.

VAMOS PARA CORNHILL e a carruagem segue firme e rápida. No escuro, as ruas parecem desconhecidas, estranhas sob a neblina. Finalmente, Lucan bate no teto da carruagem e Bridie para. Lucan desce, faz sinal para Craven e os dois saem na escuridão. Sigo-os por uma passagem coberta e uma alameda. Na neblina, tudo está silencioso, ouço apenas a chuva batendo nas árvores e o barulho distante do trânsito. Em algum lugar, um passarinho canta e um bebê tosse e começa a chorar. Lucan e Craven viram em uma rua margeada por um muro alto, coberto de hera. Nesse ponto, Lucan agarra meu colarinho e me puxa para perto dele.

— Verifique se não há ninguém por perto — recomenda, olhando para cima. Avalio o muro e, com cuidado, seguro na hera espessa, tentando usá-la como apoio. A hera está molhada e escorregadia, com cheiro forte de terra, mas consigo me segurar nos caules e vou escalando o muro. Minhas botas escorregam, raspo o joelho e o tornozelo no muro e caio de costas com tanta força que fico sem ar.

Antes que consiga me levantar, Lucan me agarra pelo casaco.

— Quer que passemos a noite na cadeia? — pergunta, me colocando de pé encostado no muro.

Com o tornozelo doendo, seguro na hera para me firmar e começo a escalar de novo. Desta vez, não escorrego e logo alcanço o topo do muro. Olhando em meio à folhagem, vejo um lugar estreito e murado tendo no final uma construção com janela escura, a torre de uma igreja surgindo ao fundo como uma sombra da neblina.

    Embaixo, Craven ri e sinto a raiva tomar conta de mim. Viro e aviso, baixo, que o lugar está vazio e, num gesto rápido, Lucan joga a sacola e sobe até onde estou. Não olha para mim, apenas verifica o chão, passa a perna por cima do muro e pula no quintal. Agarrado à hera para amenizar a queda, faço o mesmo e caio pesadamente numa poça de lama, que encharca minhas botas. Logo depois, Craven pula, pega a sacola da minha mão e segue pelo caminho de lápides embaralhadas.

    Recolhemos dois corpos: de um homem que morreu há menos de dois dias e de uma velha de boca aberta, com o corpo já em decomposição. O trabalho é duro e desagradável; antes de terminarmos, minhas pernas fraquejam de cansaço e tremem sob meu peso. Mesmo assim, não tenho folga, pois Craven me ameaça constantemente dizendo que o coveiro dali é bravo e ágil com a espingarda.

    Vendemos os corpos ao carregador de St. Bart, um velhaco desconfiado chamado Atkinson, e ganhamos 10 guinéus por cada um. Minhas mãos ficaram esfoladas e feridas, o terno rasgado e completamente enlameado. Ao ver Lucan barganhar com Atkinson, sinto uma espécie de inércia por dentro, como se meu corpo tivesse ficado pesado, mas sigo atrás dele até a carruagem.

    Então, perto de Holborn Hill, ele manda Bridie parar a carruagem outra vez. Pega dentro do casaco uma nota de 5 libras e me mostra. Primeiro, permaneço imóvel, pensando em recusar e ir embora, mas estendo a mão, aceito a nota e sinto o papel se dobrar entre meus dedos.

M AS AQUILO NÃO foi o fim. Depois que Craven vai embora, me levanto para sair, mas Lucan faz sinal para eu ficar.
— Ainda não terminamos — diz.

Bate com a bengala no teto e partimos novamente, desta vez pela Grevil Street até Leather Lane e Clerkenwell, e daí para Windmill Hill. Perto de Liquorpond, viramos num pequeno cercado e seguimos até o final. Está tudo em silêncio e as casas que um dia foram lindas estão decadentes e abandonadas, as janelas fechadas com tábuas de madeira. Bridie faz os cavalos irem mais devagar; a carruagem passa por um arco e chega num pátio.

Está tudo tão parado e escuro que sinto medo, tenho certeza de que vão me fazer algum mal. Mas Lucan desce da carruagem, segue pelo pátio e bate numa porta lateral. Sigo atrás dele outra vez. Lá dentro, as vozes se calam e um homem pergunta o que queremos, pois está tarde e todos dormem. Lucan diz seu nome e na mesma hora abrem a tranca; surge uma claridade e percebo a forma de um homem semioculto pela luz da lamparina que segura.

— O quê? Você aqui?

— Um cavalheiro quer alugar um quarto seu — responde Lucan. À luz da porta, o homem parece ficar sério, como se a qualquer momento fosse dar um pulo e recuar. Aproxima-se de mim, andando meio de lado feito um caranguejo e esfregando as mãos, como se eu fosse um prazer há muito esperado. Mais de perto, vejo que não é tão velho quanto pensei, deve ter entre 30 e 35 anos; sua aparência também não é tão doentia, exceto pela maneira como envolve o corpo com os braços, e é tão estrábico que parece tolo. Levanta a lamparina na altura do meu rosto e bufa, encantado.

— Este é Graves — Lucan apresenta para mim.

―

A casa é pobre e escura, e é possível notar que raramente é limpa. Na cozinha atrás da porta há uma mulher sentada, meio idiota de tão bêbada. Ao nos ver, levanta a cabeça com um súbito interesse.

— Quem é? — pergunta, olhando para Lucan e depois para mim.

— Um cavalheiro que vai alugar um quarto — responde Graves. Ela me dirige um olhar de aprovação, depois emite um som parecido com o de um ronco e confirma:

— Realmente, um cavalheiro.

Não sei como Graves conhece Lucan, mas o fato é que conhece, pois bajula-o e elogia-o, insistindo para que ele fique e converse um pouco. Mas Lucan recusa e sai dali a pouco, me deixando a sós com eles.

Graves me mostra um quarto no segundo andar. É pequeno, empoeirado e mal cabe a cama e um lavatório, sobrando pouco espaço. Entro e ele vem logo atrás, empurrando coisas, agitado, como se quisesse me ajudar. Quando me viro, ele recua, levanta as mãos para me acalmar e ri de maneira tola. Primeiro, penso em xingá-lo, mas algo em seus modos me inquieta.

— Por favor, eu gostaria de ficar sozinho — peço. Como se não acreditasse muito no que eu disse, ele permanece no mesmo lugar, mas, quando me viro novamente para ele, sai pelo corredor.

Sento então na cama, tocando-a com a palma da mão. Os lençóis estão duros de poeira e as janelas, escuras de fuligem e sujeira. Embaixo da cama há um penico que puxo com o pé e ele raspa no piso de madeira. Dentro, há um dejeto humano, enroscado, comprido e seco, numa doentia cor marrom-amarelada, em meio a uma urina escamosa. Fico um bom tempo sentado olhando aquilo, depois apoio a bota na borda do penico e empurro-o de novo para baixo da cama, fora de vista.

Mais tarde, aprenderei que Graves é sempre assim, passa o tempo todo sentado na cozinha, querendo encurralar um dos inquilinos para conversar. Há uma carência conciliadora e insistente nele, como se temesse a própria companhia. Costuma conversar com mais de um inquilino e muitas vezes me segue até o quarto, insistindo para falar.

À primeira vista, pode parecer algo ingênuo, essa carência de um imbecil, mas três dias depois da minha chegada acordo com vozes discutindo no andar de baixo. Desço para a cozinha e encontro lá um dos inquilinos, um irlandês chamado Murphy, que está bêbado e irritado. Ele segura um sino e bate-o na cabeça e nas costas da esposa tantas vezes que ela fica com o rosto cortado e a pele lívida. Porém, o que me impressiona é Graves continuar sentado, olhando, as mãos juntas, encantado, seu corpo parecendo estremecer com uma agitação mal contida.

ASSIM, COMEÇO A CONHECER o ofício. Como cavar a terra e retirar o caixão. Com corda, gancho e pá, vou adquirindo habilidade. Como colocar a pá no alto do caixão, como usar o peso da terra para levantar a tampa, como manejar o corpo do cadáver para enfiá-lo no saco.

Ainda bem que sou alto e forte, pois o trabalho é muito pesado. Abrir uma cova o mais rápido possível, retirar o corpo, carregá-lo por cima de muros — nunca soube de um trabalho como esse. Minhas mãos, que um dia foram macias, ficaram duras e ásperas, as unhas, quebradas e escuras de sujeira.

Embora o trabalho me pareça odioso, com o tempo, me entrego a ele. Ser empregado de Lucan como ele queria que eu fosse, submeter minha vontade à causa dele. Não há afeto nem qualquer esforço por parte dos empregados dele, mas há dinheiro a receber e a gastar.

Fico sabendo que Lucan não tem só a casa da Prince's Street. Tem outra em Water Lane, perto da penitenciária de Bridewell e de seu cemitério. Fica sempre fechada, janelas e portas cobertas com tábuas mas, num pequeno beco, há outra porta por onde ele entra. A casa é quase vazia, exceto por dois cômodos onde há uma mesa e uma cama, além de outro que fica de frente para a rua, com muitos móveis estragados, quebrados e aos pedaços. Ele tem mais uma casa em Southwark, de frente para o cemitério Guy. Tenho certeza de que há outros lugares que desconheço, mas dos quais já ouvi falar. Os corpos retirados dos túmulos ficam pouco tempo nesse lugares, guardados nos porões e cômodos vazios, com nossas ferramentas embrulhadas e escondidas ao lado deles.

Também não sou a única pessoa ligada a Lucan. Ele conhece muita gente, e há poucos lugares onde não tenha pessoas que funcionam como seus olhos e ouvidos. Mulheres ficam atentas aos cemitérios, aos coveiros e aos carregadores de caixão. Sacristãos em paróquias, enfermeiras em hospitais, barqueiros à margem dos rios, funcionários de tribunais e varredores de rua; de toda parte, ele é informado de onde estão os mortos para que possamos recolhê-los. Embora existam aqueles que nos impedem de pegar o que procuramos, que vigiam os mortos com armas, armadilhas e até espadas, é mais comum conseguirmos que mudem de ideia e comprarmos a cumplicidade deles, se não o afeto.

Talvez isso seja tudo o que Lucan espera de mim: saber que me entrego a ele, que dependo da vontade dele, que obedeço a ele. Saber que pertenço a ele, embora a única coisa que eu deseje seja a liberdade.

UMA NOITE FRIA, a neve se acumula no galho das árvores e na vidraça das janelas. Saímos da casa de Brookes e estou com o dinheiro pago por Lucan. Gostaria de fumar ópio, mas é tarde e tenho poucos suprimentos. Sinto o sangue fluindo pela minha cabeça, tudo em volta se movimentando. Nessa noite, recolhemos quatro corpos, tirados de uma cova de indigentes em Blackfriars, com pernas e braços congelados na terra. Os mortos são mais frios do que o tempo, mais frios e pesados do que a terra.

Devia me encontrar com Arabella, porém, na noite passada, discutimos por nada. Ainda assim foi doloroso. Ela agora sabe aonde vou, como ganho meu dinheiro, mas não faz comentários, nem pergunta nada. Às vezes, ela parece feita de silêncios, das coisas que não diz. Ultimamente, tenho me sentido mal recebido naquela casa, como se elas estivessem se afastando de mim, com medo.

— Por que a sua empregada me olha tanto? — perguntei, pois Mary não se levantou quando cheguei, continuou sentada em frente à lareira.

— Silêncio — disse Arabella.

Olhei para Mary, depois para Arabella, sentindo que as duas estavam contra mim.

— Ela sempre me observa como se eu fosse um monstro.

— Você a está interpretando mal, não é, Mary? — pergunta Arabella.

Mary espera um longo tempo, depois concorda lentamente com a cabeça.

Na cozinha, Graves está acordado, sentado ao lado de Rose, a mulher que estava lá na noite em que Lucan me trouxe. Eles não são casados, mas dormem juntos, não sei em que condições. Entro na cozinha e ela aponta para mim com o queixo.

— Olha, é o rapaz bonito — rosna em voz alta demais e joga a cabeça para trás, no ombro de Graves, mole de tanto beber. Sou tomado pelo desejo de bater nela, de jogá-la no chão. Graves morde o lábio, os olhos estrábicos brilham.

— Sente-se, sente-se — convida, levantando e me oferecendo uma cadeira.

Puxo-a e sento. Rose rosna outra vez, lutando para manter a cabeça ereta. Com gestos rápidos e ansiosos demais, Graves pega um copo e me serve.

A bebida queima a garganta, mas bebo assim mesmo, sentindo o olhar intimidador de Graves e a raiva de Rose. Há algo violento na presença dele, como se constrangesse com suas atenções; assim, apesar de seus modos e de sua aparência, aceito as bebidas que oferece e rio com ele da embriaguez de Rose. Às 5 horas da manhã, começamos a batucar na mesa, cantando alto e roucos, convidando Rose para dançar; Graves e eu gostamos de vê-la rodopiar trôpega pela sala, de braços levantados, perdida no próprio desejo.

Mais tarde, no meu quarto escuro, o som da cidade não me deixa dormir. Os segundos passam rápidos, um após o outro.

Tenho nos dedos e na boca o gosto de Arabella, o cheiro da terra. Se fecho os olhos, sinto-a em meus braços, uma sombra com peso, um sonho feito carne. Sei que isso é causado pelo ópio e, ao mesmo tempo, não é. Depois, à certa altura, durmo e sonho.

PERTO DO AMANHECER, a noite vai sumindo. Craven e eu estivemos em Camden Town, num dia claro e calmo, como à espera de algo. Alguma coisa ficou martelando na minha cabeça durante toda a noite.

Graves está sentado ao lado da lareira, o rosto ansioso. Não entendo o motivo, então paro. Noto primeiro Walker, que está sentado no canto. Só então vejo outro homem, sentado ao lado de Graves, com o rosto iluminado pela lamparina sobre a mesa. É Caley.

— Aprendiz. — Ele me reconhece.

Emudeço, a presença dele provoca algo ruim dentro de mim.

— Achou que eu ia apodrecer pelo resto da vida naquela prisão? — pergunta ele.

Nego com a cabeça. Ele empurra uma cadeira com o pé para eu sentar.

— Beba conosco — convida.

―

Eles conversam sobre todos os assuntos e sobre nenhum. Falam de um homem que quebrou o pescoço ao cair na escadaria de Foster; de uma mulher que teve um filho, apesar de o marido estar há dez meses no presídio de Newgate; de um bando que sequestrou um bebê na casa da mãe, em Bloomsbury. Após tantos meses sem vê-lo, Caley está diferente: emagreceu, claro, e está mais pálido, mas há algo além. Há uma agressividade, uma fragilidade em seu humor. Graves também percebe isso e dá às palavras de Caley um sentido alegre e doentio.

Quando me levanto da cadeira, já amanheceu há algum tempo. Lá fora, o mundo cinzento está acordado. Deito no colchão do meu quarto, o corpo leve de ópio e exaustão. Quando acordo, eles foram embora de novo e a casa voltou à calma.

Caley não falou no que sei que está pensando, no motivo que o trouxera até aqui.

ESTA NOITE, OS TRÊS já estão reunidos rindo: Bridie, sentado no banco da carruagem, Lucan e Craven à vontade, junto à porta. Quando me aproximo, eles se calam, como se estivessem falando de mim. Lucan não me cumprimenta, só me dirige um olhar e o desvia, fazendo sinal para Bridie levar a carruagem. É quase nada, talvez, mas alguma coisa endurece em mim. Nesse instante entendo, percebo por que Caley quis aparecer. Queria minha cumplicidade, algo secreto que só eu sei e que Lucan não pode tocar.

Alguma coisa mudou, algo se transformou.

———

Vamos para Bethnal Green, onde os galhos das árvores se debruçam sobre as sepulturas. A tampa do caixão já está quebrada, o gancho que uso para abri-la se perdeu na cova lá embaixo.

A princípio, Lucan só olha, junto com Craven. Isso não pode estar acontecendo, pois consideramos aquele cemitério nosso.

Craven me empurra para o lado. Ajoelha-se no chão e ilumina com a lamparina o buraco úmido que cavamos e o monte de terra ao lado da sepultura, buscando algum sinal de como aquilo teria acontecido. Seu rosto comprido está sério, e ele ergue o olhar, apontando para a sepultura mais próxima.

— Veja como está a outra — sussurra.

Pego a pá e obedeço.

O solo está solto e cavo rápido, com a respiração pesada, os músculos das costas e das pernas quentes, com o sangue circulando. Quando finalmente atinjo o caixão, a pá escorrega pela tampa quebrada. O caixão está vazio, exatamente como o anterior.

— Isso não é por acaso — conclui Craven.

Devagar, Lucan balança a lamparina para a frente e para trás, procurando no chão. A luz mostra um ponto claro em meio à terra mexida. É uma concha redonda e lisa, deixada por algum amigo ou parente. Caso sua posição seja mudada, sinaliza que a sepultura foi violada. Ele se ajoelha devagar e pega a concha.

— Não, realmente não é por acaso — concorda.

De repente, compreendo quem fez aquilo e por quê. Meu coração bate rapidamente, meu corpo fica mais leve.

Lucan ainda está segurando a concha. Com cuidado, coloca-a sobre o monte de terra e levanta-se.

— Cubra as sepulturas com terra — manda.

———

Vamos para Kensington, onde os túmulos estão cobertos de folhas e ouvem-se as vacas ruminando e dormindo, do outro lado do muro. Sob a lápide de granito está o cadáver de um cavalheiro com a perna cortada na altura do joelho. Voltamos pelas ruas silenciosas, com o corpo ensacado no chão da carruagem. Lucan mal fala durante todo o caminho. Sentado ao lado dele na escuridão, sinto uma espécie de vertigem, tontura e enjoo. Em Blenheim Steps, acordamos Brookes e vendemos o corpo para ele, depois dividimos o pagamento e, com dinheiro na mão, deixo-os lá, ansioso para me afastar.

———

De volta à casa, o pátio está escuro, as janelas estão bem fechadas na neblina. Lá de dentro vêm vozes, baixas e indistintas, além do riso contido de Graves. Tento abrir a porta, mas vejo que está trancada. Faz-se um silêncio enquanto eu a forço.

— Quem é? — pergunta Graves.

— Gabriel — respondo.

A porta é destrancada, revelando o rosto estrábico de Graves, que abre apenas o suficiente para eu passar.

Há pouca luz e Caley está sentado com Rose e Walker.

— Ué, aprendiz, não esperava que voltasse tão cedo — diz ele.

O chão tem marcas de sapato enlameado e, pela porta entreaberta do quarto de Graves, vejo os sacos amontoados e amarrados.

— Você estava trabalhando — digo.

Caley olha para mim.

— E se estivesse? — pergunta.

Graves puxa sua cadeira outra vez ao lado da lareira; os contornos de sua boca demonstram sua costumeira ansiedade.

Caley pega uma garrafa sobre a mesa e passa-a para mim.

— Beba conosco — convida.

OS CORPOS FICAM NO QUARTO de Graves por três dias, meio cobertos por uma lona. Caley não parece se importar com o destino deles, mas estar satisfeito por deixá-los apodrecer, comidos pelos ratos que rastejam pelas paredes e tetos. Chego a pensar que os corpos foram esquecidos, mas no terceiro dia percebo que ele me observa da cadeira onde está sentado. Morde o lábio.

— Por que não vende os corpos? — pergunto, mas o jeito dele me faz calar.

—

Uma vez, há muito tempo, eu estava numa brincadeira de criança no palheiro da estrebaria, quando vi o filho do cavalariço entrar, sorrateiro. Eu devia ter uns 7 ou 8 anos. Alguma coisa no jeito dele, uma quietude, me fez parar, quieto.

Nós nos conhecíamos, mas não éramos amigos. O pai dele era um empregado, enquanto o meu era um cavalheiro, uma distinção que me isolava das outras crianças da casa.

Ele entrou furtivo numa das cocheiras e abriu um saco de grãos que carregava no peito. Dentro, havia um gatinho que eu sabia que era da cozinheira, um bichano rápido e ruivo que às vezes ronronava. Ao ser colocado no chão, sacudiu a cabeça como costumam fazer os gatinhos e começou a andar, o corpo só pernas e cauda. O menino pegou-o de novo e passou a mão pela cabeça do gato. Lentamente, deslizou a mão pelas costas do bichano uma vez, duas, até ele se aproximar e se esfregar nele, batendo as patinhas nos braços do menino.

O menino estava tão calmo que, quando segurou no pescoço do gato, este pareceu achar que era mero acaso, e apenas resmungou e se mexeu como para afastá-lo. O menino não o soltou, em vez disso, apertou-o contra o chão. Mesmo assim, a criatura pareceu não entender, mas eu, sim. Meu coração pulava enquanto ele sufocava o gato cada vez mais. Tirou um martelo da sacola e levantou-o por um instante no ar, antes de batê-lo com força na cabeça do gato uma, duas vezes.

Feito isso, largou o martelo e se inclinou sobre o gato, esperando para ver qual seria a reação do animal. Primeiro, permaneceu imóvel, com a cabeça ensanguentada e quebrada, mas depois tentou se levantar. Mexeu-se desajeitado; seus movimentos eram descoordenados, tentando se arrastar para longe do menino. Este aguardou o gato chegar quase na entrada da estrebaria, cutucou-o de novo várias vezes e ele caiu outra vez. O gatinho tentou levantar, o menino cutucou-o de novo e mais outra vez, impedindo que fugisse. Finalmente, o gato silvou e tentou morder o menino, apertando os dentes na perna dele, que sangrou. O menino o xingou, recuou a mão, agarrou o martelo e atingiu a lateral do gato, derrubando-o no meio da estrebaria. Os dois continuaram assim, o menino bloqueava a fuga do bichano com movimentos cada vez mais rápidos, até que pisou nele uma vez, e depois várias vezes, com o rosto pálido numa alegria selvagem. Durante todo esse tempo não me mexi, nem fiz qualquer som. Não por medo, não era isso que eu sentia, nem por raiva, mas por algo mais próximo do desejo, um sentimento secreto, horrendo e maravilhoso, que encheu minhas mãos, meu peito e minha virilha. O menino só parou quando o gato ficou imóvel, o corpo esmagado. Então, e só então, ele virou para cima, onde eu estava, e seus olhos encontraram os meus. Suas bochechas sardentas estavam respingadas de sangue. Eu não conseguia me mexer, nem desviar o olhar. Ele não disse nada, nem precisava, pois naquele momento percebi que ele sabia que eu estava lá o tempo todo. Então sorriu, e entendi a minha parte naquilo; o calor que senti não era de medo, mas de reconhecimento.

Às vezes, há dias em que não suporto que ela me toque. Como uma doença, o fato de eu saber que outros a tocaram, as mentiras que ela contou é onipresente; ela sussurra nos meus ouvidos e me persegue no sono. E quando a tenho em meus braços, é quase insuportável o asco que sinto não por ela, mas por mim, por tudo isso.

MAIS DUAS VEZES SOMEM corpos que pensávamos serem nossos. Em ambas, o trabalho foi muito bem-feito, de modo que sabemos não se tratar de meros ladrões ou amadores. Tenho certeza de que o culpado é Caley e, embora não saiba onde os esconde, ele está sempre aqui e assim suponho que os corpos também, escondidos em algum quarto silencioso.

Agora percebo que a presença dele é, de certa forma, poderosa. Não só pelo domínio que exerce sobre Graves, ou pela maneira como Walker o obedece, mas como seu temperamento preenche o ambiente. Suas alterações de humor são assustadoras e todos nós temos medo delas. Ele sempre me provoca, me instiga a reagir, para testar seu ânimo, mas prefiro o silêncio e ele se sente vitorioso.

Embora seja bobagem minha, sinto uma espécie de alegria selvagem ao ver Lucan ser traído assim. Pelos olhares, pelas palavras e por tudo o que faz, é possível perceber que não sabe quem é o responsável, embora nunca se descontrole, nem admita. Se fosse outro homem, isso seria admirável, mas na medida em que o vejo ser insultado pelas atitudes de Caley, não encontro nada digno de admiração; em vez disso, desprezo-o e a tudo o que me fez.

Estivemos em Whitechapel, depois em Clerkenwell. Dois corpos de criança, uma boca cheia de dentes, nenhuma grande aquisição, mas Lucan não reparte o dinheiro. Fica adiando, procurando uma maneira de nos prender a ele, mas eu estou irritado e preciso tomar meu ópio. Aqui e ali, as padarias estão abrindo as portas e Lucan nos manda comprar pão. O pão ainda está quente, mas tenho dor no estômago, não consigo comer.

Então, surge uma carruagem em meio à neblina. O cocheiro estendeu tábuas sobre a lama para uma mulher embarcar. Ela é pequena e seu rosto fica escondido no capuz do casaco. Mas, quando passamos pela carruagem, ela se vira e reconheço-a, não pelo rosto, mas pelo porte. Seu rosto pálido encontra o meu.

Na minha frente, Lucan olha para trás, acompanhando a carruagem com seus olhos negros e empapuçados.

— Tem gente que não devia dar o passo maior que as pernas — ironiza. Craven dá uma risada. Encaro Lucan, desejando apagar aquele sorriso da cara dele e de todos.

———

Com carinho, ela abre a minha mão.

— Como você fez isso? — pergunta, tocando meus dedos esfolados.

— Uma briga, não foi nada — despisto.

— E isso? — insiste ela, tocando nas minhas costelas com hematomas verdes e roxos.

— Trabalho, nada mais — respondo.

— Trabalho — ecoa ela, uma crítica embutida nas palavras. Ela não se mexe, mas sinto que se afasta.

Com uma raiva súbita, empurro-a com mais força do que pretendia, e ela perde o equilíbrio. Alguma coisa infla dentro de mim ao ver aquilo, um prazer, e, por um instante, a encaro, exultante.

A TERRA ESTÁ MEXIDA em todos os cantos, virada e espalhada, as sepulturas abertas.

— Cachorros! — xinga Craven, avançando, mas Lucan segura-o.

— Espera, vamos nos assegurar de que não há mais ninguém por aqui.

Craven abaixa a cabeça e segue andando ao lado do muro.

Lucan permanece imóvel. A lamparina que ele segura ilumina um corpo com a barriga enorme de tão inchada, o rosto virado para trás, num ricto de decomposição. Pouco além está outro cadáver, de mulher, a carne podre, com a lápide virada. Indiferente, Lucan faz a luz da lamparina passar de um corpo para outro, sem qualquer comentário sobre o que vemos. Dou um passo para trás e, na escuridão, pego uma garrafa no casaco e dou um gole.

— Morreram faz tempo — conclui Craven quando voltou. Lucan concorda com a cabeça. Ele se ajoelha diante do corpo inchado que está no chão e toca o rosto arruinado do cadáver. Depois, levanta-se e vai em direção ao portão. Ao chegar na minha frente, para e agarra meu pulso, num gesto tão rápido e doloroso que não tenho tempo de reagir.

— Larga esse veneno — sussurra, e com outro gesto rápido, joga meu braço para o lado, de forma que a garrafa escapa da minha mão. Fico olhando a garrafa cair e me controlo para não pegá-la.

Ĺ Á FORA CHOVE e o céu está amarelado, a luz encardida do amanhecer recai sobre todas as coisas. Graves dorme no quarto dele e ronca num assovio leve. Há uma garrafa ao lado da lareira. Ouço algo atrás de mim e viro, achando que é Caley. Não, é Craven, com o branco espectral dos olhos naquela luz ictérica.

— Tem mais alguém aí?

Nego com a cabeça.

— Quem poderia ser?

Ele dá um sorriso esperto.

— Talvez você possa me contar alguma coisa.

— Não sei de nada — garanto. Lentamente, ele acompanha as paredes da cozinha, parando em cada porta para olhar o interior, de cima a baixo. Na porta do porão, segura na maçaneta e gira-a devagar. Não a balança, nem faz barulho, apenas vira-a com força para ver que está trancada.

— O que você quer? — pergunto.

— Pouco, uma conversa, mais nada — diz, puxando uma cadeira da mesa e sentando-se.

— Então fale, pois estou cansado.

— Há um traidor entre nós.

— É mesmo? — Preciso me esforçar para manter o nível da voz.

— É — responde, me observando.

— Por que acha isso?

— Você sabe quem pode ser?

Nego com a cabeça e Craven permanece sentado por um bom tempo.

— Você está com má aparência, está doente? — pergunta ele, afinal.

— Não, apenas cansado.

— Pense no que eu disse — recomenda, empurrando a cadeira para trás e levantando-se. Depois que vai embora, alguma coisa começa a surgir dentro de mim, uma raiva. Uma vontade, de correr, de me jogar no mundo, algo incontrolável. Minhas mãos tremem e, por mais que me esforce, não param de tremer.

A PRINCÍPIO, ACHO que já passei por aquela situação. O tempo parece se repetir, gaguejando.

Lucan sorri.

— Não esperava me ver aqui? — Nego com a cabeça e recuo um passo.

— Por que recuou? Tem medo do quê? — Ele olha a cozinha vazia. — Onde está Graves?

— Saiu — respondo, e ele se cala. — O que você quer? — Esforço-me para ficar calmo, mas ele percebe algo pelo tom da minha voz.

— Por que tanta raiva? Não sou seu amigo? — Ele se aproxima. Sei que está bêbado por causa do olhar pesado.

— Não é raiva — respondo; ele toca meu rosto, os anéis de seus dedos frios na minha pele, o gesto quase terno.

— Raiva é bom, nos fortalece — filosofa ele. Alguma coisa se intensifica dentro de mim. Não chega a ser ódio nem medo, é algo mais terno, estranho, doloroso e violento. Ele segura meu rosto, balançando-o de leve, e sinto o cheiro forte de bebida.

Tenho a impressão de que ele queria falar mais, porém, duas pessoas surgem na escada e se assustam ao nos ver: Caley, com Walker atrás. No mesmo instante, Graves aparece na porta do quintal. Nenhum de nós se mexe.

— Então, é verdade — constata Lucan, em voz baixa.

Caley se esquiva, o corpo tenso como o de uma criança ao

ver algo desejado há muito tempo, mas no qual estava proibida de tocar. À porta, Graves continua parado, a boca entreaberta.

— Achava que eu não ia descobrir? — pergunta Lucan.

Caley não responde e parece prestes a fugir. Atrás dele, Walker treme, respirando pesado pela boca cheia de dentes estragados. Lucan abaixa a mão devagar e me afasto.

— Pensava que podia tomar isso de mim, não é? Um irlandês da sarjeta como você?

— Não, você está enganado, velho — diz Caley, com a voz trêmula de ódio, e Lucan apenas ri.

— Eu me enganei com você? Por entregá-lo aos presos? — pergunta Lucan, rindo e virando as costas. Caley o observa ir embora. Parece derrotado, mas tira uma faca do cinto e dá um passo adiante. Lucan vira para trás e olha a faca com desprezo.

— Pensa que tenho medo de você? — pergunta. Caley vai andando lentamente, balançando a faca à frente.

— Por que o negócio tem que ser seu?

Lucan ri.

— Porque eu fiz com que fosse meu — responde, baixo. Caley continua entre o ódio e o medo. Lucan olha por cima dos ombros de Caley, procurando Walker.

— Ande, John Walker, saia daqui comigo e esqueço a sua parte nisso.

Walker está pálido e tenso, mas Lucan captou alguma coisa nele. Mesmo assim, Walker não o segue. Por fim, Lucan olha outra vez para Caley e ri; este abaixa o braço.

— Lembre-se disso — diz Lucan, virando mais uma vez para a porta. Atrás dele, Caley olha a faca na mão. Percebo que estou tremendo, as pernas fracas e frouxas. Acabou.

Então, subitamente, Caley segura a faca com força. Move-se lentamente de novo e só então Lucan nota a presença dele, tarde demais. Com um golpe, Caley enfia a faca no peito de Lucan, os olhos brilhando de lágrimas.

No INSTANTE EM QUE a lâmina entra nele, tudo para. Como se a velocidade do tempo fosse reduzida e tudo fosse possível. A expressão de Lucan não é de medo, mas de incredulidade. Junto ao peito dele, Caley não se mexe, como se não quisesse acreditar no que havia feito. Então, uma golfada de sangue sai da boca de Lucan, grossa e quase negra. Os joelhos parecem estremecer num movimento convulsivo. Caley solta a faca, dá um passo atrás e as pernas de Lucan se dobram, o peso do corpo forçando-o a se ajoelhar. Levanta uma das mãos e tenta arrancar a faca do peito com uma expressão de choque, mas a mão não a alcança e ele fica tateando no vazio uma, duas vezes, até que finalmente cai de cara no chão.

Passamos um bom tempo imóveis, olhando o corpo de Lucan. Ele fica retorcido, caído sobre a faca de Caley. Embaixo do corpo vai se formando uma poça de sangue que se espalha pelas pedras do chão, um sangue grosso e escuro como o óleo que se usa nas frestas das janelas.

— O que você fez? — pergunto, por fim. As palavras parecem altas demais, artificiais.

Caley está pálido, confuso. Encostado na parede, Walker também não se mexe. Só Graves abre e fecha as mãos, trêmulo, ao lado da lareira.

— O que você fez? — repito, e Caley balança a cabeça. Talvez fosse negar, declarar-se inocente, mas permanece com uma expressão dura.

— Matei-o, devia ter feito isso há muito tempo. — Embora as palavras sejam seguras, o tom não é.

Dentro de mim, a raiva começa a se formar. Gosto do que ele fez, de certa maneira. Ele também, seu rosto demonstra isso, o olhar pálido, a emoção nauseante da possibilidade. Graves vem para o meu lado e fica olhando para o corpo, agitado, como se não conseguisse desviar o olhar.

COLOCAMOS O CADÁVER dele, ainda quente da vida efêmera, no buraco escuro sob o solo. Todos nós sentimos que havia algo irresistível naquilo. Quando o carregamos pela escada, Graves circula ao nosso redor, esticando as mãos ansiosas como que para ajudar, mas eu o afasto.

Mais tarde, na cozinha, ele senta na cadeira e fica balançando para a frente e para trás, os olhos nervosos grudados na mancha sobre as pedras, a voz idiota contando sem parar piadas e histórias sobre o assunto que não podemos comentar. Qualquer que tenha sido a loucura que tomou conta de Caley, ele mudou: bebe e olha ao redor como se estivesse à beira da aflição e precisasse beber para esquecer. Observando-o, também tenho vontade de estar longe dali, longe daquilo, mas não posso, não posso me afastar. Só Walker parece não compartilhar do momento, o rosto abatido, magro e cansado. Não consigo olhá-lo naquela noite, pois algo no jeito dele, na pena que sente e demonstra, parece horrível.

———

Passamos um ou dois dias lá, esperando que Craven venha procurá-lo. Deve saber que há alguma coisa errada e tenho certeza de que virá. No começo, aquilo me assusta, mas, à medida que os dias passam, percebo que o que eu sinto não é medo, mas entorpecimento, como se Craven não pudesse mais me fazer mal.

O tempo todo, o corpo dentro da cova embaixo da casa é como um peso que aumenta a cada dia, forte como a maré. Graves parece não esquecer nem afastar essa lembrança. Segue-me e insiste em falar no assunto, precisa falar. Caley também mudou; mas, enquanto Graves fica mais carente, Caley fica calado e afastado.

Lá fora, há muita neblina, os dias passam num lusco-fusco que parece não ter forma ou padrão. Saio da casa uma ou duas vezes para comprar ópio, beber ou apenas andar, porém, permaneço a maior parte do tempo trancado no meu quarto. Não durmo, ou durmo pouco, as horas passam depressa como se eu voasse sobre meus sonhos. Sei muito bem que consumo muito ópio, porém, é mais fácil ceder do que lutar contra a necessidade que tenho dele.

Quase não trabalhamos, embora as noites sejam repletas de segredos, envoltas em neblina e frio. Fomos uma vez a Bethnal Green e outra a St. Giles, mas pegamos só um corpo de cada vez, 12 guinéus e mais nada.

Uma noite, o corpo de Lucan sumiu, desapareceu como se nunca tivesse estado ali, e sobrou apenas o buraco onde ele estava.

A TÉ QUE ELA VEM, como sempre. O som de riso, uma voz feminina. Desço a escada e encontro Caley e Graves, os dois diante da porta do quarto deste último, como se fizessem uma reunião secreta. Walker está sozinho no canto, encolhido como se seu corpo tivesse dado um nó. Graves olha ao redor e, pelo jeito dele, noto que há alguma coisa estranha.

— O que foi? — pergunto. Graves olha para Caley, que sorri como se tivesse algo para me assustar.

— Nada importante — responde ele, com um sorriso cruel. Está pálido, com a mesma expressão daquela noite, aquela agressividade. Sinto um enjoo. Graves começa a dar seu riso idiota, como se Caley tivesse contado uma piada. Minhas pernas tremem quando me encaminho para a porta; Caley permanece imóvel, não bloqueia meu caminho, só abre espaço para eu passar.

Uma velha está sentada na cama de Graves, meio encostada na parede. Usa um vestido maltrapilho e gasto, com um xale sujo nos ombros, e segura uma garrafa com uma dose de rum. Ao me ouvir chegar, levanta a cabeça, parecendo farejar o ar piscando como uma míope.

— Tom? — pergunta. Confuso, olho em volta; nisso, Caley e Graves se aproximam, passam por mim e entram no quarto.

— Não, é só mais um amigo — diz Graves, mal conseguindo se conter. O rosto dele brilha com alguma alegria insana, seus olhos estrábicos parecem olhar tudo, exceto para mim. Caminha na direção da velha e estica a mão para lembrar a ela que está segurando a garrafa.

— Ele já vai chegar? — pergunta a mulher e Graves ri.

— Daqui a pouco. Agora, beba — diz ele, empurrando a garrafa para ela. A mulher ri muito, pega a garrafa com voracidade, põe na boca e bebe no gargalo. A boca desdentada amolece com a bebida, os lábios enrugados ficam úmidos e horríveis. Graves vira-se para nós e zomba dela, põe as mãos sobre o peito. Ao meu lado, ouço a respiração de Caley, rápida e quente.

— Quem é ela? — pergunto.

— Não ouviu? É a mãe de Tom.

Entendo, então. Sei muito bem que isso é errado. Mas tem uma força própria, e também uma espécie de liberdade de entrega. Devagar, Caley se aproxima da mulher.

— Tom? — pergunta ela de novo e Caley ri. Ele me parece muito jovem e terrível.

— Não, não é Tom — responde, e toca os cabelos dela. Ela murmura algo, bêbada, numa horrenda imitação de meninice, inclinando a cabeça para ele. Graves está de pé, fechando e abrindo as mãos, numa excitação palpável. Caley alisa o cabelo dela e me arrepio cada vez que faz isso. Encostada nele, a velha murmura algo e Caley ri, solícito. Então, num gesto igualmente abrupto, agarra o cabelo dela e enrola com força na mão, forçando-a a cair deitada no chão na minha frente. O movimento é ágil como o bote de uma cobra e choca pela agressividade. Assustada, a mulher grita.

— O que está fazendo? — resmunga. Caley apenas ri, segurando-a com uma mão e com a outra no pescoço dela.

— Por favor, tenho dinheiro, posso lhe dar 1 xelim... — diz ela, aos soluços. Caley não dá ouvidos, aperta o pescoço dela. A velha começa a chutar e reagir, revirando o corpo e dando socos nele.

— Segurem ela, segurem — grita Caley, mas Graves e eu não nos mexemos. É horrível o jeito que a prende, com o rosto pálido e os lábios apertados. A velha arranha o pescoço dele, sai sangue, mas Caley parece não sentir e grita outra vez para eu segurar os braços dela, contê-la. Dessa vez, obedeço e ajudo.

Percebo que ele sussurra palavras que devem ser de carinho, de amor, que logo se transformam em palavras de ódio.

— Não, me largue, quero ver meu Tom — resmunga a mulher. Caley pega a ponta do xale dela e, com dois dedos, enfia-o na boca da mulher. Tenho a impressão de que ela vai morder a mão dele, não consegue e cospe o xale, agitada e apavorada; ele enfia novamente o xale até ela não aguentar mais. Os olhos esbugalhados saltam do rosto, olhos que um dia foram azuis, acho, e agora estão amarelados como nicotina e cheios de veias vermelhas. Caley parou de falar, centrado em sua tarefa com uma clareza apavorante. Com a outra mão, segura o nariz dela, aperta-o e torce-o, enquanto ela luta e faz um som abafado, sem conseguir afastá-lo. Tenho a impressão de que ele não se move, mesmo quando ela reage, debatendo-se, até que, de repente, para.

Fico um bom tempo sem me mexer. Ela não força, nem empurra minha mão. Por fim, solto-a e me levanto. Tudo está como antes, embora nada seja igual: perto, Graves ainda treme de excitação, com a mão meio estendida como se quisesse tocar a mulher, mas tem medo. Caley está de pé novamente, o arranhão no pescoço dele tem um filete de sangue que brilha na pele. O xale sai da boca da mulher, cujo rosto está vermelho e os olhos, esbugalhados. Não sei como deveria me sentir, mas sei que não deveria estar calmo e, de certa forma, entorpecido, como se eu tivesse realizado algo que sempre esteve ali à espera, nem mais nem menos que o ato em si. Caley ergue o olhar e vejo novamente a selvageria da noite em que Lucan morreu. Desta vez, vejo também outra coisa nele, mais parecida com dor ou carência como se sentisse que alguma coisa que ele procurava estivesse escapando de suas mãos.

LEVAMOS O CORPO para o cemitério Guy, para vendê-lo ao agente do Sr. Astley. O cadáver está mole e solto dentro do saco.
— Ainda está quente — diz Barker, ao tocá-la, olhando para nós. Caley não responde, o corpo rígido, e aquele instante se prolonga tanto que sinto medo.
— Seu patrão não quer corpos frescos? — pergunto.
Barker olha para mim e sorri.
— É verdade, é verdade — confirma.
Quando voltamos para Clerkenwell pelas ruas escuras, tenho a impressão de estar fora do meu corpo. Estranho, não sinto remorso nem culpa, só uma espécie de irrealidade, como se uma parte do mundo tivesse mudado e nunca mais fosse a mesma. Devo estar bêbado ou cheio de ópio, pois as cores e os sons parecem mais fortes, mais brilhantes e, de certa maneira, distantes.

———

Que coisa simples, tirar a vida de alguém. No final, é tão simples quanto arrancar um dente ou cortar um pedaço de carne. Eu poderia dizer que fiz porque tinha medo de que ela nos traísse, mas não. Também não foi por prazer, ou por eu ter perdido o controle, pois estava calmo e lúcido. Fiz porque podia, porque naquele instante, naquele quarto, parecia mais fácil do que não fazer. E porque, ao matá-la, havia uma espécie de fuga, como se naquele ato eu estivesse desfeito e, naquele espaço de segundos, parado e livre.

Passa-se uma semana, rápida como água escorrendo. Não comentamos os fatos daquela noite, porém, eles estão sempre lá, entre nós, arrepiantes e poderosos. Graves tem a aparência mais diferente, a idiotice dele foi de certa forma contida, como se ele prendesse a respiração. Seu riso é menos frequente e ele dá menos atenção aos visitantes, torna-se mais exigente.

Caley também mudou, seu temperamento tornou-se mais sombrio e seguro. Antes, a violência dele parecia sempre prestes a irromper, mas agora ele está mais quieto, mais calmo. Meu dinheiro vai se esvaindo com o passar dos dias, como imagino que o dele também, mas não demonstra vontade de trabalhar, prefere sentar na cozinha com Graves, Walker e eu. Está alerta, algo dentro dele se mexe e rói, como faria um bando de ratos.

Uma noite, Rose aparece com Graves; Caley não reclama, nem a ameaça. Graves não deve ter guardado o segredo só para si, e Rose agora está precavida contra Caley, observando-o como se fosse um cachorro no qual não se deve confiar, prevenindo-se contra os sorrisos e seduções dele com olhares cuidadosos e mãos atentas.

A seguir, Caley traz um rapaz para a casa. A velha está morta há dez dias e Rose dorme no quarto de Graves. Embora sorridente, o rapaz é muito agressivo. Graves e eu estamos na cozinha e, ao nos ver, chama-nos de veados e diz que, se tocarmos nele, enfia um punhal no nosso rabo. Ele realmente tem um punhal e nos mostra: um objeto repulsivo, com a ponta quebrada e serrilhada. Aceita a bebida que Caley oferece e senta-se. Embora nenhuma palavra seja dita, sei o que se pretende fazer ali.

Damos rum misturado com láudano para ele beber, e dali a pouco ele está péssimo. É um rapaz sórdido, de topete, rosto fechado e cheio de espinhas. Apesar da expressão zangada, aceita o toque de Caley em seu rosto e fica me encarando, para que eu sabia que tipo de rapaz ele é.

— Mostre aquela faca para nós outra vez — pede Caley e, com um sorriso esperto, o rapaz mostra.

— Devolva-a depois — diz o rapaz enquanto Caley pega a faca com um sorriso. Graves para de rir.

— Ah, vou devolver sim — zomba Caley.

Quando chega a hora, ele morre facilmente, entorpecido com o láudano. Desta vez, não ajudo, só assisto quando Caley pega um travesseiro e o pressiona contra o rosto dele. Eu podia ficar lá fora, como se não tivesse entrado na sala, como se eu estivesse dormindo e sonhando com isso. Caley está totalmente concentrado naquilo; parece buscar uma resposta, uma libertação. Mas, quando o rapaz morre, depois de espernear, chutar e finalmente parar, Caley respira fundo, rápido e ansioso, e vejo que não é um sentimento de satisfação, mas de perda, que o faz estremecer, algo que acaba assim que ele faz.

Vendemos o corpo do rapaz para o carregador do Sr. Astley, como vendemos há dez dias o corpo da mulher. Recebemos 8 guinéus, o que parece muito pouco. Embora Graves não nos acompanhe, Caley guarda 1 guinéu e o entrega disfarçadamente na mão dele quando voltamos para Clerkenwell. Graves pega a moeda com Caley e permanece imóvel, como se temesse que fossem tomá-la de volta. A seguir, com um riso abafado, guarda a moeda no casaco.

Caley está mal, parece estar à beira de um precipício. Anda lentamente pela sala, pega as coisas na cornija da lareira e examina-as. Está insatisfeito. Depois, para na porta do quarto de Graves. Rose está lá dentro, dormindo. Caley entra no quarto e senta-se ao lado dela na cama. Ela murmura algo e se afasta um pouco, sem acordar. Graves avança lentamente para a porta, os olhos estrábicos se agitam. Ao meu lado, Walker está calmo, respirando pela boca desdentada. Tenho a impressão de que os olhos dele brilham de medo e também de lágrimas. Caley olha para Graves e suas mãos percorrem os cabelos de Rose.

O próximo é um aleijado de nome Matthiessen, que sufocamos como fizemos com o rapaz. Apesar da deficiência física, quando o seguramos na cama, ele luta, chuta e me acerta um soco que me faz perder um dente. Vendemos o corpo dele para Brookes, que nos dá 12 guinéus, destacando o fato de o cadáver ser fresco.

Brookes não dá atenção a Caley, e, apesar deste ser cuidadoso e gentil, eu percebo a maneira como ele nos observa.

———

Depois, na cozinha da casa de Graves, sentamos e bebemos, enquanto a chuva cai forte no quintal. Caley está com uma faca e enfia-a com tanta força no tampo de madeira da mesa que seu braço treme. Graves murmura algo, não sei se para si mesmo ou para Rose. Walker senta-se longe de nós, no chão, com os joelhos dobrados, próximos ao peito, encarando Caley. Arregala os olhos secos e lembro então como ele ficou quando matamos o rapaz, como se alguma coisa que ele amava tivesse morrido e nada mais fizesse sentido.

Não sei a partir de quando aquilo se tornou um hábito. No começo, parecia ser quase por acaso: uma noite de bebedeira, um novo amigo, a caminhada para casa. É como se fosse uma brincadeira cujas regras todos nós conhecemos, sem que ninguém precise nos ensinar. Mas, na verdade, não é por acaso, ou não totalmente. Cada vez que começa, sabemos como vai terminar, e isso nos consome. Esperar por aquilo é quase tão irresistível quanto o fato em si.

Vendemos os corpos para quem queremos: algumas pessoas devem desconfiar, mas nenhuma recusa as nossas mercadorias. Só tomamos cuidado com Brookes e o Sr. Poll. Dividimos o dinheiro por três: Walker, Caley e eu, guardando sempre 1 guinéu para Graves. Precisamos do dinheiro, mas às vezes ele parece mais uma consequência, sem ligação com o ato que a causa.

Depois de Matthiessen, houve uma escocesa cujo nome jamais soubemos, trazida por Caley numa noite gelada, atraída pela promessa de comida e lugar para dormir. Após ela, outro jovem, cego de um olho e meio bobo, que pedia esmola de manhã em Clerkenwell Green e a quem demos uma dose de láudano e sufocamos apertando o nariz. Houve também um rapaz italiano chamado Fido. E mais uma meia dúzia de pessoas, não consigo lembrar direito de todas, embora cada uma tenha nos dado uma sensação de urgência, de passar despercebido.

Não é que eu não entenda a natureza dos meus atos, nem que não sinta culpa. Mas esses sentimentos agora estão de certa forma sem sentido. Parecem pertencer a outro lugar, a outra época. Talvez seja por causa do ópio, mas tenho a impressão de que não sou eu que cometo esses atos, mas um sonâmbulo que, sem querer nem ter consciência, levanta a mão enquanto está dormindo. Como se eu estivesse oco, vazio por dentro.

LEVANTO-ME, COMPLETAMENTE leve. Às vezes, nas horas disformes que passam, acordo ouvindo vozes nos outros quartos, risos e gritos de dor, sonhos desconexos de um sono febril. Sob meu rosto, a lã da roupa de cama cheira mal e minha pele fina gela no dia frio. Lá fora, o mundo segue como um vazio.

Eles agora são mais assíduos, vêm duas ou até três vezes por semana. Mesmo assim, são poucos, entre tantos que existem. Talvez pudéssemos fazer isso eternamente, se fôssemos aos buracos escondidos da cidade; e ainda sobrariam milhares. Alguém deve saber, alguém deve ver. Mas não há qualquer boato ou temor por essas pessoas que somem, roubadas e colocadas numa mesa para ensinar anatomia a alguns alunos. Deve haver uma brecha, fico pensando; será que parentes e amigos não dão por falta deles? Mesmo assim, quando sento no mercado ou nas lojas onde se vende gim, não ouço nada sobre esse horror. As pessoas que pegamos devem ser fantasmas, pois outros gritam em toda parte para substituí-las, os rios da cidade engolem-nas de forma simples demais, sem serem lembradas nem citadas, como se jamais tivessem existido, jamais tivessem respirado.

DEMORO UM POUCO para notar que ele foi embora. É tão quieto, toma tanto cuidado para não ficar no caminho de ninguém. Caley senta em sua cadeira ao lado da lareira, lascando um pedaço de madeira com a faca. Lá fora, o dia está horrível, com as nuvens movendo-se rapidamente em um céu morto. Pego a garrafa que está sobre a mesa e bebo, sabendo que ele evita me olhar. Só então percebo que Walker não está em casa, não o vi em lugar nenhum. Há algo estranho nisso.

— Onde está Walker? — pergunto, mas Caley continua olhando para o pedaço de madeira, sem parar a faca. Sinto um aperto no peito.

— O que você fez com ele? — pergunto de novo, mas ele continua tirando lascas, a faca mais rápida. Não consigo tirar os olhos da lâmina.

— Por que você não fala? O que está escondendo de mim?

Na cadeira, ele comprime os lábios.

— Diga onde ele está. — Minha voz é mais dura e treme. Tenho vontade de ir até ele, segurá-lo pelo braço e virar o rosto dele para mim, mas tenho medo de seu olhar fixo, do movimento da faca.

— *Diga* — repito, e finalmente ele se levanta e joga a madeira num canto. Ela bate com estrépito nas pedras.

— Foi embora — diz, a voz falhando, desafiando-me a contradizê-lo. De repente, parece bem jovem, volta a ser um menino, pouco mais velho que eu. O rosto demonstra mais dor do que raiva, a dor é tanta que acho que ele vai se ferir.

—

Mais tarde, acordo e ele está sentado na minha cama. Não sei por que faz isso, jamais entrou no meu quarto, fica só na porta, como se temesse o que tem lá dentro ou tivesse medo de mim. Ele senta de costas para a parede, com os joelhos dobrados. Talvez eu devesse ter medo dele, mas não acho que vá me fazer mal, tão deslocado parece. Ele tem alguma coisa na mão. Devagar, me levanto e vejo que é meu medalhão. Com o dedo, ele desenha o rosto dela no vidro.

— Era sua mãe? — pergunta.

Concordo com a cabeça, calado. Ele não tira os olhos do rosto dela.

— Você a conheceu?

— Não. E a sua mãe?... Lembra dela? — pergunto, calmo.

Ele fecha a cara.

— Às vezes — responde. Ao ouvir a voz baixa, com sotaque irlandês, tento imaginar o cortiço dublinense onde nasceu. — Se eu tivesse um retrato dela, talvez me lembrasse mais.

— Talvez — concordo. Ele passa um bom tempo olhando para o meu medalhão. Quando fala, está mais calmo.

— Não aconteceu como você pensa.

— O quê? — pergunto.

— Eu tive de fazer, ele não me deu outra escolha, não entendia. — Vira para me olhar, buscando minha atenção, carente de tantas coisas que não posso dar. Por fim, desvio o olhar.

— Sei, compreendo — digo, embora algo dentro de mim contradiga essas palavras.

Depois que ele sai, tiro a rolha da minha garrafa e bebo, desejando estar longe dali. O ópio é amargo, deixa um gosto acre na minha garganta. No dia anterior, tinha andado sozinho pelas ruas de Bloomsbury, olhando pelas janelas. Homens e mulheres movendo-se em seus pequenos mundos iluminados, falando e rindo, lendo e ouvindo. Gostaria de procurá-los, de entrar e voltar a ser da mesma espécie que eles. Mas eu sabia que não podia fazer isso, que eu tinha saído do mundo e ido mais além.

DEPOIS QUE WALKER se foi, algo mudou entre nós. Sabemos que agora estamos atados um ao outro. Caley parece mais agitado, mais irritadiço e, ao mesmo tempo, mais calmo. Nós mal nos falamos, mas há uma intimidade, uma impressão de que compreendemos o outro melhor do que gostaríamos.

Graves também percebe tudo isso ao ver que Walker se foi, mas não pergunta nada. Antes, ele bajulava Caley, mas agora parece quase ter medo dele, prefere ficar resmungando ao lado da lareira. Quando chega no corredor, aproxima-se de mim, com seu olhar estrábico, põe a mão no meu peito e pergunta o que sei, o que foi que Walker fez. Mas sinto repulsa por essa fascinação carente e deixo-o ali sem uma palavra, passo por ele e entro no meu quarto.

Naquela noite, ele fica estranho conosco, distante e esquisito, e, quando Caley o rodeia, ele escapa, levanta a mão e dá uma risadinha como se tivesse enlouquecido, depois chora inconsolável. Se fosse outra noite, eu poderia achar que eram sinais de certo arrependimento, mas ele se diverte com o nosso trabalho.

Sei que deveria me importar, mas não me importo. Cada um deles tem alguma coisa que me entorpece. Mesmo que isso me prenda ali, sinto uma desesperança, uma sensação não de fazer algo errado, mas de fracasso. De alguma coisa que antes estava ao meu alcance e escapou.

Perto de St. Pancras, onde a hera cresce nos muros e a água escorre entre as pedras, ouço um barulho, o som calmo de alguém escondido, alerta. Do meio das sombras à minha frente, Craven surge na escuridão. Reconheço-o na hora pelo jeito de andar, o corpo inclinado para a frente. Atrás dele está Bridie e outro homem, que não conheço. Craven segura uma pistola e aponta-a para nós.

— Então, é verdade — conclui.

A maca está pesada e abaixo-a com cuidado, sem saber o que ele vai fazer. Na minha frente, Caley não se mexe, só olha o cano da pistola.

— O que você veio fazer aqui? — indaga ele.

— Eu deveria perguntar o mesmo — retruca Craven. Dá um passo à frente e pega a maca, ainda segurando a pistola. Com uma mão, retira os gravetos que cobrem nosso fardo.

Alguma coisa o preocupa, algo que ainda não é compreensível para ele. Caley também dá um passo à frente e Craven aponta a pistola para ele.

— Onde está a sua sombra, aquele cachorro maldito que você chama de amigo? — pergunta Craven. Por um instante, penso que Caley vai atacá-lo, mas não. Craven abaixa a arma e vira-se para mim.

— Uma vez eu disse que nós éramos idiotas por deixarmos você por perto. Agora vejo que eu tinha razão — diz.

Depois que se retiraram, Caley e eu pegamos a carroça e vamos embora, um sem querer olhar para o outro. Caley apressa a carroça, está irritado. Sigo-o, embora não de perto, alguma coisa me sufoca. Ouço Caley respirar com dificuldade, o hálito quente; o sangue lateja na minha cabeça como ondas batendo ao longe.

Estou na cozinha com Graves, ao lado do fogão, quando Caley entra. Do outro lado da mesa, Graves ergue o olhar, vejo que está com medo. Passou a noite toda calado e agitado, mas até então isso não me preocupou.

— Onde ela está? — pergunta Caley, avançando sobre a cadeira onde Graves está sentado.

— Ela, quem? — Graves se levanta e recua.

— Não minta para mim. — Caley agarra Graves pelo colarinho e o empurra. Embora Graves seja bem mais alto, o braço de Caley é mais forte.

— O que há? — pergunto, levantando-me.

— Ele nos traiu, disse ao velho Barker que tem um corpo para vender — diz Caley.

— Não, se tivesse, eu dividiria o dinheiro com vocês — protesta Graves.

— Onde ela está? O que você fez com ela?

Graves começa a chorar, Caley tira uma faca do cinto e encosta no pescoço dele.

— Não me provoque — diz, obrigando Graves a se ajoelhar.

— Por favor, eu não queria, foi um acidente — balbucia Graves.

Caley aperta a faca no pescoço dele.

— Não vou perguntar outra vez.

— Tenha piedade — grita Graves. Caley solta-o, Graves tropeça e passa a mão no pescoço para ver se foi ferido. Ainda chorando, olha de Caley para mim e vice-versa. Caley se adianta, levantando a faca outra vez. Graves recua.

— Vou mostrar para você — diz.

Ele nos leva ao porão, onde há o corpo de uma moça dentro do balde de carvão, com um braço para trás, disposto de forma pouco natural, a mão fechada no que parece um gesto de dor. É jovem e bonita, embora esteja preta de carvão. O rosto está arranhado e a boca, aberta, mas não há outros sinais de morte. Mesmo assim, quando Caley e eu a retiramos do balde, vemos que ela recebeu um golpe na parte posterior da cabeça, que tem vários ossos quebrados e sangue coagulado. Está rígida, precisamos arrumar as pernas e braços de maneira que pareçam estar em paz. Atrás de nós, Graves parou de chorar e, embora não se aproxime, fala conosco enquanto trabalhamos.

— Vão me pagar pelo corpo dela, não? — pergunta, fungando. Caley vira-se para ele e desvia o olhar, com a cara e os braços sujos de carvão.

— Não devíamos pagar nada, para você aprender a ser honesto.

Graves aponta para mim.

— Ele vai ficar com a metade do dinheiro para levá-la aos malditos anatomistas?

— Vai — concorda Caley e, sorrindo, mexe dentro do casaco. — Fique com esse dinheiro e não fale nada — diz, estendendo duas moedas de ouro.

Zangado, Graves estende a mão, Caley aproveita para segurá-lo pelo pulso e puxá-lo para perto.

— Se nos trair novamente, venderemos o seu corpo — ameaça, duro, com a boca encostada no ouvido de Graves.

A LUA PARECE UM OLHO claro no céu. Meu corpo estremece, atento aos sussurros ao redor. Mais uma vez, tomei ópio demais. A noite está fria, mas vago pelas ruas. Sinto uma ruptura na superfície do mundo, a qual deixa transparecer o que há abaixo dele.

Encontro-o numa rua, na frente de uma taverna perto de Clerkenwell Green.

A princípio, ele não me vê, mas, quando me aproximo, vira-se e tenta se esconder; percebo então que há algo errado.

Está com dois homens que devem ser tecelões e me olham desconfiados.

— Não deixem ele se aproximar de mim — pede.

Um dos homens vem em minha direção e Graves se esconde atrás dele.

— Graves, por que se esconde de mim? — pergunto.

— Por que você quer me matar — responde ele. Fico nervoso ao ouvir essas palavras, olho para os dois homens e dou de ombros.

— Ele é meu amigo, não vou maltratá-lo — explico.

— Ele diz que conhece alguns ladrões de cadáveres — diz o homem mais alto, dando a entender que devo ser um deles.

Balanço a cabeça, negando.

— Ele fica idiota quando bebe — digo. Olhando por cima deles, sorrio para Graves.

— Escute, não somos amigos?

Graves me olha fixamente enquanto caminha na minha direção, trôpego.

— Não é dele que tenho medo — diz, numa voz aduladora, parecendo mais infantil do que nunca. Olho para cada um de seus protetores.

— Acho que seria melhor ele ir para casa. A noite está fria e ele pode adoecer — sugiro. Eles ficam parados na minha frente, como se estivessem indecisos e, sem uma palavra, abrem caminho. Seguro Graves pelo braço.

— Vamos, vou lhe ajudar a ir para casa — digo, o mais animado possível.

Ao luar, a neve parece reluzir, com marcas escuras de pegadas que parecem poças. Enquanto andamos, Graves segura a manga da minha camisa.

— Não consigo, estou condenado, todos estamos. — Tenho vontade de estapeá-lo, pois sua idiotice vai nos entregar, se é que já não entregou. Conduzo-o pela ruela estreita até a porta de casa. Não sei direito o que pretendo fazer depois de largá-lo lá e ir procurar Caley. Mas Caley já está sentado, esperando. Ao vê-lo, Graves se encolhe, mas não vou deixá-lo fugir. Empurro-o porta adentro e fecho-a.

— Onde o encontrou? — pergunta Caley.

— Numa taverna, implorando pela própria alma.

— Cachorro tem alma? — Caley observa-o e percebo que não vi tudo. Mas ele me surpreende ao se aproximar de Graves e segurar o braço dele, atencioso.

— Sente-se — ordena. Graves se deixa ser conduzido por Caley para a cadeira ao lado da lareira. Lá, Caley oferece uma bebida e por um momento parece que está tudo certo entre os dois.

— Você precisa tomar cuidado. Se nos descobrirem, seremos todos enforcados — diz ele.

Graves para o copo de bebida, funga e olha para nós dois.

— Pelo que vocês fizeram, merecem ir para a forca.
— Você também participou — lembro a ele.
Graves olha para mim.
— É, mas pelo menos não sou um maldito ladrão de cadáveres. — Ele ri fazendo um som idiota e inconveniente.
Atrás de Graves, Caley esconde alguma coisa na mão. Talvez Graves tenha percebido o movimento dos meus olhos e começa a virar; nisso, Caley enfia um formão na cabeça dele. Não deve ter levado mais de um segundo, menos até, mas parece ocorrer de forma tão lenta que as diversas partes podem ser separadas: o rosto de Caley; o movimento da lâmina para cima e para baixo; a percepção de Graves sobre o que vai acontecer e os dois se afastando, parecendo recuar até que, numa súbita investida, se encontram e ouve-se o som horrível da lâmina entrando no crânio de Graves.
Graves não cai, mas dá um grito abafado e desmorona. Primeiro, acho que entendi algo errado, que a lâmina resvalou, ou atingiu uma parte sem gravidade, mas aí vejo a alça do formão saindo de trás da cabeça dele, a lâmina enfiada vários centímetros.
— Ah, não, o que você fez? — grita Graves, apalpando a parte de trás da cabeça. Segura o formão como se não acreditasse bem no que descobriu.
— Vai me entregar, vai? — sibila Caley.
— Eu nunca entreguei você e agora me mata — diz Graves. Continua com a mão na alça do formão sem conseguir retirá-lo. O sangue começa a borbulhar do corte, escorrendo e manchando o colarinho dele.
Graves gira o corpo para me olhar e estende a mão.
— Por favor, me ajude, tire isso — implora. Balança o corpo, faz uma careta e as lágrimas escorrem pelo rosto dele. Olha de novo para Caley e, de repente, caminha para a porta. Por segundos, ele tenta abrir a maçaneta, mas Caley vai atrás dele e segura-o pelo pescoço. Graves anda mais devagar, tropeçando

e girando como se estivesse bêbado ou drogado, mas ainda com força para escapar.

— Me ajude, me ajude — implora inutilmente, as lágrimas ainda escorrendo. Olho para ele e percebo que não me importo mais com o que acontece ali, só quero terminar aquilo. Calmo, sem pressa, pego o atiçador da lareira. Graves levanta o braço e acerto-o com tal força que o golpe reverbera no meu braço; bato de novo, com mais força, atingindo o rosto. Mesmo assim, ele não cai, então bato mais duas vezes como quem chicoteia um cão, sem parar, até que finalmente fica de joelhos, cai de cara no chão e fica inerte.

Levamos o corpo de Graves para a casa de Brookes. É loucura levar um corpo tão mutilado, mas Caley não aceita esse argumento. Está pálido e furioso, e tenho medo dele, algo que não sentia há semanas. Caley e eu andamos depressa pelas ruas escuras, sentimos o cheiro forte e desagradável do rio, um odor de enxofre. Caley conduz a maca com ódio.

Quando chegamos, Brookes está dormindo, então somos atendidos pelo aprendiz. Brookes aparece de camisolão, como de costume, as dobras sujas ondulando sobre o corpo gordo. Ao ver que somos nós, ele assente e esfrega as mãos; lembro como foi gentil comigo. Naquela noite, o tempo parece descompassado, sinto o cheiro do sangue de Graves sobre minha pele.

— Sabiam que estou sem corpos? — pergunta ele, estudando-nos com seus olhinhos.

— Compre esse e corte-o em pedacinhos — diz Caley.

Brookes olha-o, curioso.

— Deixa eu ver primeiro — diz. Nesse instante, tenho vontade de estar longe dali, daquela casa, e olho para a claraboia no teto. — Vou lhe ensinar uma coisa — diz Brookes para mim. — Sabia que os hinduístas acreditam que a vida não tem um começo e um fim, mas segue em círculo? Para eles, morremos para nascer de novo, sempre.

— Que crença estranha — digo, e Brookes concorda.

— Talvez, talvez — diz. Levanta o pano para ver o rosto de Graves. Está com a língua de fora, os olhos entreabertos de morte. Sou tomado de tristeza por Graves estar ali, por não dar mais seu riso idiota. Pobre Graves, penso, e as lágrimas surgem, incontroláveis. Brookes segura o queixo do cadáver. Devagar, retira a mão e passa-a pelo peito, pelo braço. Lembro então que o corpo ainda está quente e preciso me controlar para não rir. Com a outra mão, Brookes toca no rosto mutilado de Graves e tira parte do couro cabeludo no local onde o formão penetrou. Olha o corpo por um bom tempo; depois, lenta e cuidadosamente, tira a mão e limpa-a no camisolão.

— Podem levar isso. — A voz dele é normal, mas vejo que se esforça para manter a calma.

— Por que recusa o corpo? — exige Caley, aproximando-se como que para ameaçá-lo. Brookes vira-se para ele.

— Vou fingir que você não me perguntou isso — diz, cobrindo de novo a cabeça mutilada.

Só volta a falar quando chegamos à porta.

— Não venham mais aqui, não vou deixar vocês entrarem na minha casa novamente.

—

Ouço o baque surdo e forte, viro-me. Não sei o que causou o barulho. Atrás de mim, dois homens estão de pé segurando um grande espelho no espaço entre a porta e uma carroça cheia de móveis. Eles também ouviram e ficamos os três parados, olhando ao redor.

Então, vejo. Há um pequeno corpo escuro sobre as pedras da rua que acabaram de ser varridas. Os olhares dos homens seguem-me quando me inclino para tocá-lo. É uma andorinha, com o pescoço quebrado e as asas caídas. Imediatamente, sei que ela se chocou com o espelho, atraída pela própria imagem, fazendo um arco apressado para bater naquelas profundezas foscas. Pego o corpinho quebrado, tão pequeno que cabe numa só mão. Ainda está quente, o coraçãozinho parou há pouco. Uma vida mínima, tão facilmente finita, e começo a soluçar, enquanto os homens colocam o espelho na carroça. Um deles tira um pano do bolso e limpa a pequena marca que a andorinha deixou no espelho.

николая SEI COMO VIM parar aqui. Pareço estar saindo de mim, como acontece quando uma lente fica desfocada. Não posso voltar para a casa, pois Caley está lá e sei que veria isso em meus olhos. Estou à beira do rio, onde costumava caminhar com Robert. Não tenho notícias dele e sinto sua falta. Andei o dia inteiro. Tenho que tomar uma decisão, embora, na verdade, ela já tenha sido tomada. A única dúvida é como proceder.

—

É fácil encontrá-lo. A neblina está densa, por isso ele só me ouve quando estou quase em cima dele e chamo-o. Ele gira o corpo, põe a mão no cinto, e seu olho branco me fita, cego.

— Sou eu — digo. Ele dá a impressão de que está pensando em me matar ali mesmo.

— Vá embora, rapaz, aqui não tem nada para você.

Não me mexo e ele dá um passo adiante.

— Não ouviu o que eu disse?

— Queria falar com você.

— O que poderia me dizer que eu quisesse saber?

— Informações sobre o assassinato de Lucan.

Ao ouvir o nome de Lucan, ele se retesa.

— Ele foi assassinado?

— E o corpo, dissecado — acrescento.

Num gesto repentino, Craven se adianta, agarra meu colarinho e me obriga a ajoelhar. Ele é magro, mas ágil e, forte, e antes que eu possa reagir, aponta uma faca para o meu olho.

— Quem o matou? — pergunta.

— Caley — respondo, e ele aperta ainda mais minha garganta.

— E você, qual foi a sua participação? — exige.

— Estava lá, mas não participei — digo. Craven fica me segurando, a faca a poucos centímetros do meu olho. A neblina atrás dele faz com que pareça envolto numa luz amarelada.

— Por que veio me dizer isso?

— Por que quero justiça.

Craven abaixa a faca.

— Por que eu confiaria num traidor?

— Não devo nada a Caley — digo.

Craven me deixa levantar.

— Então, diga quais são suas intenções.

Q UANDO BATO na porta, ela está dormindo.
Mary preferiria me dispensar, mas deixa que eu entre. Não sei direito o que quero fazer: talvez, acordá-la, pedir perdão. Mas, ao entrar no quarto dela, não consigo tocá-la. Está escuro, as cortinas impedem a entrada da suave luz noturna. Lá fora, o ar está parado e frio, mas ali é aconchegante. Ela está deitada de lado, como sempre, com um braço esticado, o rosto voltado para baixo, meio escondido no travesseiro. Pergunto a mim mesmo para onde vamos quando dormimos. Voltamo-nos para dentro e não encontramos nada, perdidos entre as formas do sonho. Estou bem consciente do erro, sei a parte que me cabe. Ao olhar para ela, entretanto, gostaria de poder dizer que vou fazer as coisas certas e que tudo o que foi feito pode ser desfeito. Estou cansado e tenho vontade de deitar ao lado dela. Após um tempo, um minuto, talvez mais, ela murmura, mexe o corpo, virando o rosto para o outro lado. Saio do quarto, vou embora.

MANDO RECADO dizendo que quero encontrá-lo. Ele está sozinho na casa há dois dias e tenho medo do que possa fazer, sem ninguém.

Ando, mas tenho a impressão de flutuar. Não dormi e a noite está fria, sopra um vento áspero. De manhã, quando acordo, digo a mim mesmo que não vou tomar ópio, preciso estar calmo e lúcido à noite, mas bebo em algum lugar, depois em outro, seu peso pressionando meus olhos.

Quando chego ao local combinado, penso que estou atrasado ou adiantado ou, talvez, ambos. Vamos nos encontrar no jardim do cemitério de St. John, um lugar estreito e murado. Sei que já estive lá, não me lembro quando. O tempo passa sem que eu me dê conta.

Ouço então a voz dele.

— Aprendiz — chama. Assustado, viro-me e vejo-o ali.

— O que foi? Pensou que eu não viesse?

Nego com a cabeça.

— Por onde andou? — pergunta ele.

— Por aí... — digo. Ele dá um passo adiante, recuo, ele para.

— Por que se afasta? Está com medo de mim? — A voz dele falha, dura como uma arma. Ele segura alguma coisa pesada.

— Não, não estou.

Ele estende a mão e quase me toca.

— Então, o que você quer? — pergunta, com voz trêmula.

Ouço um barulho e, sem pensar, viro-me. Ele também se assusta, agarra meu colarinho e me encosta no muro.

— Não é ninguém — digo. Mas, quando me empurra contra o muro, vejo que está com os olhos marejados.

— Você vai me entregar? — quer saber, pressionando o corpo contra o meu.

— Não, não vou — garanto.

O rosto dele mostra o que nós dois somos. Vejo-o inchar e crescer, como ternura, ou amor.

— Por favor — peço, e ele recua. Penso em correr, pois finalmente entendi. Fui traído por todos.

Ele não olha para mim, mas para uma pá largada junto de uma sepultura próxima. Dá um passo e segura o cabo da pá.

— O que está fazendo? — pergunto, e ele ri.

— Não achava que eu ia deixar você me matar, não é?

— Deixe eu ir embora e nunca mais vai me ver — imploro e Caley assente. Animado, tento me afastar, mas ele gira o cabo e a pá corta o ar a centímetros da minha cabeça, enquanto dou um passo atrás. Perto da cerca há uma árvore e aproveito sua sombra escura para pular o muro; estou quase conseguindo quando sou agarrado no escuro e derrubado na lama fedorenta. Uma mão agarra meu rosto, tento me desvencilhar, mas sou atingido na cabeça por trás, um golpe forte que me deixa de joelhos. Tento me levantar, mas sou atingido novamente, várias vezes. Tenho a impressão de que deve ser a pá.

Uma mão me agarra, rolo de costas e sinto o peso de um joelho sobre o peito.

— Vai me trair, não vai? — ele quer saber, e percebo sua voz falhar. Vejo tudo vermelho e uma luz brilhante. Ele então me segura pelo pescoço, joga minha cabeça nas pedras, desmaio e tudo fica escuro.

ACORDO SEM DESPERTAR DIREITO, apenas saio de uma espécie de torpor para outra escuridão. Não sei onde estou. Vejo o céu, embora não o reconheça de imediato. Uma faixa de luz, uma nuvem escura passa rápido. Fico deitado, olhando para o alto. Sinto a terra embaixo de mim, mexo-me no vazio. Estou com frio e tudo está escorrendo para cima, como o calor que acaba na noite. A lua minguante. Tento me mexer novamente, não consigo, ou meus braços não conseguem, então viro a cabeça para trás e vejo a lamparina, a cova aberta. Flutuo, liso como uma pedra.

À seguir estou no alto, e a cova aberta, embaixo. Uma cova de indigente, com os corpos enrolados e empilhados uns sobre os outros, anônimos. Com uma estranha clareza, compreendo o que está acontecendo, o que Caley quer fazer. Ele traz cada um dos corpos e alinha-os à beira da cova. Então, vejo-o pegar o corpo que reconheço como meu e, aproximando o rosto, cochicha algo que não escuto e empurra-o na cova.

Estou embaixo e em cima.

Então, um por um, os cadáveres caem em cima de mim, suas formas embrulhadas em panos rolam sobre meu corpo. Fico com medo, faço força e luto, mas meu corpo não me pertence mais, não se mexe. Tento gritar e a voz é muda, como se fosse um pesadelo do qual não posso acordar. A terra continua sendo jogada, sinto seu mau cheiro enquanto meu corpo parece cair na escuridão sufocante, pesando como se eu não fosse morrer, mas desnascer e desfazer, retornar ao ventre de onde vim. Subitamente, acho que entendi. O tempo não é um rio, mas um prisma, no qual somos partidos e divididos como a luz. Então, as últimas pás de terra caem e fica tudo parado.

O Reino dos Pássaros

Nova Gales do Sul, 1836

N O COMEÇO, NÃO É NADA, ou menos que nada. Uma espécie de hesitação no ar. Bourke está caído sem se mexer e em volta só há silêncio, exceto o farfalhar da moita. No espelho raso da superfície lisa da água, as nuvens passam, mudas, o voo de um bando de *currawongs* atravessa o céu como uma pedra que está sempre caindo sem nunca atingir nada. Por todo canto, o mundo se desenrola.

Viro a mão e olho-a. Faz parte de mim, mas parece que tem outras vidas por baixo da pele. A água escorre dela lentamente, em gotas, vagarosas como uma pluma caindo. O sangue circula dentro de mim.

Olhando para cima, vejo-os. Silenciosos, numa pedra do outro lado do riacho, tão perto que podíamos nos falar. Não sei há quanto tempo estão lá, embora só nesse momento tenha-os visto. Parece que estão lá desde sempre ou até que já se foram, como se meus sentidos estivessem equivocados, ou o próprio tempo.

Cada um tem várias lâminas na mão, leves e esguias, que dão a impressão de voar. Ao mesmo tempo, eles não parecem vestidos para a caça, mas para algum ritual, seus rostos e corpos pintados com círculos e linhas brancas. A pintura não os faz parecerem homens, mas fantasmas, o que talvez sejam.

Levanto-me. Eles não falam, nem se mexem, embora por um instante eu pense que eles vão dizer alguma coisa que dê sentido a isso, em alguma língua que todos nós conhecemos.

Mas não dizem nada e se levantam, observando tudo com olhos profundos e brilhantes sob as testas pintadas.

Não sei quanto dura isso. Apenas alguns segundos, ou mais, embora o tempo pareça se esticar de forma impossível. E aí, de repente, a luz oscila, como se passasse uma nuvem por cima de nós. Nas profundezas enferrujadas da água, um raio de luz sobe e some. Rápido demais, penso, como se fosse apenas um pássaro voando contra o sol. Mas é o bastante para quebrar o encanto que nos prende ali. Do outro lado do riacho, o menor dos dois homens recua e desvia o olhar. O maior faz a mesma coisa e, sem um som, os dois somem na vegetação rasteira.

Quando, finalmente, tiro os olhos do espaço que eles deixaram, vejo que Bourke continua lá, segurando a rédea do cavalo. Vemo-nos e, por um breve instante, somos iguais. Ele desvia o olhar como se existisse alguma intimidade entre nós, a qual nos tornaria mais próximos do que gostaríamos.

Ele só fala no assunto depois, quando estamos na estrada, rumo ao acampamento. Está ficando tarde e, acima de nós, os pássaros voam e fazem um círculo no céu poente.

— Antigamente, eles achavam que nós éramos espíritos — diz ele, sem virar para mim na sela. — Que a cor pálida da nossa pele era a cor dos mortos e que seríamos antepassados deles, mais uma vez perdidos e vagando pelo mundo dos vivos.

Eu já tinha ouvido falar nessa história e lembrei do jeito silencioso que eles olharam para nós do outro lado do riacho, as máscaras espectrais da pele pintada surgindo imaculada na minha memória. De repente, ele vira-se para mim e pergunta:

— Você nunca achou que não somos muito reais aqui? Que essa terra não é nossa?

Na luz cambiante, o rosto dele é ilegível, então deixo a pergunta sem resposta.

ESTOU NA COLINA com Joshua quando vejo os cavalos na trilha, subindo lentamente a encosta. Absorto em desenhar, Joshua não os nota, seus olhos passam da paisagem para a folha de papel e vice-versa. Só quando os percebe, fico sabendo que viu o pai ali. Observa o grupo novamente, depois passa ao desenho, determinado, embora tenha perdido a fluidez de antes; a mão se move canhestra no papel.

Na medida em que eles se aproximam, levanto o braço para cobrir os olhos com a mão; o dia está claro e brilhante. Bourke puxa as rédeas de seu cavalo e me cumprimenta levando a mão ao chapéu.

— Imaginei que você estaria aqui — diz, embora eu tenha certeza de que ele queria encontrar Joshua, que continua debruçado sobre o caderno, e não a mim.

— Está passeando? — pergunto, e Bourke confirma com a cabeça.

— Aqui por perto. Já conhece nosso novo vizinho? — pergunta, indicando com a mão o companheiro.

— Não tive o prazer — digo, ainda cobrindo os olhos com a mão.

— Edmund Winter — diz o homem a cavalo. É magro, tem 30 e poucos anos, cabelos negros, e vejo que é um bom cavaleiro. Embora seja cuidadoso com as palavras, não me estende a mão. Joshua deixa a pena de lado.

— Thomas May — me apresento. Viro para olhar a colina.
— Você comprou a propriedade dos Wemy?

Ele talvez considere minha pergunta desagradável, pois demora mais tempo a responder do que seria educado.

— E também as terras ao norte.
— Mas é novo na colônia?

Winter me encara.

— Sou.

Ele tem a boca meio grande e grossa no rosto ossudo; em outro homem, isso poderia dar um toque sensual, mas nele lhe confere uma aparência meio cruel.

— Quando um perde, outro ganha — diz Bourke, bem-humorado, mas Winter olha-o como se não gostasse da frase.

— O que acha daqui? — pergunto.

Winter sorri de leve.

— Bem bonito — responde.

Depois que foram embora, digo para Joshua voltar ao desenho. À oeste estão as terras que um dia foram do major Wemy. Ficaram abandonadas por três anos, com os campos cheios de mato. A plantação fora vendida pelo testamenteiro enquanto procuravam o primo que o major designara como herdeiro e o informavam de como ele tinha sorte. Ouvi dizer que ele era procurador em Somerset, ou Surrey, mas não tinha qualquer vontade de conhecer aquelas terras que recebeu inesperadamente. Bourke passou um tempo pensando em comprá-las, assim como outros, mas, um por um, todos desistiram, e assim o corretor teve de buscar comprador em outras paragens.

Ao meu lado, Joshua deixa de lado a pena outra vez, interrompendo meus pensamentos. Parou de fazer o desenho no papel na frente dele, contenho-me para não mandá-lo continuar e digo que por hoje a aula está terminada.

De volta para a casa, Joshua conversa e ri, parece que esqueceu o encontro com o pai. No portão, pede que eu entre, garantindo que sua madrasta ficaria feliz em me ver, mas recuso dizendo que tenho alguns assuntos para resolver e assim nos separamos.

Meu relacionamento com os Bourke é delicado. Nos três anos que os conheço, primeiro fui aceito, depois passei a empregado e, por fim, virei amigo. Mesmo assim, há muito entre nós que não foi dito, omissões e perguntas inconvenientes. Quando comecei a procurar emprego, Bourke me pediu para educar o filho e, depois, a Sra. Bourke arrumou trabalho para mim com as senhoras do acampamento. Só isso já bastaria para eu ser grato a eles, mais eles ainda me tratam como um amigo, uma gentileza que me deixa sem jeito.

Volto para a estrada levando minha pasta de desenhos nas costas. Ouço o som de patas de cavalos se aproximando, dou um passo para o lado e viro, pensando que Bourke veio atrás de mim dar um recado ou pedir alguma coisa, mas é Winter. Para o cavalo, pondo-se diante de mim.

— Sr. May, pensei que estivesse na casa — diz ele.

— Não, tenho outras coisas para resolver.

Ele assente de forma quase imperceptível.

— Terminou a aula com o rapaz? — pergunta e digo que sim. — Bourke diz que ele tem talento.

— Desenha bem e gosta.

Winter olha para mim.

— Soube que o senhor aceita outros alunos, não?

— Aceito — respondo.

— Tenho uma irmã solteira, com pouca ocupação para preencher seus dias. Ela certamente gostaria de uma atividade que a interessasse — diz Winter, devagar.

Algo no jeito dele me faz hesitar.

— Comentou com ela das aulas?

Ele sorri, tímido.

— É minha irmã, Sr. May, acho que sei o que ela pensa. — Tira um cartão de visitas do paletó e coloca-o na minha mão. — Procure-nos na próxima semana, se puder.

Guardo o cartão no paletó.

— Muito bem.

Winter então puxa as rédeas, vira o cavalo e segue pela colina.

Q UANDO CHEGO, MINHA casa está silenciosa e longas sombras se estendem sobre o piso. No ar, o cheiro dos eucaliptos, a fragrância poeirenta da mata. Largo minha pasta, desaboto o colete e o colarinho e pego água no cantil dependurado atrás da porta; sua frescura lembra as pedras de onde brotou. A noite está diante de mim, na solidão, um espaço ininterrupto.

Muita gente acharia estranho que, num lugar como esse, a privacidade seja um luxo. A colônia é pequena; as estradas entre os acampamentos e as casas são grandes e com pouco movimento. Mas solidão e privacidade são coisas diversas: é fácil um homem passar uma semana sem encontrar outro, mas, na verdade, seria mais fácil ainda não ser visto no meio da multidão de uma rua londrina, perder-se no aperto das pessoas que passam do que ficar sozinho aqui, pois todos sabem o que os vizinhos fazem e os mexericos andam rápido e chegam longe.

Aqui, descobri um estranho tipo de solidão. Sou, ao mesmo tempo, integrado com as pessoas da colônia e à parte delas. Minha profissão me permite entrar nesses círculos e gozar de alguma confiança, mesmo assim me mantenho distante, não me sinto à vontade com eles.

Não se trata de um privilégio do qual eu tenha desfrutado sempre. Durante o cumprimento da minha pena, eu morava e trabalhava com outros homens, dormindo no chão duro e depois em quartos de seis camas cada. Não era feliz nem infeliz, mas aprendi a me cuidar e a construir um lugar dentro de mim onde meus pensamentos possam ser livres. Quando terminei a pena, Bourke me deu um quarto e, mais tarde, arrendou para mim a casa e a terra em volta.

A casa é pequena, com pouco conforto, mas o aluguel é barato e há poucos vizinhos, então aceitei, satisfeito. Nela morou um administrador que voltara para a Inglaterra há cinco anos e desde então ela permanecera abandonada por tanto tempo que o mato a invadiu. As cacatuas fizeram ninho na chaminé da lareira, gambás se abrigaram no telhado, folhas e fezes de animais se espalharam pelos pisos. Claro que interessava a Bourke que eu ficasse aqui, pois limpei tudo, consertei o telhado e as paredes, impedi que os negros ou foragidos queimassem a casa ou a invadissem. Mesmo assim, foi muita gentileza dele.

Qualquer outra pessoa se sentiria isolada aqui, mas gostei da solidão. Não faço muita questão de companhia e só viajo quando preciso colher espécies que me foram encomendadas, ou dar aulas para as senhoras do acampamento. Sem dúvida, podia viver melhor de outro jeito, muita gente encomendaria retratos delas, ou das pessoas queridas e da família. Muitos também querem retratos dos animais que possuem; em geral, cavalos, mas às vezes vacas, cachorros e até, uma ou duas vezes, um porco de muito valor. Mas não gosto desse trabalho; embora tenha talento para reproduzir a forma humana, há algo de falso e orgulhoso nesse desejo de registrar a imagem de alguém para a posteridade. Em vez disso, ensino, ajudando a guiar as mãos das senhoras que gostariam de conhecer um pouco da arte do desenho e das aquarelas. Embora isso exija que eu meça as palavras e as elogie, há uma honestidade, uma verdade, quando um aluno encontra algo perfeito e verdadeiro numa linha, e isso me deixa feliz. Acima de tudo, quando ensino, eles me deixam só, meu mundo interior e meu outro trabalho se mantêm privados e inviolados.

Passa-se uma semana até eu achar tempo de procurar Winter. O dia está lindo e nele tremula a extraordinária música das cigarras. Apesar de já ter passado pela casa várias vezes, só conheço o que se vê da estrada. Ao me aproximar da entrada, olho os jardins, meio selvagens por falta de cuidados. Houve tempo em que um cavalheiro inglês se sentiria em casa nesse lugar, exceto pela imensidão do céu, a luz avassaladora, os papagaios nas árvores. Mas, abandonado, o lugar se tornou selvagem e estranho, com cobras, bambuzais e arbustos nativos se infiltrando entre as delicadas rosas inglesas.

Chegando ao alto da escada, bato à porta e, no silêncio que se segue, ouço lá dentro o som de um piano tocando uma música suave e triste. Depois, passos, a porta se abre e surge uma mulher com uniforme de criada, o rosto endurecido pela lembrança de algum cortiço londrino e depois pelo sol inclemente situado no outro lado do globo terrestre. Ela me olha de forma dúbia quando digo meu nome, fica séria ao pegar meu cartão de visitas; leva-me para uma saleta ao lado da porta e me deixa lá.

Sozinho, fico ouvindo a música que vem do andar de cima. Não conheço a canção, mas é tão inspiradora que quase adivinho qual seja. Continuo ouvindo, largo minha pasta de desenhos e olho em redor. A sala é pequena e simples, tem duas paredes decoradas com um quadro no estilo de Gainsborough e uma estante de livros do outro lado do aposento. Sobre a lareira, há outro quadro, um retrato feito por mão mais grosseira. Chego mais perto para analisá-lo melhor: mostra um homem de meia-idade vestido com roupas que eram usadas há vinte anos. Não se trata de grande arte, sua composição simples e esquisita mostra um pincel destreinado; mesmo assim, capta certa gentileza e, embora se trate de um homem mais velho e mais gordo, acho muito parecido com Winter.

Absorto no quadro, me assusto ao ouvir atrás de mim a voz da criada no corredor, queixando-se, seguida de outra voz, calma e firme. Lá em cima, o piano parou de tocar, viro para a porta e vejo uma mulher. Não tinha pensado em como ela seria, mas na hora tenho certeza de que não pensava que fosse assim. É jovem, não tem mais de 22 anos, usa um vestido claro e muito simples, o cabelo castanho-claro está presos num estilo bem diferente dos pomposos penteados das senhoras da colônia. É magra como o irmão, mas, enquanto o rosto dele é arrogante, o dela é mais gentil.

— Sr. May? — pergunta. Penso em cumprimentá-la, mas alguma coisa nela impede tal familiaridade.

— Seu irmão avisou que eu vinha? — indago, e ela responde com um pequeno sinal da cabeça. — Queria que eu lhe ensinasse desenho para preencher seus dias — explico.

— Sim, ele disse. — Atrás dela, no corredor, a criada observa; a Srta. Winter acompanha meu olhar e vira-se para ela.

— Obrigada, Sra. Blackstable — diz. A criada fica mais um instante, depois, azeda, volta pelo corredor.

— Desculpe recebê-lo assim. Como vê, ainda não terminamos a mudança — continua a Srta. Winter, virando-se para mim. Mostra duas caixas abertas no canto da sala.

Digo que não precisa se desculpar.

— Soube que a senhora vem da Terra de Van Diemen*? Nasceu lá?

---

*Atual Tasmânia, na Austrália. (*N. da T.*)

— Sim, nasci. — Ela pronunciou o final da frase em um tom de voz mais baixo e assim não deixou dúvidas sobre as condições em que os pais atravessaram o mar. Mas seus olhos são firmes, como se me desafiasse a encontrar alguma vergonha nela. Finalmente, desvia o olhar.

— Então o senhor é pintor?

Dou um passo adiante e pego a pasta de desenhos em cima da mesa.

— Se quiser ter uma ideia, posso mostrar alguns desenhos.

Ela olha rapidamente a pasta.

— Não precisa. Meu irmão acertou as condições com o senhor?

— Ainda não — respondo.

— Tenho certeza de que serão aceitáveis. Quando ele voltar, vai confirmá-las com o senhor.

O jeito dela tem uma estranha mistura de resignação e rebeldia, a ponto de eu não saber o que dizer. Buscando um território neutro, coloco de novo a pasta sobre a mesa.

— Ouvi um piano, era a senhora que tocava?

Ela ergue o olhar, atenta e, na mesma hora, temo ter dito alguma coisa errada, ter pisado onde não devo. Mas ela então concorda.

— Era eu — responde.

— Gostei muito — digo, mas ela desvia o olhar.

— Obrigada — responde. Acho que vai acrescentar algo, mas sua expressão de desafio volta, sutilmente alterada.

— Aguardo uma carta do seu irmão — digo. Na porta, ela me pergunta:

— O que pinta, Sr. May?

Olho pela porta.

— Só pássaros — respondo, afinal.

ELE ESTREMECE DENTRO da gaiola que formo com as mãos, um peso quente, pouco maior que o ar quando respiramos. Momentos atrás, ele lutou e guinchou entre os fios intrincados da rede e agora não se mexe, o corpo fica inerte na minha garra. Não está paralisado nem machucado, apenas imóvel, sua pequena forma parece tremer diante da urgência aprisionada do voo.

Embora esteja dentro da minha mão, está solto. Se eu abrisse a mão, ele fugiria, abriria as asas, lançaria seu corpo no ar e iria embora, rápido como uma lembrança. Mas, enquanto está preso, não faz nada; espera, como se aguardasse algum sinal meu.

É um tipo horrível de força. Controlar um ser tão diminuto. Mesmo assim, não é o poder de dar ou tirar a vida que torna-o terrível. Afinal, viver e morrer são coisas simples. É mais a intimidade do fato, quando, de posse de tal poder, fica-se despido à vista do outro, e o outro à sua. E por esse breve segundo é possível vislumbrar o que significa livrar-se da gaiola do ser e tocar o outro, conhecê-lo como a si mesmo.

Atrás de mim, a rede de caçar pássaros balança na brisa, seus fios de seda mal aparecem sob a luz esvanescente do dia. Por todos os lados, os pássaros se agitam, pombos, periquitos-australianos e cacatuas fazem barulho. Mais de perto, os companheiros do pássaro voam em círculos desesperados ao nosso redor. A cada mergulho no ar, eles gritam, urgente e ferozmente, em pânico pela vida dele. Seus graciosos corpos encantam ao fazer arcos e rodopiar no ar. Como deve ser a vida assim, penso, cálida e rápida como sangue, todo o sentido concentrado no momento de ser?

Sinto-o tenso na minha mão e, olhando de novo, vejo que me observa. Sob meu polegar, o corpo dele parece tremular, o coração bate mais rápido que o pulso de uma criança. Mais velozes agora, seus companheiros de pena giram ao redor, seus peitos emitem gritos mais agudos, mais urgentes. Ele parece se assustar com cada grito, como se lembrassem de leve uma dor. Também sinto dor dentro de mim.

Levanto a mão para afastar o grito dos demais e aperto lentamente sua pequena forma. Ele é tão leve que podia ser apenas calor. Sob meu polegar está o domo de seu crânio, frágil como um ovo. Deve imaginar o que pretendo fazer e, mesmo assim, não reage, nem mesmo quando seus olhos apenas observam os meus, negros e líquidos. Eu poderia fechar os olhos, ou desviar o olhar, ou jogá-lo para voar alto, mas não. Deixo meu polegar pressionar seu pescoço tenso; primeiro, de leve, depois com mais força, até que há um pequeno estalo e, nesse instante, ele morre.

A temperatura ainda não subiu, mesmo assim embrulho-o rápido, pois o calor de seu corpo não vai durar. Ele já está com os olhos parados e daqui a uma hora estará frio, com as pernas duras, as patas viradas para dentro, o dia perdido. Não tenho qualquer prazer em tirar a vida dele, mas imagino que viverá de novo quando eu aprender os detalhes de seu corpo e apagar os enganos da visão. Precisamos conhecer os hábitos de sua espécie, como se movimenta e se sustenta, as árvores onde pousa; a vida diz tudo isso sobre um pássaro. Para copiá-lo num desenho fiel, é preciso conhecer também como é a garganta, a partir de onde as cores do peito passam a ser a cauda. Da mesma forma que o branco brilhante das cacatuas tem, na verdade, uma mistura de amarelo, dando às penas uma claridade pouco natural, pássaros que parecem bem pretos ou marrom-claros, quando vistos de perto são azul-escuros e verde-azulados, com tons suaves e mutantes.

É frágil a linha numa figura que contém o todo. Mesmo assim, ao procurá-la, ela transcende todas as outras considerações. Como uma nota tocada com clareza e sinceridade, ela se revela como se já existisse, plangente e simples. E na sua procura podemos nos situar, sem estranheza ou artifício, em algum lugar fora da linguagem, fora do cuidado.

WINTER OFERECE CONDIÇÕES generosas, mas meu primeiro impulso foi devolver a carta, recusar a oferta imediatamente. Não tenho motivo para fazer isso, só a sensação de que sua generosidade é muito fácil de aceitar, de que ele está comprando minha cumplicidade para algo que ignoro. Mas algo no jeito dela me faz aceitar; escrevo de volta e marco encontro para daí a três dias.

Na data combinada, tenho primeiro uma aula na casa dos Robertson e, assim, só chego no meio da tarde. Nos últimos dias, as senhoras da colônia comentaram muito sobre Winter e devem saber mais das intenções dele aqui. Nos arredores de sua propriedade, vejo na colina um grupo de homens andrajosos, carregando ferramentas às costas, como se fossem consertar os danos causados pela natureza nos últimos anos. São da Company. Identifico-os logo não pelas roupas, mas pela maneira como me seguem sem jamais me encarar, os olhos questionadores, mudos e inquietos.

Quando me aproximo mais da casa, percebo que ali o trabalho também já começou: o gramado foi aparado, há galhos por todos os cantos, cortados das árvores que se debruçam ao chão. Uma menina está parada na porta aberta e, ao cumprimentá-la, dou meu nome e profissão; em seguida a Srta. Winter aparece. Tem o mesmo jeito meio desafiador que lembro do nosso primeiro encontro. Ela acena com a cabeça, não sei se me cumprimentando ou desapontada.

— Aceitou as condições de meu irmão? — pergunta ela e alguma coisa em sua voz me lembra minha reação à carta de Winter, as condições generosas demais.

Ela me encara um instante mais do que o necessário, e se cala.

Conduzindo-me à frente dela, leva-me à sala de visitas, onde nos encontramos uma semana antes. Uma pasta de desenhos está sobre a mesa; coloco a minha ao lado e toco a pasta.

— É sua? — pergunto, e ela concorda. — Posso olhar?

Ela faz sinal com a cabeça, abro a pasta e folheio-a. Há o retrato de um padre, num péssimo estilo romântico; o desenho de duas mãos; o rosto de um homem. Desenhos que uma menina poderia fazer, penso, além de serem antigos.

— Já teve aulas com alguém?

— Quando eu era menina, meu pai tinha um empregado chamado Davidson. — Ela hesita um instante e acrescenta: — Um detento.

Olho em volta e aponto para o retrato sobre a lareira.

— Aquele trabalho é dele?

— É.

À porta, alguém pigarreia. É a moça que me recebeu. Ela é magra, o vestido fica solto em seu corpo estreito e ela fixa o olhar no chão. A Srta. Winter não faz qualquer movimento em direção à criada e, quando ela finalmente fala, é com enorme constrangimento:

— Por favor, senhorita. A Sra. Blackstable disse para eu ficar com a senhorita e o cavalheiro — diz.

A Srta. Winter continua calada e assim, constrangido pela criada, indico uma cadeira para ela e digo para sentar-se. Olho para a Srta. Winter, que fita o jardim pela janela, com o corpo retesado.

— Srta. Winter — chamo, e ela vira-se. — Vamos começar?

Enquanto trabalhamos, a criada olha para as próprias mãos. Primeiro, imagino que fizemos alguma coisa que a inquietou, mas, à medida que as horas passam, vejo que entendi mal: o constrangimento dela não é por causa do silêncio da Srta. Winter, mas por sua presença ali. Explico um pouco à Srta. Winter os princípios da composição e faço perguntas, tentando avaliar o que ela já sabe pelas respostas. Depois, mando-a desenhar um vaso de flores que está sobre a mesa.

Enquanto ela desenha, observo novamente os desenhos na pasta dela. São esquisitos e triviais, cheios de um desejo e uma vontade infantil de que a vida seja mais do que é. Olho outra vez para a Srta. Winter. A tarefa que dei para ela não tem muito valor, um desenho para ser feito e esquecido; mesmo assim, ela o faz com um interesse que é quase doloroso de ver. Tenho vontade de pedir que pare, mas é difícil afastar a ideia de que a seriedade dela é, de certa forma, um desafio, embora sem se preocupar com as consequências. Fico um pouco assustado, como se ela pudesse se magoar com esse desejo de entrega. Suas mãos são enrugadas e vermelhas, mãos de uma mulher com o dobro da idade dela, e esse pequeno detalhe faz com que pareça mais vulnerável do que tudo o mais. Surpreendo-me desejando facilitar a vitória dela sobre o que ela venha combatendo. A ternura é uma coisa estranha, muito próxima da dor, uma espécie de perda, um desejo de proximidade que jamais conheceremos.

UMA SEMANA DEPOIS, a Sra. Bourke me chama quando termino a aula de Joshua:

— Sr. May. — Surpreso, viro-me e vejo-a na escada, com a Srta. Lizabet pulando ao lado dela. — Está indo embora? — pergunta, descendo a escada, e nego com a cabeça.

— Seu marido pediu para esperá-lo, mas continua ocupado com Tavistock.

A Sra. Bourke aperta os lábios e fica levemente contrariada. Ouvi-a reclamar, bem-humorada, que se Tavistock, o gerente da fazenda, pudesse lhe dar um herdeiro, o Sr. Bourke se casaria com ele.

— Acho que ainda vai demorar horas. Não espere — sugere.

Fico sem jeito de não cumprir o que prometi a Bourke, mas devo confiar na opinião da esposa, sobretudo no que se refere ao marido.

— A Srta. Lizabet quer brincar. Enquanto isso, o senhor poderia caminhar comigo — diz ela, enquanto a filha sacode a bonequinha, franzindo a testa.

— Tenho de trabalhar... — começo a dizer, mas a Sra. Bourke põe a mão no meu braço e me empurra de leve.

— O senhor vai trabalhar, mas não agora.

Somos separados pela barreira de nossas funções na casa, mas aprecio a esposa do meu patrão. Ela e Bourke tinham acabado de se casar quando fui lá pela primeira vez, ela era pouco mais que uma menina, recém-chegada da costa inglesa e já grávida da criança que seria a Srta. Lizabet. Tinha apenas 16 anos quando Bourke conheceu-a numa visita à Inglaterra e um ano depois ela chegou aqui como esposa de um viúvo 15 anos mais velho, pai de um menino apenas dez anos mais novo que ela. Lembro de vê-la de relance quando eu ia trabalhar, andando devagar pelos jardins da casa, sozinha. Desde então, acho que eu a admiro por ser tão jovem e viver tão longe de tudo o que conhecia, além de sua gentileza, tato e falta de cerimônia.

— Não temos nos visto muito ultimamente — constata, quando passeamos pelo gramado.

— Tenho andado ocupado — digo, e ela sorri.

— Não está muito sozinho?

Nego com a cabeça. Das poucas pessoas que eu chamaria de amigas, a Sra. Bourke é a única que perguntaria isso.

— Tenho meu trabalho. — À nossa frente, a Srta. Lizabet roda em pequenos círculos, segurando a boneca na mão, entretida em alguma brincadeira pueril.

— Bourke contou que o senhor está dando aulas para a Srta. Winter — diz então a Sra. Bourke. Assustado, olho para o rosto dela, mas não encontro nele qualquer sinal de indiscrição. Talvez minha expressão é que demonstre mais do que quero, pois ela desvia o olhar.

— Ela é bonita? — pergunta.

— A senhora não a conhece?

— Só Bourke a conhece. Acho que o irmão não a deixa sair de perto dele, não sei por quê.

— A senhora não gosta dele?

Ela pensa.

— Acho que ele é o tipo de homem que se importa muito com a própria reputação.

Enquanto fala, Joshua aparece. A Srta. Lizabet corre para ele, levantando a boneca, ansiosa para contar-lhe um segredo, ou talvez para dançar com ele. A Sra. Bourke olha para os dois.

— Dizem que Joshua está cada vez mais parecido com a mãe — diz.

Olho-a, surpreso.

— Bourke disse isso?

— Ele não diria isso. Mas sei que também nota. — Joshua levanta a Srta. Lizabet nos ombros e ela grita de alegria.

GARANTO QUE MUITA GENTE acharia graça da pose dos homens considerados importantes nessas colônias. São bígamos, sequestradores, ladrões de gado e jogadores. Há homens entre nós que se acham mais que baronetes e falam com o pior sotaque dos analfabetos, e há mulheres que usam os trajes mais finos e venderam seus corpos nas ruas de Londres. Entretanto, não é fácil rir ou talvez zombar deles, pois o passado pertence a todos nós. E assim, procuramos não perguntar, não comentar, como se esse silêncio nos fizesse esquecer e construir uma vida sem passado, como se esta fosse uma terra sem história, um país fundado no ar.

Mesmo assim, o passado está sempre lá. No país e dentro de nós. Há coisas que não podem ser colocadas em palavras, movimentos dentro de nós mesmos. Tão reais quanto o pensamento ou a memória. Mas, sem palavras, eles não podem existir; sem nomes, não têm vida.

Nessas últimas semanas, ela esteve sempre nos meus pensamentos. Não a imagem dela, mas a presença naquela sala, a ideia de algum segredo. Alguma coisa que não consigo afastar zune dentro de mim. Fico distraído ao trabalhar com meus alunos, mas não vou dar nome nem forma a esse sentimento. A cada semana que passa penso na próxima visita, desejando encontrar uma maneira de quebrar a barreira ao redor dela. Nos desenhos que faço, nas cores e linhas, percebo como se sente pressionada a fazê-los, como a machuca. Porém, não vou dizer a palavra que pode destruir tudo.

BOURKE ME TRANSMITE o convite de sua esposa, quase como se fosse uma brincadeira.
Viro-me e peço para ele repetir.
— Trata-se de uma noite de apresentações musicais. Ela me pediu para dizer que ficaria encantada com a sua presença — repete ele.
— Tenho de trabalhar — me esquivo, mas Bourke não desiste fácil.
— Ela considera isso um favor pessoal — explica.
E assim, duas noites depois, estou na casa deles, desconfortável entre os convidados. Conheço os rostos e as ocupações de cada um. Riem alto demais, vulgares e desagradáveis, as mulheres se vestem com exagero, cobertas de joias, rostos endurecidos pelo sol. Usamos palavras educadas e despretensiosas. Então, vejo Winter à porta, ao lado da irmã. Ele entra de cabeça erguida e, embora cumprimente os donos da casa, o faz com pouco entusiasmo. A irmã parece pouco à vontade. Também tem a cabeça erguida, mas dá a impressão de ter ido a contragosto. Se a Sra. Bourke nota isso, não se importa, pois estende a mão e puxa a Srta. Winter, falando como se fossem íntimas. Winter não tira os olhos da irmã, mas a Sra. Bourke sorri e pede para deixá-las a sós. Winter quase resiste, depois concorda, mantendo o rosto fechado como se usasse uma máscara, e se afasta das duas.

A Sra. Bourke põe o braço da Srta. Winter no dela e saem da sala. A moça usa um vestido verde-claro que lhe cai bem mas, ao lado da Sra. Bourke, parece desajeitada e triste. É muito estranho, pois a Srta. Winter é bonita e dotada de uma dignidade que atrai o olhar dos homens e a avaliação das mulheres. Mesmo quando começa o recital e a cantora, uma linda moça recém-chegada da Índia, inicia seu canto, noto como as outras mulheres olham para a Srta. Winter por trás dos leques e como ela ignora os olhares e mira à frente. A atenção que provoca só faz com que ela se afaste mais, como se fosse uma estranha naquele ambiente.

Ouço então a voz de Bourke atrás de mim.

— Sua aluna faz um belo par com minha esposa. — Ele olha para as duas. Apesar de ser um marido bom e fiel, aprecia os atrativos do belo sexo e gosta da companhia das mulheres. Penso numa resposta, mas o irmão dela está ao lado de Bourke.

— Sr. May — diz ele, num tom que concede pouca intimidade.

— Sr. Winter.

— O que sua irmã está achando das aulas? — pergunta Bourke. Winter me examina cuidadosamente.

— Não disse que não gosta — responde ele. Bourke ri.

— Então é por que gosta, pode ter certeza. E você, May, o que acha da aluna?

— É promissora, embora eu não seja seu primeiro mestre. Teve outro, um detento, segundo ela — digo, virando-me para Winter.

— Um empregado de meu pai — acrescenta Winter, ríspido.

— Sua irmã disse que ele fez o retrato que está na sala de visitas.

— Era um homem descuidado em tudo — define Winter. Sustento o olhar dele.

— Mesmo assim, acho que foi um bom professor para sua irmã.

— Minha irmã gosta de ter aulas, quando lhe agradam — diz Winter. De repente, essa opinião me deixa irritado por ela.

— Todos nós somos assim, não? É característico da nossa espécie não gostar de ser obrigado a fazer coisas.

Winter me lança um olhar frio e, antes que possa retrucar, a cantora termina sua ária e é muito aplaudida. A moça agradece com uma reverência simpática, e a Sra. Bourke se adianta e levanta as mãos pedindo silêncio.

— Há mais alguém entre nós que gostaria de se apresentar? — pergunta, olhando ao redor. Num canto, dois homens riem, a Sra. Bourke olha para eles e balança a cabeça. — Tenho certeza de que não teremos nenhuma das suas canções de marinheiro, Sr. Wilkinson. Já as ouvi demais nas docas.

A Sra. Bourke sorri satisfeita com a aprovação geral e levanta a mão novamente.

— Então?

As pessoas se mexem e murmuram; como ninguém se apresenta, a Sra. Bourke estende a mão para a Srta. Winter.

— Você toca piano, não? Poderia nos dar a honra? — pergunta.

A Srta. Winter parece ficar paralisada, embora não fuja à questão.

— Não, acho que não — diz.

— Por favor, precisamos de talentos aqui e garanto que você tem mais que qualquer um de nós.

Sinto uma espécie de ternura, enquanto a Srta. Winter ainda parece hesitar. Um instante depois, inclina a cabeça e aceita.

A Sra. Bourke fica ao lado quando ela senta-se no banquinho do piano e coloca as mãos no teclado.

— O que devo tocar? — pergunta. A Sra. Bourke olha para ela, solícita.

— Você é quem sabe — diz. Assim, a Srta. Winter concorda e, lenta e cuidadosamente, começa.

———

Ela não toca com elegância nem com muita técnica, mas isso não tem importância comparado à intensidade e ao sentimento que demonstra. Não conheço a música, só sei que é a mais triste e bonita que já ouvi. Ela não olha em volta, nem procura os olhares da plateia, apenas toca sem parar, às vezes pulando uma nota ou errando aqui e ali, mas continua quase como se fosse uma música ao estilo dela e a plateia sente a intensidade aumentar com essa falta de jeito. Quando termina de tocar, bato palmas e ela inclina a cabeça não para as pessoas, mas para o piano em frente; depois, levanta-se, segura na mão da Sra. Bourke e, por um instante, desaparece.

———

Após sua saída, fico um bom tempo olhando o lugar onde ela estava. Passei a noite toda evitando o olhar dela, não sei se por indelicadeza dela ou minha. Mas agora acho que conversaria com ela, embora não saiba o que dizer. E assim, cumprimento algumas pessoas pelas quais passo e vou atrás dela até o jardim. Lá fora está frio e há um cheiro de poeira e fumaça, o arenito do pátio está gasto e dourado à luz das lamparinas. Dois homens fumam calmamente, de pé. Ela está com o irmão junto à escada que leva ao gramado, conversam com o casal Bourke. O irmão fala de maneira gentil, mas percebo como segura o braço dela, a irritação que sente. Ela está com o rosto meio virado, por isso não me vê; imóvel, desejo que volte-se para mim e me veja. Em vez disso, ela cumprimenta os Bourke, enquanto o irmão acena, se despedindo. Só quando chegam na estrada ela vira para trás e seus olhos encontram os meus; depois, desvia o olhar e vão embora.

———

Talvez seja a lembrança da música que ela tocou, mas nessa noite não consigo dormir. Sinto a presença dela ali, a impressão de que em sua quietude há alguma empatia. No telhado do quarto, gambás e aves noturnas piam e gritam. Fico assustado por estar tão tomado por ela. Quando o relógio bate 3 horas, levanto pensando em trabalhar e acendo a lamparina na escrivaninha. A luz atrai os insetos, pontos iluminados que esvoaçam em todas as direções. Abro as pranchas entre as quais guardo meus desenhos e olho os esboços de pássaros. Fazê-los me trouxe alegria, mas agora me parecem desajeitados, meras cópias da vida. Não se mexem nem cantam. Vejo meu reflexo distorcido na vidraça da janela, um claro-escuro na luz dourada da lamparina. Os traços me parecem familiares e, ao mesmo tempo, estranhos, como se não fizessem parte do meu rosto, mas de uma máscara sem nada por baixo.

ESTOU COM AMELIA na sala de visitas dos Robertson, quando a mãe dela entra. Olho em volta, dou bom-dia e volto minha atenção ao papel onde Amelia desenha. A Sra. Robertson senta atrás de mim e noto que nos observa.

— Soube que ela é sua aluna — diz, por fim.

— Ela, quem? — pergunto, virando-me. A Sra. Robertson sorri, como se achasse graça da pergunta.

— A Srta. Winter, que encantou a todos ao piano, naquela noite.

Meu olhar mantém-se impassível, mas a Sra. Robertson já percebeu o que queria e se abana com o leque.

— O que acha dela? — pergunta.

— É promissora — respondo, mas a Sra. Robertson apenas ri.

— Você é bem político. O que acha do comportamento dela?

— A senhora não a conhece?

Amelia virou-se para ouvir. A Sra. Robertson levanta a mão, fazendo sinal para a filha se afastar.

— Deixe-nos a sós — diz. Amelia acena para mim e levanta-se. A Sra. Robertson só volta a falar quando a filha sai da sala e me olha de um jeito que poderia encontrar outros homens. — Dizem que o irmão dela vale 40 mil libras.

Continuo sentado. Depois, com um gesto descuidado, ela ri.

— Francamente, Sr. May, às vezes acho que o senhor é mais eremita do que diz. Sabe do escândalo sobre ela?

— Com o tempo, muitas pessoas se envolvem em escândalos — retruco, mas a Sra. Robertson não se engana.

— Dizem que o irmão saiu da Terra de Van Diemen por causa dela, que teve um filho com um guarda, um homem casado, na Inglaterra.

Talvez o efeito da notícia seja notório em meu rosto, pois a Sra. Robertson dá um sorriso desagradável.

— Não vi nenhuma criança — digo, calmo.

A Sra. Robertson ri mais uma vez.

— Dizem que a criança morreu. Por sorte, sem dúvida.

Penso em ir embora e deixar a Sra. Robertson lá, mas isso mostraria mais do que ela já deve imaginar.

— Mesmo assim, a senhora apresentou Amelia para o irmão dela. — Um silêncio frio recai sobre nós e ninguém precisa dizer que não serei mais bem-vindo ali.

— Quarenta mil libras perdoam muita coisa — retruca ela e, levantando-se, alisa o vestido. — Dê a aula por terminada. Quero que Amelia venha comigo na carruagem — diz ela.

FORA DA CASA, ANDO RÁPIDO. A aula está marcada para as 15 horas, mas, ao lembrar de nosso último encontro, quero vê-la imediatamente, como se pudesse lhe oferecer alguma absolvição, algum perdão, embora sem saber por quê. Só paro quando alcanço o caminho em frente ao portão da casa, sabendo que chegar daquele jeito iria apenas nos comprometer.

A Sra. Blackstable me cumprimenta e, enquanto aguardo no vestíbulo, vai avisar a Srta. Winter da minha chegada. Sozinho, ando pelo aposento, olhando de vez em quando para o retrato em cima da lareira.

Ela aparece na porta do jardim, com um xale adornado de contas sobre os ombros.

— Não o esperava tão cedo, estava no jardim. Desculpe-me — diz ela.

— Não precisa, o erro é meu. Cheguei antes da hora. — Passei as últimas horas imaginando aquele encontro e, quando ele ocorre, fico sem jeito e ela, indiferente às mudanças nos meus sentimentos.

— Vamos começar a aula? — pergunta, aproximando-se. Concordo, talvez um pouco bruscamente. Ela me olha como se eu a tivesse traído de alguma maneira.

— Pode ser lá fora — sugiro e, com um olhar atento, ela faz sinal para eu esperar enquanto vai buscar a pasta de desenhos.

Atravessamos o gramado procurando um local para sentar. Finalmente, escolhemos um pequeno caramanchão emoldurado por um eucalipto de tronco claro e coloco no chão a cadeira que trouxe da casa para ela. Sentada, pega a prancha e começa a desenhar, mas percebo que está preocupada com alguma coisa, pois está distraída, incapaz de se concentrar no que faz.

— A música que você tocou na casa dos Bourke... — começo a dizer, mas ela se vira depressa demais e desvia o olhar.

— Desculpe; no máximo, posso ser considerada uma pianista medíocre.

— Não, a música me emocionou muito.

Ela faz um movimento reticente com a cabeça.

— Meu irmão apenas tolera o que toco.

Como fico calado, ela olha para mim. Permanecemos assim alguns instantes, mudos.

— Acho que você está enganado em relação a mim.

— Acho que não — digo.

— Sabe alguma coisa a respeito do meu passado?

— Sim, sobre o filho e o guarda.

Ela fica um bom tempo calada.

— Mesmo assim, vem me visitar?

Ouço um barulho. A Sra. Blackstable está ali, de pé.

— Seu irmão quer que a senhora fique dentro de casa — avisa. A Srta. Winter a encara com raiva, mas a Sra. Blackstable não se incomoda.

A Srta. Winter fecha a pasta de desenhos e levanta-se.

— Desculpe. Podemos retomar o assunto na próxima vez que nos encontrarmos — diz ela.

Concordo e me levanto quando ela se afasta. Anda de cabeça erguida, e segue em frente.

— Srta. Winter — chamo, e ela vira-se.

— Pois não?

— Todos nós temos um passado.

Ela para um instante, olha para mim, depois para baixo, vira-se e segue adiante. A Sra. Blackstable ainda está conosco. Não falo com ela, nem preciso perguntar o que ouviu da conversa, mas, ao se afastar, ela se vira para mim e sorri.

NAQUELE PRIMEIRO DIA, quando eles me levaram do navio para o cais, não sabia o que me aguardava. Depois de quatro meses de vento e mar, atravessando meio mundo, não me interessava onde tinha chegado, tudo me parecia sem graça e inútil.

Depois do porão escuro e das camas onde dormimos, as quais rangiam e pareciam esquifes, a luz do dia, o brilho do mar e o canto dissonante dos pássaros pareciam inacreditáveis. Estávamos maltrapilhos e pálidos, com os corpos enfraquecidos pelos meses no porão e, quando seguimos pelas ruas, tropeçando e arrastando os pés presos a correntes, as pessoas viravam a cabeça e nos olhavam, assustadas. Pensei que fossem zombar de nós, mas não. Na verdade, além do menino que foi correndo ao nosso lado, puxando as mangas de nossas camisas e oferecendo carne, pão ou bebida por 1 xelim, quase nada se falou no caminho.

Apesar de estar há quase cinco meses na companhia deles, não tinha amigos entre aqueles homens ao lado dos quais seguia, cada um arrastando os pés sob o peso de nossos grilhões. Talvez outro homem pudesse fazer amizade com eles, mas eu não tinha vontade. Assim, quando nos deitamos nas camas do Acampamento, só os ouvi fazerem suposições e especulações sobre o destino de cada um.

Não comentei que eu sabia ler e escrever, por isso achei que me dariam um trabalho na colônia a serviço do governo, que eu seria condenado a ajudante de pedreiro ou mineiro de carvão. Essas funções eram as que os outros homens mais odiavam, mas eu tinha certa atração por elas: tornar-me o mais ínfimo entre os ínfimos possuía uma espécie de simetria mórbida.

Não fui trabalhar na colônia, mas para um pecuarista chamado Tavish. Soube disso ao mesmo tempo que recebia a ordem de levantar do beliche e ir até o pátio onde, com cinco desconhecidos, me mandaram seguir atrás de um caminhão que levava provisões para o norte. Tínhamos pela frente mais de 100 quilômetros a pé por colinas, vales, rios e córregos, mas nem por isso retiraram nossas correntes; achavam que poderíamos fugir e assim fomos tropeçando, famintos e sedentos, com os calcanhares em carne viva pelo atrito com as correntes e as costas vermelhas por causa do sol.

Há patrões que tratam seus empregados com decência, mas Tavish não era um deles. Ele havia sido soldado, e garanto que nessa época também foi odiado pelos seus subordinados. Destro no manejo do chicote, tinha prazer em nos atormentar, como se, tratando-nos como animais, satisfizesse alguma carência.

Suas terras ficavam ao sul de Newcastle, entre lagos e pântanos, e ele administrava a propriedade com o filho, que era o responsável por nossa marcha forçada. A terra lá era arenosa e pobre, mas eles tinham a intenção de desbravar o interior para criar ovelhas e bois e, por isso, fomos designados para capinar tudo. O trabalho era brutal, mas Tavish e o filho não se importavam; davam comida suficiente apenas para sobrevivermos e faziam com que trabalhássemos até cair. Sabíamos que não tinham o direito de fazer isso, mas não havia a quem recorrer, nenhuma autoridade para nos ajudar.

De certa forma, esses meses cruéis causaram outra mudança em mim. Lá, onde as colinas terminavam na água e a luz do sol caía dura como vidro, conheci uma tranquilidade que jamais tinha visto. Costumava passar dias inteiros sozinho, ou com os outros condenados, mas, embora o trabalho fosse duro, gostávamos da imensidão e do ar livre. Às vezes, enquanto trabalhávamos, eu percebia outras vidas perto de nós: as garças e as aves marinhas. Até o dia em que virei para ver uma garça-cinza andando devagar na água dos rios próximos, com o longo pescoço aprumado e pronto para atacar. Percebi que ela me viu, pois ficou estática, me observando, e assim nós dois permanecemos pelo tempo de uma batida de coração ou uma eternidade, até que, finalmente, ela foi saindo da água sem pressa. Só então percebi que estava prendendo a respiração, e soltei-a.

Com o tempo, aprendi a andar sem fazer barulho para não espantar os abibes, cujos gritos agudos faziam todos os outros pássaros levantarem voo, num raio de 900 metros, num clamor. Comecei a aprender também os hábitos e costumes dos pássaros que viviam lá, em todos os cantos, os martins-pescadores, as caturritas, os *whipbirds*, *wattlebirds* e *honeyeaters*. Vê-los alçar voo, seus corpos leves, era uma espécie de liberdade, embora não fosse só isso: eu via neles algo lancinante e perigoso, criaturas que viviam fora do domínio humano, cheias de fome e desejo, uma Criação diferente.

Tudo teria continuado da mesma forma, se Tavish não descobrisse um maço de papéis. Como tantos patrões que têm prazer em aniquilar seus subordinados nas colônias, Tavish nos pagava em espécie e também em coisas sem valor ou uso para quem vivia como nós. Claro que ele achou que aquele maço de papéis não teria utilidade para nós, uma vez que não sabíamos escrever nem os próprios nomes. Os outros homens o xingaram e estavam prestes a queimar os papéis quando sugeri que os guardássemos. Em troca de uma ou duas rações de comida, fiquei com o que os outros receberam.

Comprei da empregada uma pena de escrever e tinta, além de alguns lápis, pensando em talvez registrar os meus dias. Assim, no começo foi um diário, uma crônica para lembrar a mim mesmo que eu realmente estava ali. Mas tais anotações eram pouco interessantes, extensas listas de árvores derrubadas e toras retiradas, de cercas construídas e trincheiras cavadas e, aos poucos, comecei a escrever sobre os pássaros. Descrevia-os, contava quantos eram, os hábitos que aprendi por vê-los perto. Não era científico, ou não exatamente, pois nessas palavras descobri uma espécie de poesia, como se por meio delas eu pudesse captar algo que me escapava, algo interior cuja presença se manifestava no calor vivo dos pássaros. Eu não sabia o que aquelas palavras poderiam ser, apenas que fazê-las escondia algum segredo que eu precisava descobrir. Em pouco tempo, as palavras passaram a desenhos e tentei reproduzir, a princípio de forma desajeitada, como eram os pássaros. Não por inteiro, mas em pequenos detalhes: os ovos salpicados dos lagópodes em suas plataformas de bambu; as penas do pelicano, a asa aberta de uma andorinha caída morta na grama.

Mas o diário causou uma reação diferente nos homens com quem eu trabalhava. Pode-se pensar que homens como nós fossem todos iguais, mas não éramos nem jamais fomos. Às vezes, quando estávamos deitados, quase dormindo, com os corpos doloridos do trabalho, eles falavam na família que deixaram para trás, de ruas, mulheres, filhos e filhas distantes. De nós seis, eu era o único condenado a apenas sete anos; a sentença dos demais ia de 14 a 21 anos; dois jamais voltariam, e, quando falavam de casa, eu ouvia o verdadeiro sentido desse exílio que compartilhávamos; as vozes deles se erguiam macias e oníricas naquela escuridão anônima, sem qualquer raiva, como se tivessem cuidado para não macular o que diziam. Dos seis, só eu nunca falei de minha vida anterior e, embora nenhum dos companheiros exigisse isso, esse silêncio me deixava à parte. Mas a revelação que eu podia escrever e desenhar parecia quase traição de alguma verdade tácita. Sentia que eles recuavam, se afastando de mim.

Após dois anos na fazenda de Tavish, meus serviços foram comprados por um tal de Donaldson, proprietário de uma fazenda perto de Liverpool. Passei três anos lá, depois me mandaram trabalhar com Bourke. Nele encontrei um homem que também tentava entender aquele país, que tinha estudado seus animais e plantas. Ele ouviu falar das minhas anotações e um dia me chamou no acampamento onde nós, os condenados, dormíamos e pediu para ver os desenhos. Até então, eu não os tinha mostrado para ninguém, mas abri os cadernos e entreguei-os junto com os desenhos. Ele folheou com atenção, enquanto fiquei ao lado, aprumado, o rosto quente e o estômago vazio. Finalmente, virou-se para mim e disse que eu tinha talento para desenhar.

Fiquei contente com tal elogio, mas me senti de certa maneira exposto.

Bourke sugeriu que, primeiro, eu aceitasse encomendas para desenhar determinadas espécies. No último ano em que trabalhei para ele, Bourke apareceu uma tarde com uma carta e perguntou se eu gostaria de ganhar uma ou duas libras sem muito esforço. Ele era meu patrão, e aceitei. Fiquei assustado com o som dos tiros, as balas atingindo os pássaros que caíam em espiral no chão. Nos primeiros meses, cada morte era uma parte de mim, mas aprendi a suportar. Aqueles pássaros eram pura arquitetura, de asas leves como papel, cálidos como o dia. Segurando seus corpos, aprendi que podia desenhá-los melhor e assim, aquele ato de violência podia ser algo mais próximo do amor.

A Sra. Bourke comentou da raiva que a Sra. Robertson tinha de mim.

— Naquela noite, você e eu não conversamos — diz ela, sentando diante de mim e de Joshua.

— Lamento, a senhora parecia muito ocupada — explico.

— O que achou das atrações?

— A Srta. Honoré foi muito agradável.

— E a Srta. Winter?

— Achei que tocou bem o piano.

A Sra. Bourke sorri e vira-se para Joshua.

— Pode chamar a Srta. Lizabet para mim? — pergunta.

Joshua se levanta e deixa-nos a sós.

Quando ele sai, a Sra. Bourke o acompanha com o olhar, afetuosa. Nos últimos seis meses, ele cresceu vários centímetros e estava se sentindo estranho e pouco à vontade com isso.

— Soube que o senhor fez um inimigo.

— Quem? — pergunto.

Com o olhar sincero que eu admiro, ela responde:

— A Sra. Robertson.

— É verdade.

— Então, o senhor sabia?

— Não que ela falou mal de mim.

— Soube por duas amigas. Ela não disse o que você fez, só que não quer mais que vá à casa dela.

— Lamento.

Quando volta a falar, está com a voz mais baixa.

— Joshua tem quase 14 anos. O pai daqui a pouco vai querer que fique mais sob a asa dele.

— Eu já esperava — observo.

— Não aprova?

— Acho que é um menino despreparado para a vida.

— O pai se preocupa com ele.

— Tenho certeza de que sim. Quer dizer então que vou perder o cargo? — pergunto.

— Não, só quero dizer que esse cargo não é eterno.

N A AULA SEGUINTE, qualquer vínculo que tivéssemos criado em nosso último encontro pareceu sumir. A Srta. Winter estava pouco à vontade e minha presença parecia incomodá-la. Por duas vezes, sugiro sairmos da casa e sentarmos ao ar livre novamente, mas ela dá como desculpa a inclemência do tempo, a ameaça de chuva. A princípio, achei que a ofendi e tentei descobrir o que aconteceu. Então, a Sra. Blackstone apareceu, ocupada em pegar alguma peça de prata do armário. Irritado, viro-me, tentando lembrar a ela que a recomendação de não sermos incomodados. Mas a Srta. Winter levanta a mão.

— Por favor, Sr. May — pede. Entreolhamo-nos por um instante, depois ela balança a cabeça, volta a desenhar e compreendo. Ao lado do armário, a Sra. Blackstable parou o que estava fazendo e nos observou: ao ver a Srta. Winter atenta ao desenho, ela volta a se ocupar das peças de prata.

Só falei novamente depois que ela saiu; permaneci imóvel desejando que fosse embora. Levantei-me após ouvir os passos dela se afastando no corredor, me aproximei de onde a Srta. Winter estava sentada e ajoelhei ao lado dela.

— Desculpe se a magoei — começo, mas ela levanta a mão, dispensando minhas palavras.

— Não foi culpa do senhor. — Ela me olhou. Seus olhos castanhos me deram uma vontade tão grande de abraçá-la que pareceu irresistível. Um instante após, ela desviou o olhar.

— O senhor nunca teve vontade de sair daqui? — pergunta, com súbita veemência.

— Não tenho mais para onde ir.

Ela pareceu desapontada.

— Mas eu não fiz nada e estou presa aqui como o senhor — diz.

— Não sou um prisioneiro.

— Mas tudo é uma prisão, o senhor não percebe? — questiona ela, virando-se para mim. Sem pensar, toco em seu rosto, mas ela não se entrega nem inclina. Finalmente, coloca a mão sobre a minha.

— Isso é impossível — diz; pega minha mão e tira-a do rosto.

AO ABRIR A PORTA, tenho a estranha sensação de que alguém esteve ali. Há um silêncio pesado, a sala está quieta como a superfície de um lago depois de alguém se afogar. Está tudo como deixei, tudo em seu lugar, os restos do café da manhã sobre a mesa, meu revólver sobre a lareira. Mesmo assim, não consigo afastar a ideia de que alguém esteve ali, procurando algo. Na sala ao lado, que serve de estúdio, os papéis estão como deixei; livros e álbuns de pintura também. No banco, a pele de uma caturrita está pronta para ser pintada: ponho a mão nela e passo a vista pela prateleira, onde ficam os materiais de preservação. Arsênico e lâminas para escalpelar. Meus dedos sentem a maciez das penas da caturrita e olho as árvores lá fora, pela janela.

Depois, subitamente, ouço um ruído, um pé pisa com cuidado na tábua do chão; viro-me, rápido, já de punhos fechados, e vejo que é Winter.

— O senhor gosta de viver meio recluso, Sr. May.
— Não faço muita questão de visitas — retruco.
— Estou vendo. A casa pertence a Bourke, não é?
Concordo e Winter vai em direção à porta.
— Queria ver seus desenhos — diz.
— Ah, sim?
— O que achou que eu queria? — pergunta Winter, olhando em redor.

— Não sei. — Desajeitado, constato a pobreza dos meus pertences e observo-o examinar as paredes nuas, as cadeiras e mesa simples.

— Esses papéis são seus? — pergunta, entrando na sala e parando diante de uma pequena pilha de papéis. Por cima, está o desenho de um *honeyeater* pousado numa grevílea. Ele ergue o olhar, respondo que sim, são meus, e ele volta para os desenhos, folheando-os para olhar os que estão embaixo, passando para o seguinte com a mesma atenção rápida e soturna, examinando. Sinto um aperto na barriga e na garganta, a sensação de que ele está se intrometendo na minha vida.

— Gostaria de beber alguma coisa? — pergunto, desconfortável.

— Não. — Ele coloca de lado o último desenho. Depois, percorre a sala com os olhos, examinando cada parte.

— Quer conversar sobre alguma coisa? — pergunto e, finalmente, ele vira-se para mim.

— Deve saber alguma coisa do passado de minha irmã — diz. Não respondo. Talvez considere o silêncio como uma confirmação e por isso continua. — Sr. May, a reputação de uma mulher que tem um passado desses é frágil, sempre motivo de intrigas.

— O que quer dizer com isso? — pergunto, talvez muito irritado. Winter não se abala.

— Seria bom que o senhor não fizesse com que outros se interessassem por ela. — Gostaria de revidar acusando-o de alguma coisa, mas isso seria perder as esperanças de voltar a vê-la. — Sou um homem de certas posses e os erros de minha irmã no passado podem ser corrigidos por um matrimônio conveniente — diz.

— Creio que esse é um assunto para ela resolver.

— Está deixando de lado muitos detalhes.

— Acho que não entendi.

Ele demora a responder.

— Por que mora sozinho aqui, Sr. May? O que esconde? — pergunta, afinal.

— Não sei o que quer dizer com isso.

— Apenas que todos nós temos segredos os quais seria melhor deixarmos no passado.

Não respondo; ele pega o chapéu e sorri.

— Então, estamos entendidos.

———

Ele sai, monta seu cavalo e some na poeira da trilha. Sozinho outra vez, deveria me sentir aliviado, mas fico inquieto, pois minha privacidade e o refúgio da minha casa foram, de certa maneira, violados. Sinto raiva dele e de mim, sem saber direito se por minha causa ou por causa dela. No parapeito da janela, estão dois *honeyeaters* embrulhados num pano, que capturei naquela manhã, logo ao amanhecer. Na hora, os pequenos corpos estavam quentes, depois esfriaram, ficaram rígidos, suas perninhas viraram para trás nas garras da morte. Precisam ser limpos logo, senão estragam, e assim, esperando afastar aqueles pensamentos, acendo uma lamparina.

Trabalho rápido, as mãos hábeis, empenhadas numa tarefa feita tantas vezes que quase nem preciso pensar, e vou me acalmando: a faca passa pelo ventre, retiro a pele com cuidado para não rasgá-la e passo arsênico do lado avesso para conservar os corpos. Esses pássaros são muito pequenos e leves, suas perninhas parecem gravetos, tão finas que lastimo terem morrido.

Não paro nem quando a noite chega, minhas mãos prosseguem. Guardo os corpinhos, pego papel e pena de escrever e começo a desenhar, forçando a vista sob a luz amarela da lamparina. Esse trabalho costuma me deixar calmo, mas nessa noite estou quase irritado, os desenhos são irregulares e cheios de dor. O ponteiro do relógio anda, soam as horas sobre a cornija da lareira, mas não noto o passar do tempo e só paro quando é quase meia-noite. Estou com as mãos e as costas endurecidas, a sala envolta em sombras. O vento lá fora aumentou e em toda parte as folhagens fazem um som parecido com o da água, ou de ondas batendo. Apesar de a certeza de que minha casa foi invadida tomar conta de mim, não penso nisso, mas na aflição da Srta. Winter. O que eu deveria ter dito a ela? Que a vida é tão tênue, tão curta, que pode acabar num instante? Que as piores prisões que construímos não são feitas de pedra, nem ficam num determinado lugar, mas dentro de nós? Que nada do que foi feito pode realmente ser desfeito?

ACORDO NO ESCURO. Mais tarde, lembraria de outras coisas: da terra escorrendo pelo meu rosto, do gosto de sangue na boca. Da pressão fria e úmida dos corpos ao meu redor. Naquele momento, só senti medo, um terror e um pânico que pesavam no peito. Frenético, arranhei e rasguei os cadáveres em cima de mim, cabeças e corpos, pernas e braços amontoados, as lágrimas me sufocando enquanto eu me arrastava para cima, buscando chegar à superfície como um afogado no fundo do mar. O peso e a pele deles em mim. Aí, de repente, eu estava livre e respirei o ar frio.

Minhas mãos estavam ensanguentadas e as unhas, quebradas. Em volta, neblina e chuva.

Arrastei-me ao longo da sepultura e segui aos trambolhões, querendo apenas sair dali. Nada ao redor parecia sólido, minha cabeça estava vazia, tudo o que eu queria era fugir daquela escuridão opressiva.

Lembro pouco daquelas primeiras horas: a corrida, o frio, a fome roendo minhas entranhas. Não sei quando percebi que não sabia meu nome, que onde estive não havia nada além do vazio; só lembro da confusão, de como o esquecimento parecia estremecer na minha língua.

Tudo parecia igual na neblina, como se a cidade fosse o despertar de um sonho sem conteúdo ou clareza. As carruagens surgiam como navios no mar encoberto, enormes e todas ao mesmo tempo, as patas e rodas tornavam-se estranhas sob seus véus abafados. Depois, a chuva voltou, encharcou minha roupa rasgada e, como algo sujo e rastejante, busquei abrigo numa marquise.

Passou-se uma hora, talvez duas, depois surgiu uma luz no escuro, uma lamparina, duas formas indistintas. Demoraram a se aproximar, parando, até que, de repente, estavam perto de mim. Não fizeram ameaças, mesmo assim tive medo, como se os rejeitasse instintivamente por sentir que não tinham boas intenções.

— Quem é esse? — ouvi o homem mais alto perguntar, tocando meu rosto e virando-o para me ver à luz da lamparina que traziam. Murmurei alguma coisa e tentei me desvencilhar, mas fui muito lento: o mais baixo já estava enfiando as mãos dentro da minha camisa. Se eu tinha moedas, eles levaram, não sei, pois as mãos eram muito leves e rápidas.

— É doido ou pobre — rotulou o homem mais baixo.

— Não, não é doido — disse o outro. E, como se tivesse tomado uma decisão, pegou meu braço e me levantou. — Olha, pega ele aqui.

Sabia que estavam achando que eu era doente, mas não me opus. Deixei me levarem para a casa deles. Vi apenas a sala onde me deixaram, um lugar baixo e quente demais por causa da lareira acesa. Meus dois companheiros me largaram num canto, numa cama suja, de colchão de palha velho e lençóis fedorentos. Uma mulher veio da direção da lareira, gorda e de olhar cruel. Carregava um bebê que não devia ter nem um mês e já estava bêbada com o conhaque que segurava. Ela pegou nos meus cabelos e levantou minha cabeça. Deu uma risadinha.

— Ele serve — disse e me deixou lá sozinho.

Não sei direito quanto tempo fiquei lá: uma hora ou um dia, não fazia diferença. Dormi de vez em quando, tentando ordenar o caos na minha cabeça. Minha mente não se lembrava de nada e parecia tão real quanto uma sombra na parede. Não tinha esquecido por completo o que eu havia sido, apenas não me lembrava naquele momento, estava em meio à desordem e à ausência. Mesmo assim, sabia do meu passado, continuava tendo autoconsciência, embora não pudesse captá-la, pois isso parecia não adiantar de nada, como um inseto que uma criança prende num vidro. Ou um sonho lembrado ao despertar.

Aos poucos, percebi que tinha de fugir. E assim fiquei, fingindo ser louco e insensível até chegar o momento certo: uma porta aberta, alguém de costas para mim, um salto no escuro. Não sabia onde estava, nem para onde ir, por isso corri sem parar, tropeçando nas ruas imersas em neblina até finalmente sentir a escuridão mudar; ouvi água correndo e senti o cheiro forte das vacas. Não sabia que tinha conseguido correr até Hampstead Heath e fiquei vagando por lá. Esfomeado e com medo, vi uma casa e, sem saber, rastejei até ela e achei um lugar para dormir.

Acho que comi alguma coisa antes de adormecer, pois fui acordado por um homem que empunhava um mosquete e dois rapazes que juraram que iam mandar me prender. Eu tinha entrado na cozinha da casa deles, comido, deitado e dormido ao lado da lareira. Ao me encontrarem, pensaram que eu fosse um vagabundo, me arrastaram até o juiz e disseram que eu devia ser preso.

OUÇO VOZES VINDAS da biblioteca: primeiro, de Winter; depois, de Bourke e de outra pessoa que não reconheço. Ao meu lado, Joshua levanta os olhos.

— Não sabia que seu pai estava acompanhado — digo.

Joshua dá de ombros e, antes que possa dizer alguma coisa, Bourke aparece na porta. Ao vê-lo, levanto-me.

— Winter está aqui? — pergunto, e ele assente, sorrindo.

— Está e quer falar com você.

Olho para Joshua.

— Deixe o rapaz aí, você não precisa vê-lo desenhar — diz Bourke, que fica de lado para eu passar, na sala de piso lustroso.

Winter me espera de costas para as portas envidraçadas da sala, que abrem para o jardim. Quando entro, ele me olha um instante e anda para a direita. Sigo-o, esperando ver a Sra. Bourke, mas é um homem quem está lá.

— Robert Newsome, este é o nosso artista, Thomas May — apresenta Winter.

Há vários segundos de silêncio. Newsome abre a boca para falar, parece se conter e balança a cabeça, como se estivesse confuso.

— Não entendo... — Winter começa a dizer. Newsome olha para ele e depois para mim.

— Você se chama Thomas May? — pergunta.

— Sim — confirmo, sustentando seu olhar.

— Vocês se conhecem? — pergunta Winter. Mais uma vez, Newsome hesita.

— Não, desculpe, houve um engano — diz ele.

Bourke e Winter se entreolham.

— Que tipo de engano? — pergunta Bourke, mas Newsome balança a cabeça.

— Não é quem eu conhecia. — Dirige o olhar para Bourke e depois para mim. — Desculpe, senhor, por qualquer confusão que eu tenha causado.

Concordo, constrangido com o jeito que Winter nos olha.

— Por favor, não é nada — diz Newsome então.

É evidente que ele está frustrado comigo: procura disfarçar, parece confuso e irritado. Winter está ansioso para que Newsome conheça alguns atrativos da colônia, por isso sugeriu mostrar minha coleção de desenhos. Mas nossa conversa sobre pássaros é tensa e incômoda, fato que não passa despercebido por Winter e Bourke. Acabo me desculpando e indo embora.

———

No corredor, ele vem atrás de mim e segura meu braço.

— Gabriel, você me reconhece? — pergunta ele, baixo. Não contesta, está quase irritado.

Levanto a mão e me afasto dele.

— Não faça isso. Sou eu, Robert, seu amigo — diz ele.

— Eu me chamo Thomas May — digo, da forma mais lenta e enfática que consigo.

Então, com um olhar de descrença, solta meu braço e vai embora.

— Muito bem, deixa estar.

———

Volto para casa, pego minha arma e faço a mala. Preciso de alguns espécimes, penso, enquanto sigo para leste, procurando a copa dos eucaliptos, onde vivem os pássaros menores. Ando rápido e em silêncio, olhando os pássaros se mexerem, saltarem e voarem. Não tenho ordens a cumprir, não preciso de nenhum espécime, mesmo assim prossigo, acompanhando-os no ar com a mira da arma. Dou tiros certeiros, agressivos, como se não me importasse com o que atinjo. O som dos disparos ecoa pelos silêncios que duram um instante e são substituídos pelo canto frenético e a queda dos pássaros. Acerto primeiro um papa-figos, depois dois pardalotes e por fim uma pequena carriça que cai sobre as folhas no solo da floresta com um som macio e quase inaudível. Ao tentar pegá-la, percebo que ainda está viva, com o peito manchado de sangue e a asa caída, indefesa. Tento pegá-la, ela bate as asas e pia, querendo fugir de mim. Tento duas vezes, mais uma terceira, até finalmente segurá-la, mesmo assim ela ainda bate a asa. Sei o que devo fazer, mas descubro que não posso. Apesar do sofrimento dela, não consigo acabar com aquilo. Fico ali, meio indefeso, sentindo uma aversão por mim, parcialmente feito de mentira e circunstância.

Estou aflito, porém, na manhã seguinte, levanto-me e me visto para encontrá-la. Não sei como fazer mais nada, mas é como se visse nela um jeito de continuar sendo como sou.

É cedo, mas ela atende à porta.

— Sr. May — diz, indecisa.

— Srta. Winter... — começo, e a Sra. Blackstable aparece atrás dela.

— Venha, vamos caminhar — convida a Srta. Winter.

Atravessamos o gramado, e, quando finalmente encontro o que dizer, minha voz sai rouca.

— Preciso lhe contar algo a meu respeito — afirmo, mas ela antecipa minhas palavras, seu rosto parece me pedir para não dizer o que já adivinhou.

— O senhor conhece esse Sr. Newsome? — pergunta ela.

Hesito.

— Ele disse que o conheço?

— Não, não disse nada. Mas meu irmão disse que o jeito dele fez os senhores passarem por mentirosos. Você o conhece, não?

— Conheci, há muito tempo.

— Mas negou na frente do meu irmão e de Bourke.

Concordo com a cabeça.

— E de Newsome também — continua, após uma pausa, me observando. — O que há entre vocês dois?

— Ele não fez nada de errado.

— Ele ficou surpreso por que o senhor não era a pessoa que ele pensava que fosse — retruca, desviando o olhar.

— É, ficou — concordo.

— Mas ainda assim conhecia o senhor? Como? Onde? Com outro nome? Com o nome de outra pessoa? — Ela hesita por um instante. — Por que usar outro nome? Por que o senhor escolheu desaparecer daquele jeito?

Abro a boca, mas não encontro palavras, depois percebo que ela começa a suspeitar de algo.

— Não, isso não — diz ela, calma.

Vejo que tenta rejeitar aquela notícia amarga. Ela acaba perguntando:

— O que o senhor queria me dizer hoje?

— Só isso, para que não soubesse por outra pessoa.

Ficamos um bom tempo parados; finalmente, abaixo a cabeça e viro-me para ir embora.

— Gostaria de ver os seus desenhos — diz ela.

Viro e balanço a cabeça.

— Por quê?

— Para conhecê-lo como não consigo agora.

Rio, com mais amargura do que pretendia.

— Não há nada para saber de mim.

— Não acredito. O senhor é tão gentil.

Dessa vez, ela desvia o olhar.

— Temos de nos despedir, acho que não nos veremos mais.

Naquela tarde, Robert vem me procurar. Estive no riacho, onde enchi meu cantil com água e, ao voltar, encontrei-o sentado na escada. Somente quando me aproximo ele se levanta, batendo a poeira das calças.

— Acho que eu não devia me surpreender — digo. Parece que a raiva que tinha na noite anterior desapareceu, e foi substituída por algo mais suave.

— Nós nos despedimos mal, lamento.

Não respondo por alguns instantes, depois aponto para a clareira.

— Veio ver o quê?

— Você, só — responde ele.

— Então vamos caminhar — convido.

Descemos, passamos pelo riacho e vamos para a margem. Ele não diz nada.

— Como veio parar aqui? — pergunto, por fim.

— Participo de uma expedição rumo ao Pacífico, como cirurgião e naturalista — conta ele. — Foi assim que ouvi falar de seu trabalho, dos desenhos — continua, me observando. — Você sempre teve esse talento, essa habilidade com a pena. — Ele dá de ombros e acrescenta: — Eu não tenho nada de artista.

Paramos. Por um instante, percebo a gentileza dele. Um canguru sai da moita e o barulho me faz dar um pulo.

— Do que tem medo? — pergunta ele.

— De nada — respondo. Ele sabe que estou mentindo.

— A Srta. Winter... — começa a dizer. — Você gosta dela, não?

Concordo com a cabeça.

— Mas sabe alguma coisa sobre o passado dela?

— Ela sofreu pelos erros que cometeu — respondo, muito exaltado.

— Não era isso que eu queria dizer — retruca. — Apenas que ela não devia sofrer duas vezes — retruca.

— O que você disse a Bourke e Winter?

— Nada, mas acho que eles vão descobrir logo.

Não consigo olhar para ele.

— Você vai embora em breve, então?

Ele faz uma pausa.

— Não sou seu inimigo, Gabriel — diz. Ao ouvir o nome, eu me aprumo, sem querer. — Ou prefere que eu chame você de Thomas?

— Como quiser, tanto faz — digo.

Arrependo-me quase imediatamente do tom que usei. Mas, quando ele volta a falar, não está zangado.

— Tornar-se outro homem é horrível. — Não respondo, ele continua: — Do que tem medo, Gabriel? Do que se esconde?

— De nada, nada mesmo — respondo, enfático demais.

NÃO SEI DE ONDE VEIO o nome. Minha cabeça ainda estava confusa, uma mistura de lembranças mal compreendidas que se revelaram por completo assim que eu pensava nelas. Mas, quando o pronunciei, alguma coisa começou a se formar dentro de mim.

Primeiro, pensei que o escrivão fosse discordar, ou que alguém fosse elevar o tom de voz, mas o juiz apenas levantou a mão e olhou para o escrivão, indicando que o nome devia entrar no livro.

Não sei se menti na hora, pois meu nome ainda parecia ser de outra pessoa, mas quando me levantei e ouvi o escrivão ler as acusações, comecei a entender o que eu tinha feito e não foi horrível, mas quase uma libertação, como se minhas palavras fizessem com que uma parte de mim ficasse para trás.

Só mais tarde, quando me levaram de volta para a cela, senti a mentira pesando na língua. Não era o meu nome, mas o de outra pessoa. Havia mais, algo mais difícil de descrever, algum sentido que tinha mudado em mim. O que eu havia sido, o que eu tinha feito se tornou diferente, parte de outra pessoa. Não havia desaparecido, mas de certa forma transformou-se em algo mais simples de aceitar.

―

Fiquei uma semana naquela cela, meu corpo consumido pela febre e pelas visões. Às vezes, imaginava que tinha morrido, o pouco que sobrou da minha cabeça e do corpo havia se queimado naquela dor enorme. Sonhei com coisas tediosas entrando em minha carne, com porcarias, bile e fogo na minha barriga, com horrores inomináveis que rastejavam pelo telhado e pelo chão chorando, dizendo coisas desconexas e agarrando-se nas paredes e na porta. Mas naquele momento, na pedra fria, eu saí de mim, dos horrores vistos nos pesadelos daqueles últimos dias.

A cela tinha outros detentos. Um deles, que havia se apresentado comigo diante do juiz, foi o primeiro a usar o nome.

— Quem é esse? — perguntou um recém-chegado.

— É May — respondeu ele.

Durante os dias e as semanas que se seguiram, tive tempo de refletir sobre a minha mentira. A princípio, sentia-me pouco à vontade com o nome, era algo malfeito e minha cabeça ainda parecia fraca; eu estava magro e débil. Falei pouco com os outros presos e eles, por sua vez, mantinham-se afastados. Mas, à medida que as semanas passavam, vi que o nome era mais fácil de ser pronunciado e o passado começou a sumir.

Talvez, se fosse outro homem, eu teria pegado mais do que o nome, podia até ter inventado ou me apossado da vida de outra pessoa. Mas eu só queria ficar livre, viver sem passado. Como se eu tivesse nascido não um bebê chorão, mas já grande, brotando daquela terra fresca e grumosa para começar de novo. E, se a princípio era uma mentira, com o tempo tornou-se bem menos que isso. Outra vida, recém-descoberta, outro nome que passei a considerar meu.

Não sei o que foi feito do meu amigo. Talvez esteja muito bem em alguma rua de Londres, sem saber dessa minha vida à sombra dele. Será que me reconheceria, se me visse agora? Iria entender o que fiz, o que tomei dele? Afinal, nossos nomes são coisas tão pequenas, traços de som e tinta, passageiros. É tão simples esquecer de si mesmo, confundir as máscaras que usamos com a nossa verdade, tornar-se um nome que não é o nosso, deixar uma vida para trás e nascer de novo.

Não houve intimação nem proclamação de banimento, mesmo assim, ele aconteceu. Um por um, meus alunos foram afastados de mim e as aulas, canceladas. Alguns fazem isso com o brilho de prazer no rosto, outros aceitaram o fato com menos alegria, como se cumprissem um dever lastimável, porém necessário. Quando passo nas ruas, os rostos evitam me olhar, os cavalheiros conversam animados demais com seus amigos, as senhoras apertam os lábios e viram de costas e, depois que passo, cochicham.

Isso não foi obra só de Winter. Tenho certeza de que outros aceitaram participar de boa vontade. Há uma brutalidade especial na forma como a lei tácita é cumprida aqui, um sentimento vingativo, como se cair entre os caídos fosse uma espécie de fraqueza que precisa ser destruída. Pensei às vezes na rudeza dessas colônias, na dureza dos espíritos que elas criam, a qual não vem das vidas que tivemos tempos atrás, mas da negação dessas vidas, quase como se o silêncio que tentamos compartilhar fosse uma espécie de violência que cometemos contra nós mesmos.

Claro que, aqui, todos cometeram o mesmo crime que eu. Assumi outro nome, outra vida, me recriei. Mas há certa peculiaridade na forma como fiz, alguma transgressão não dita que não deve ser feita. Também vejo isso, sinto como isso renega a todos nós.

Sem alunos, não tenho como me sustentar, o que é ruim. Por enquanto, tenho dinheiro e comida, mas não vai durar muito. Posso trabalhar em outra coisa, aceitar encomendas para desenhar espécimes, mas nas últimas semanas vejo que não consigo fazer o que eles querem. Acho horrível capturar um pássaro usando uma arma ou armadilha e não quero mais fazer isso, nem ver ninguém fazer. Claro que pode-se ganhar a vida de outras maneiras: aqui há trabalho para todos e, com o tempo, posso empurrar um arado ou andar pelas fronteiras.

Joshua foi o último aluno que tiraram de mim. Bourke fez isso declarando, de forma agressiva, que está na hora de o menino aprender mais sobre a administração da propriedade. Foi rápido, sem discussão, e não reagi, embora notasse que ele decidiu isso contra a vontade. Talvez a Sra. Bourke tenha razão: o marido vê no menino a figura da ex-esposa, algo que ele não pode admitir. Ficou claro que a decisão custou-lhe parte da tranquilidade que um dia teve com a família e com ele mesmo.

Mesmo assim, devo reconhecer que os Bourke não me abandonaram completamente. Apesar da cena com Newsome, apesar da história de ser dispensado das aulas com a Srta. Winter, de cuja verdade eles devem desconfiar, não exigiu de mim uma explicação. Para outras pessoas, meu nome passou a ser fonte de infinitas especulações e escândalo, mas os Bourke continuaram me recebendo na casa deles.

Porém, ficou claro para nós três que a confiança acabou. A amizade de Bourke sempre foi distante, como a que existe entre pessoas de classes diferentes, e assim parece menos alterada. Mas com a Sra. Bourke a mudança é mais fácil de constatar. Ela continua gentil como sempre, porém é uma gentileza diferente. Fala comigo como se eu fosse um amigo com quem já tivesse rompido em algum momento, rompimento esse que foi solucionado, mas jamais consertado. É como se ela não quisesse se intrometer, cavar muito fundo.

Dela, que está no âmago dessa história, não recebo uma palavra, só a notícia de que o irmão recomendou que eu não fosse recebido na casa deles. Não sei o que ela sabe e não suporto pensar nisso.

ALGUMAS PESSOAS DIZEM que, para desenhar um passarinho, deve-se começar pela cabeça, depois o pescoço, o peito e as pernas. A asa deve começar no coto onde nascem as penas, a cauda fica por último e os detalhes são adicionados, quando o esboço estiver pronto. Mas, na verdade, não existe regra, nem lei. A linha dialoga com o papel e vice-versa, desenhando a imagem que está na mente. E tal imagem, por mais precisa que seja, é uma impressão e uma habilidade, algo que ganha vida a partir dos traços até se tornar algo vivo, novo e recente.

———

Final da tarde, batem à porta. A invasão desse som humano na casa parece um choque. Sento-me, preso em mim mesmo, e batem de novo, desta vez com menos segurança.

Levanto-me, abro a porta e pigarreio. Há dias não tenho companhia humana. Lá fora, a luz azulada do crepúsculo, as árvores e seus galhos. E então, vejo-a.

Primeiro, não dizemos nada. O rosto dela está um pouco diferente, como se eu não me lembrasse dela direito. Talvez esteja mais velha e mais magra, mais comum. Talvez ela tenha a mesma impressão de mim, pois me olha como se eu fosse um fantasma, um marido ou um irmão que se acreditava morto há muito tempo e que naquele momento volta à vida, mas diferente da imagem que ficou na cabeça por tantos anos.

Ficamos ali um bom tempo. Quando, finalmente, falamos, é ela quem começa, nervosa, como nunca a vi.

— Sr. May — diz, apertando as mãos.

— Como veio até aqui? — pergunto, olhando além dela, para a trilha.

— A pé, não é longe. Posso entrar? — pergunta e, confuso, recuo para ela passar.

O olhar dela move-se pela sala. Fica assim por alguns segundos, de costas para mim, depois vira-se.

— Por que...? — começo e a pergunta fica incompleta.

— Gostaria de ver os desenhos que prometeu mostrar — diz.

Sem saber o que dizer, indico com a mão a salinha que uso como escritório.

A presença dela me deixa nervoso. Vamos até a mesa onde estão os desenhos, mas coloco-os de lado.

— Quais queria me mostrar? — pergunta; escolho um e coloco sobre a mesa na frente dela. Ela o analisa por um longo tempo. Depois, deixa o desenho de lado e passo ao seguinte, depois, outro e mais outro. Sinto um aperto na garganta.

Finalmente, ela coloca de lado o último desenho. Apruma-se e toca nos objetos que estão na estante. Ao observá-la, percebo que tem algo a dizer e não sabe como abordar o assunto. Até que, finalmente, vira o rosto para mim. A expressão é cansada, mas noto que tomou uma decisão e que não vai ignorá-la.

— Sabe como meu filho morreu?

— Isso não é necessário... — digo, balançando a cabeça.

— Gostaria que soubesse. — Ela faz uma pausa e começa a contar: — Eu não amava o pai dele. Nem naquela época. Não era um homem fraco, mas era um idiota, do tipo que faz o que quer e depois se arrepende, fica lastimando e se punindo. Acho que ele começou a relação, mas entendi logo o que queria de mim e acabei incentivando-o. Sabia que era casado, mas ele me elogiava e o resto foi meio inesperado. Não sei direito o que eu esperava dele. Talvez algum prazer, algum sentimento.

Ela me olha e percebo que não contou isso a mais ninguém.

— Para mim, a relação não tinha alegria e desconfio que para ele também não, mas isso não era o pior de tudo. O pior foi quando terminou e tudo mudou, e fiquei sozinha. Às vezes, penso: se eu pudesse voltar no tempo, será que faria o mesmo? Para ser sincera, acho que sim, com exceção da mágoa que minhas atitudes causaram às pessoas que me eram próximas.

"Quando ficou evidente qual seria o resultado da minha imprudência, me mandaram para um lugar onde ninguém me visse. Uma fazenda perto de Launceston, administrada por amigos de meu pai de outros tempos. Pessoas boas, além de cristãs. Passei um inverno lá, sem receber qualquer visita, esquecida, ou pelo menos era o que me parecia. Meu pai escrevia quando podia, mas as cartas foram rareando à medida que os meses de reclusão passavam. Não recebia uma palavra da parte de Edmund, mas, na época, isso me pareceu normal, pois mesmo quando éramos jovens havia pouco carinho entre nós.

"A criança nasceu no final do inverno. Expulsei-o do meu corpo na escuridão da noite, com ajuda de um médico que trouxeram da cidade. Não sei o que senti quando colocaram o pequeno nos meus braços; era um sentimento forte e tão parecido com a dor que pensei que fosse chorar."

Ela passa a mão no rosto, como se enxugasse lágrimas inexistentes.

— Dei a ele o nome de Thomas, o mesmo que o seu.

"Meu irmão achava, e talvez meu pai também, que devíamos entregar o menino para adoção e voltar à sociedade, fingindo que estive viajando até tudo ser esquecido e eu poder me casar com sossego. Mas, quando segurei meu filho, nem sequer pensei nisso.

"Quase um mês depois meu pai veio me visitar e então entendi por que as cartas rarearam. Ele estava doente há meses. Mas vi como segurou meu filho no colo e ninou-o, vi como falou com ele. Era um homem delicado e gentil, e vi a alegria que sentiu com o neto. Prometeu voltar, mas nunca veio, pois na mesma semana teve um derrame e viveu mais um mês, sem falar, nem se mexer.

"Depois que ele morreu, meu irmão me levou de volta para morar com ele em Hobart. No começo, achei que fosse uma gentileza ficar com meu filho lá, mas logo vi que queria mesmo era me vigiar de perto para não causar mais nenhuma desgraça.

"Edmund nunca falava com Thomas, a menos que não tivesse outro jeito, mas não foi cruel com ele. Não é do feitio dele. E Thomas o adorava. Era uma criança calma, que não gostava muito de brincar com as outras, o que talvez eu apreciasse mais do que devia. É estranho ser marginalizada: com tão poucas pessoas dispostas a me ver, eu ficava a maior parte do tempo sozinha, e meu filho passou a ser muito mais importante para mim. Importante demais, alguns diriam.

"Apesar disso, me preocupava com o fato de ele estar sempre sozinho. Mas nossa criada tinha um irmão, chegado há pouco de Port Arthur, que veio com um cachorrinho. Não era bonito, era um coitado, mas meu filho o adorava. Brincavam juntos durante horas, meu filho corria atrás dele, fazendo-o latir. Era tão incomum isso, essa alegria, que não fiz nada para afastá-los. Até que uma manhã vi os dois no quintal: Thomas corria do cachorro para lá e para cá. Como os homens estavam trabalhando no quintal naquele dia, achei melhor mandar o menino brincar com o cachorro atrás da casa, onde não incomodariam os empregados e eu tomaria conta dos dois. Subi as escadas rapidamente para procurar um livro no meu quarto, o qual eu tinha deixado lá na noite anterior. Era um livro de poemas de Wordsworth.

"Quando voltei, não achei meu filho em parte alguma, mas ouvi o cachorro latir. Havia um riacho atrás da casa, de água escura por causa do tanino das folhas caídas. Fui atrás deles, procurando-os. Vi o cachorro à margem do riacho, latindo sem parar. Naquele momento eu soube, mesmo sem vê-lo, e foi um sentimento tão forte que pensei que fosse me sufocar. Joguei o livro e corri pelo gramado até a beira do riacho. Vi então que meu filho estava com o rosto para baixo, o corpo dentro d'água. Como ele não boiava, pensei que ainda pudesse ser salvo. O riacho não era fundo, mas a água estava fria; levei-o para a margem, apertei o peito dele e tentei reanimá-lo com respiração boca a boca. Não adiantou, estava morto e eu sabia que não tinha mais jeito."

———

Quando ela terminou de contar, fez-se um silêncio maior que as palavras. Ela não me olha, porém sei qual é a minha parte, o que devo fazer. Mesmo sabendo do que ela precisa, sei que não posso dar, que não existem palavras que possam consertar aquilo. Até que, finalmente, ela apoia a mão num desenho ao lado da janela.

— Gostaria de ficar com esse, se possível — diz, virando-se para mim. Seus olhos estão úmidos.

Concordo e ela se afasta. Acompanho-a até a porta e, no último instante, ela vira-se para mim.

— Como é o seu nome, como se chama?

O olhar dela me desnuda.

— Gabriel — digo.

— Lindo nome — diz. Tenho a impressão de que vai chorar, mas ela se controla. — Todos nós temos um passado — completa, por fim, inclinando-se para beijar de leve o meu rosto. Depois, num movimento repentino, vai embora.

———

Depois que ela sai, fico na porta um bom tempo, olhando o caminho por onde passou. O dia está chegando ao fim e os pássaros se reúnem para a noite, cantando e chilreando entre as árvores. Quantas vezes ouvi isso, o gorjeio dos periquitos, o canto chiado dos *honeyeaters*, os longos ecos dos *currawongs*. Ontem ou amanhã, todos os dias a mesma coisa. Penso: há quanto tempo? Há quanto tempo estou assim, só? Essa pergunta pesa em mim e me sufoca; é algo que não posso desfazer, esquecer, nem viver sem.

Às vezes, quando estou sozinho no bosque, ou mesmo aqui na minha casa, acho possível que eu me perca naquele silêncio onde as palavras ou as conversas não são necessárias. Ouvi dizer que muitos homens enlouqueceram, perderam a razão no espaço dissolvente do mar e do céu. E realmente, embora às vezes esse lugar seja cheio de vida, uma cavalgada barulhenta, há uma sensação de vazio, como se um silêncio antigo se mantivesse, algo exterior e irreconhecível.

Fico pensando, de pé ali, se sonho com eles à noite. A resposta é não, ou não sempre. Durmo como os mortos, quase sem sonhos, ou nada que esteja ligado àquele lugar. Mas é de dia que me lembro deles, quando estou só, no meio das árvores e colinas. Eles voltam como se fossem chamados de uma outra vida. Mesmo então não sinto culpa, só vazio, como se todo o sentimento fosse drenado de mim e eu me tornasse irreal, transparente como o vento nas árvores.

Os pássaros cantam, seus gritos enchem o ar. Vejo-os voar, jogando seus corpos contra o céu, concentrados naquele instante, dando voltas e girando como brasas ou fumaça. Invejo a vida que levam, tão livres. Não têm passado, nem futuro; são uma exaltação de vida que pulsa em tantas partes, erguendo-se no espaço infinito. Olhar para eles me dá vontade de chorar, mas não tenho lágrimas. De todo jeito, chorar por quê? Por não voar como eles? Por não ser livre? Hoje sei que todos nós somos assim, vivemos, morremos e vivemos de novo, nossas mãos e nossos corpos são gaiolas que podem nos prender e cuidar de nós. Eu me ergueria como eles, esqueceria de mim mesmo e ficaria livre. Então, de repente, começo a chorar e acho que sei o que precisa renascer, o que precisa ser refeito. Tantas vidas, tão leves.

Agradecimentos

Gostaria de agradecer a todos que me ajudaram a escrever este romance. A David Malouf, Hilary McPhee e Delia Falconer por terem tido tempo de ler vários rascunhos e pelas sugestões. Da mesma forma, agradeço aos médicos e alunos que me permitiram observá-los trabalhando e aprender como é cuidar dos que acabaram de morrer. Embora os cadáveres não pudessem autorizar, sou especialmente grato a eles e suas famílias. Por um outro tipo de apoio, agradeço ao Literature Board of Australia Council pela bolsa de estudos graças à qual grande parte deste romance foi escrito, o que me deu tempo e espaço dos quais não disporia de outra forma. Agradeço a Fiona Inglis pelo apoio durante a maior parte do tempo que escrevi. Mas, acima de tudo, sou grato ao meu agente literário David Miller, da Rogers, Coleridge & White; ao meu publisher na Picador Australia, Nikki Christeri; e a minha editora, Judith Lukin-Amundsen. Por último, mas certamente não menos importante, agradeço a Mardi McConnochie, sem a qual este livro jamais teria sido escrito.

Este livro foi composto na tipologia Kepler Std,
em corpo 11/14,5, e impresso em papel
off-white no Sistema Cameron da Divisão
Gráfica da Distribuidora Record.